U0080068
STS
山田社

STS
山田社

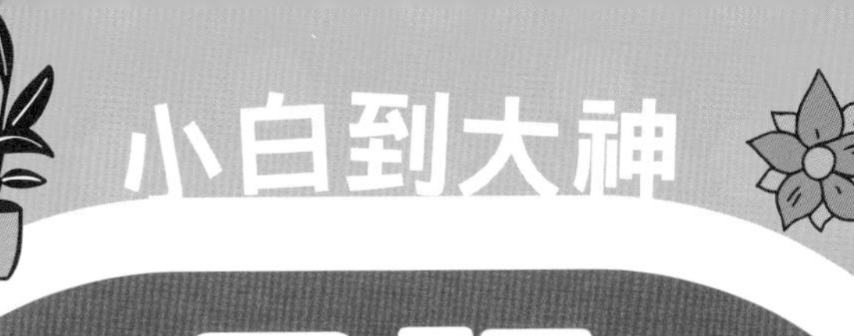

小白到大神

日語50音的繪本故事

玩轉記憶 手指體操 美假名練習帖

西村惠子、林勝田、山田社日檢題庫小組 ◎合著

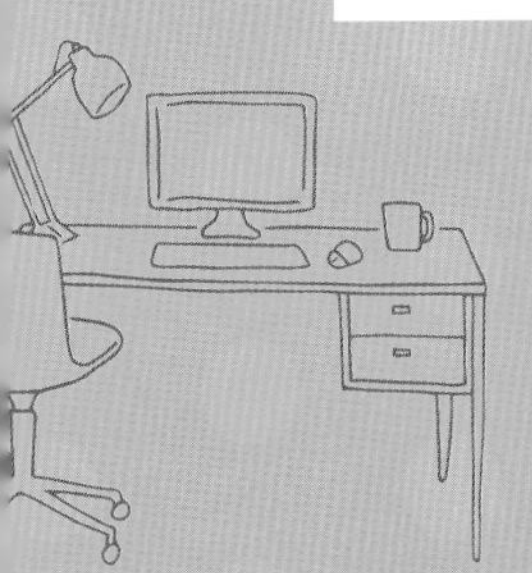

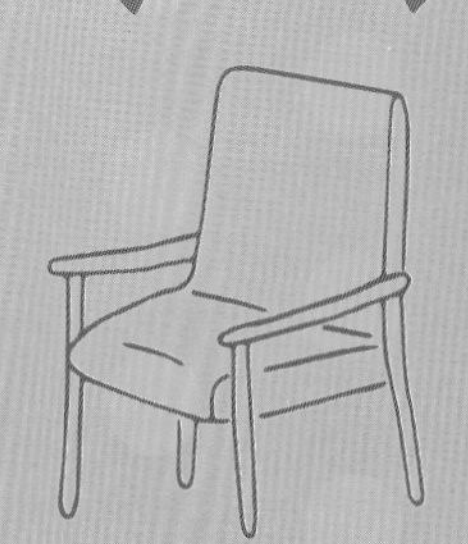

前言

Preface

來吧，一起加入療癒系的「小動物狂想曲」，學習50音！
跟隨章魚哥「Tako」和他的動物夥伴們，
一筆一畫揮動鉛筆，書寫美麗的日語假名。
準備好踏進趣味假名新世界，
探索自我的新境界了嗎？

知道嗎？每個假名背後都藏著迷人小故事。
在這個狂想世界裡，
您會不知不覺隨著Tako哥，寫完這場50音的奇幻冒險！

章魚哥「Tako」的冒險導覽地圖：

- ◆ 冒險就是最佳心態瑜伽，用故事點亮你的每一天，越玩越嗨！
- ◆ 學寫字也能超好玩，我們的教學讓小朋友也能成為字體達人！
- ◆ 十字格引導，增強寫字空間感，每一筆一畫，都讓你的字躍然紙上！
- ◆ 心靜如水，手寫如風，我們的書寫治癒法，讓煩惱煙消雲散，開啟成長新篇章！

不知道您還記得，那張自己勾勒出的第一張臉譜嗎？

是怎樣的一筆一劃，讓它從紙上跳出來的呢？

想不到吧，只要跟著一首簡單的順口溜，您也能輕鬆學會畫臉譜！快拿起筆，一起來嘗試！

爸爸帶我去爬山，
忽然下了雨來了；
媽媽給我10元，
爸爸給我10元，
我去買了一個大餅；
姊姊考我３＋３等於多少，
我說６，
打勾。

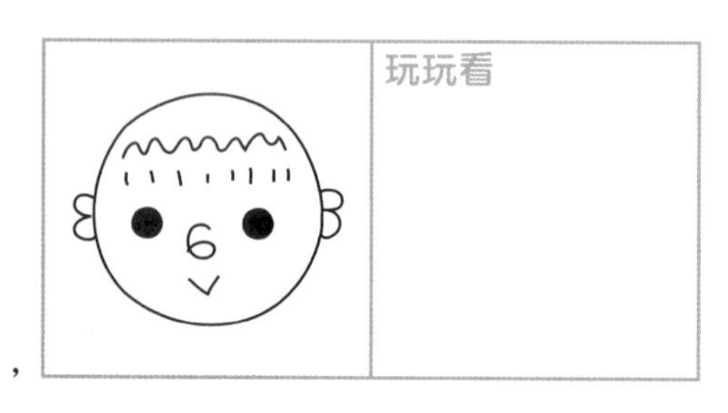

就這樣，一個故事，一段旋律，帶領你的手在紙上舞動。跟著這個節奏，就能輕鬆畫出你心中的人物臉譜！

寫假名也可以這麼有趣！

不要擔心假名筆畫少，不知如何下筆才好看，也不必擔心把它們搞混淆。

想要輕鬆掌握假名，就跟著我們的「小動物狂想曲」一起來冒險吧！ 拿起鉛筆，讓章魚哥「Tako」和他的動物夥伴們，帶你暢遊假名的奇妙世界。

我們的第一站是那個讓人尖叫連連的激動人心的遊樂園！

想像自己乘坐著雲霄飛車，感受那急速下墜的刺激，隨後向左急轉彎，再次飛躍起來，體驗近似自由落體的驚險刺激。

然後，畫下那完美的結束曲線——是的，您已經成功寫下了假名「の」！

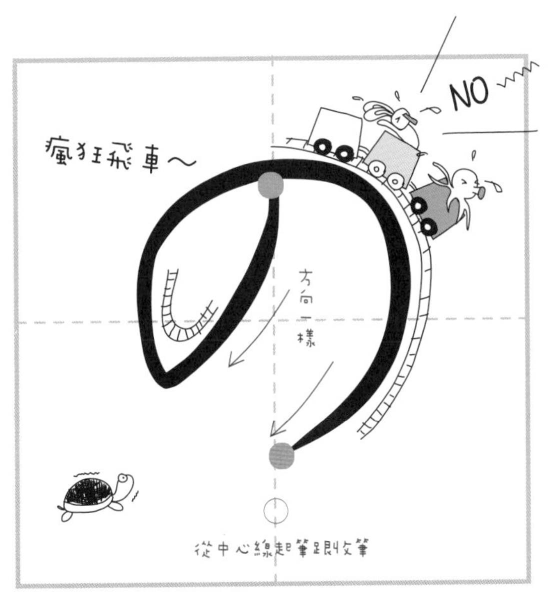

手邊一本《美假名練習帖》，4個超酷步驟，讓您和假名成為好朋友！

▲ 帶著「就是想要玩」的心情

當您太想寫得完美時，筆就會變得僵硬，就像是心情太緊張的時候腳步會變得笨拙。可是「玩」就是要輕鬆愉快，帶著好奇心探索每一種可能。寫假名也是一樣，轉動手腕，放鬆心情，讓假名跳躍在紙上，自然就能寫出超酷又美觀的假名！

▲ 跟著可愛動物們一起冒險寫假名，用最好玩的方式找到書寫感覺！寫出漂亮的字，真是一門大學問！

想像一下，如果在畫假名時突然來個直角彎，那就像雲霄飛車突然脫軌，讓你的平假名看起來完全「搞不懂在寫啥！」；片假名的曲折線條，就像看著 軍人列隊那樣，姿勢挺拔，每個筆畫都乾淨俐落，看起來超帶勁。但一旦手一軟，就全盤皆輸！而平假名的弧形筆畫，就像是小兔子在旋轉滑梯上歡樂滑行，或是章魚哥在雲霄飛車上尖叫，必須流暢優雅。

看著這些超萌的插圖，加上細緻的解說和搞笑的故事，讓學習不僅是記憶，更是啟發想像和創造力的火花。讓你的假名學習旅程，變成一生中難忘的美好回憶。

▲ 按照筆記本的指導練習，既紮實又有趣！

想要寫出漂亮的字，字的大小、形狀、特徵，以及筆畫的輕重、流暢度，整體結構都是關鍵。別忘了，筆順也超重要的，正確的筆順能讓你的字既平衡對稱又美觀。

章魚「Tako」最愛捉弄正經八百的假名，一邊玩一邊學，從角度、間距到對齊，全部詳細解說，簡直比書法老師親授還要細緻！還有書寫筆順的步驟，不只教你正確的寫法，還幫您一次記住字形結構！

整套精心設計的完整課程「標準假名的樣子 → 透過小動物冒險認識假名 → 注意筆順的分解步驟 → 實際動手寫寫」，看起來像在玩遊戲，其實是在紮實學習假名呢！

▲ 一整本專屬的滿滿練習本，讓您的假名寫得越來越流暢！

多了一點幽默和冒險的想像，假名的寫法已經牢牢刻在您的腦海裡。

雖然學會正確的「寫法」能讓假名越寫越漂亮，但想要寫得更自然、更穩定，關鍵就是多練習！ 我們準備了臨摹練習、十字格和空白方格，挑戰自己不看樣本，試著自己寫寫看，然後再對照一下，檢查自己寫得對不對？靜下心來反覆練習，讓手部肌肉逐漸記住每個筆畫，讓書寫假名成為您的超級永久技能！

怎麼可能有這麼完美的假名筆記本！

◎ 先來點熱身！ 跟著我們做「假名手指體操」

開始練習前，先讓手指跑個圈圈，熱身！ 為了那些曲線和直線能夠舞動得更優雅，我們篩選了假名中最具特色的筆畫，針對這些，先來一輪「假名手指體操」。 跟著我們的步驟，逐步建立信心，熱身完您一定會驚呼「天啊，我太會寫了」！

◎ 看單字學假名，假名就在生活中！

掌握了假名，立刻就能現學現賣！ 從生活中那些您老是用的單字中挖掘假名，幫您建立連接，加深印象。 雙重的刺激－「單字＋聯想」，保證讓「假名・單字」在您腦海裡待上一輩子！

目錄

Contents

清音-音軌01
濁音・半濁音-音軌02

▲ 平假名 001

あ行	あ 001	い 001	う 001	え 001	お 001
か行	か 001	き 001	く 001	け 001	こ 001
さ行	さ 001	し 001	す 001	せ 001	そ 001
た行	た 001	ち 001	つ 001	て 001	と 001
な行	な 001	に 001	ぬ 001	ね 001	の 001
ま行	ま 001	み 001	む 001	め 001	も 001
や行	や 001		ゆ 001		よ 001
ら行	ら 001	り 001	る 001	れ 001	ろ 001
わ行	わ 001				を 001
撥音					ん 001

▲ 片假名 001

ア行 106
カ行 107
サ行 108
タ行 109
ナ行 110
ハ行 111
マ行 112
ヤ行 113
ラ行 114
ワ行 115

▲ 濁音／半濁音 117

▲ 促音 128

▲ 拗音 129

▲ 長音 130

▲ 練習假名有撇步 131

平假名手上體操

「弧線」是平假名的特色，快拿起鉛筆，從 ➡ 的地方起筆，馬上練出平假名的手感！

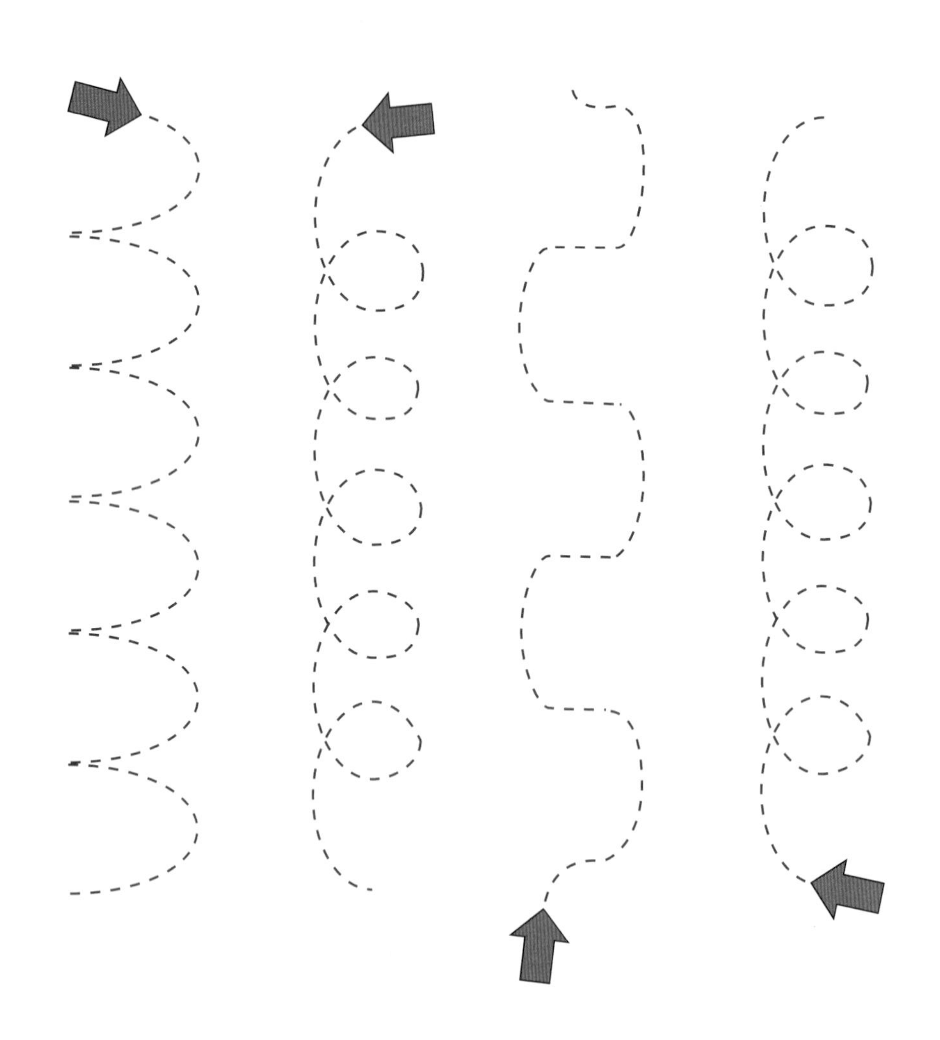

「曲折的線條」是片假名的特色，快拿起鉛筆，從 ➡ 的地方起筆，馬上練出片假名的手感！

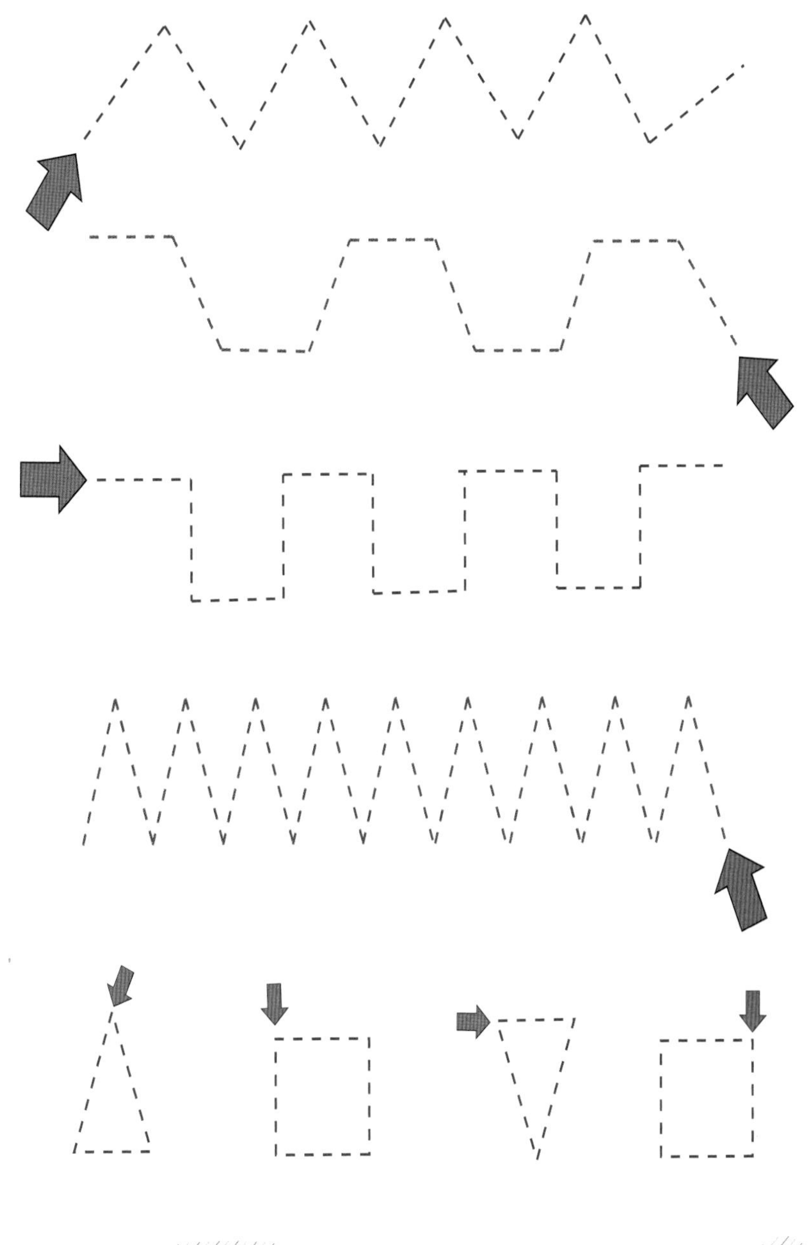

清音表

	あ段	い段	う段	え段	お段
あ行	あ ア [a]	い イ [i]	う ウ [u]	え エ [e]	お オ [o]
か行	か カ [ka]	き キ [ki]	く ク [ku]	け ケ [ke]	こ コ [ko]
さ行	さ サ [sa]	し シ [shi]	す ス [su]	せ セ [se]	そ ソ [so]
た行	た タ [ta]	ち チ [chi]	つ ツ [tsu]	て テ [te]	と ト [to]
な行	な ナ [na]	に ニ [ni]	ぬ ヌ [nu]	ね ネ [ne]	の ノ [no]
は行	は ハ [ha]	ひ ヒ [hi]	ふ フ [fu]	へ ヘ [he]	ほ ホ [ho]
ま行	ま マ [ma]	み ミ [mi]	む ム [mu]	め メ [me]	も モ [mo]
や行	や ヤ [ya]		ゆ ユ [yu]		よ ヨ [yo]
ら行	ら ラ [ra]	り リ [ri]	る ル [ru]	れ レ [re]	ろ ロ [ro]
わ行	わ ワ [wa]		を ヲ [o]		ん ン [n]

平假名練習

NO
方向一樣

あ行

小動物歷險記

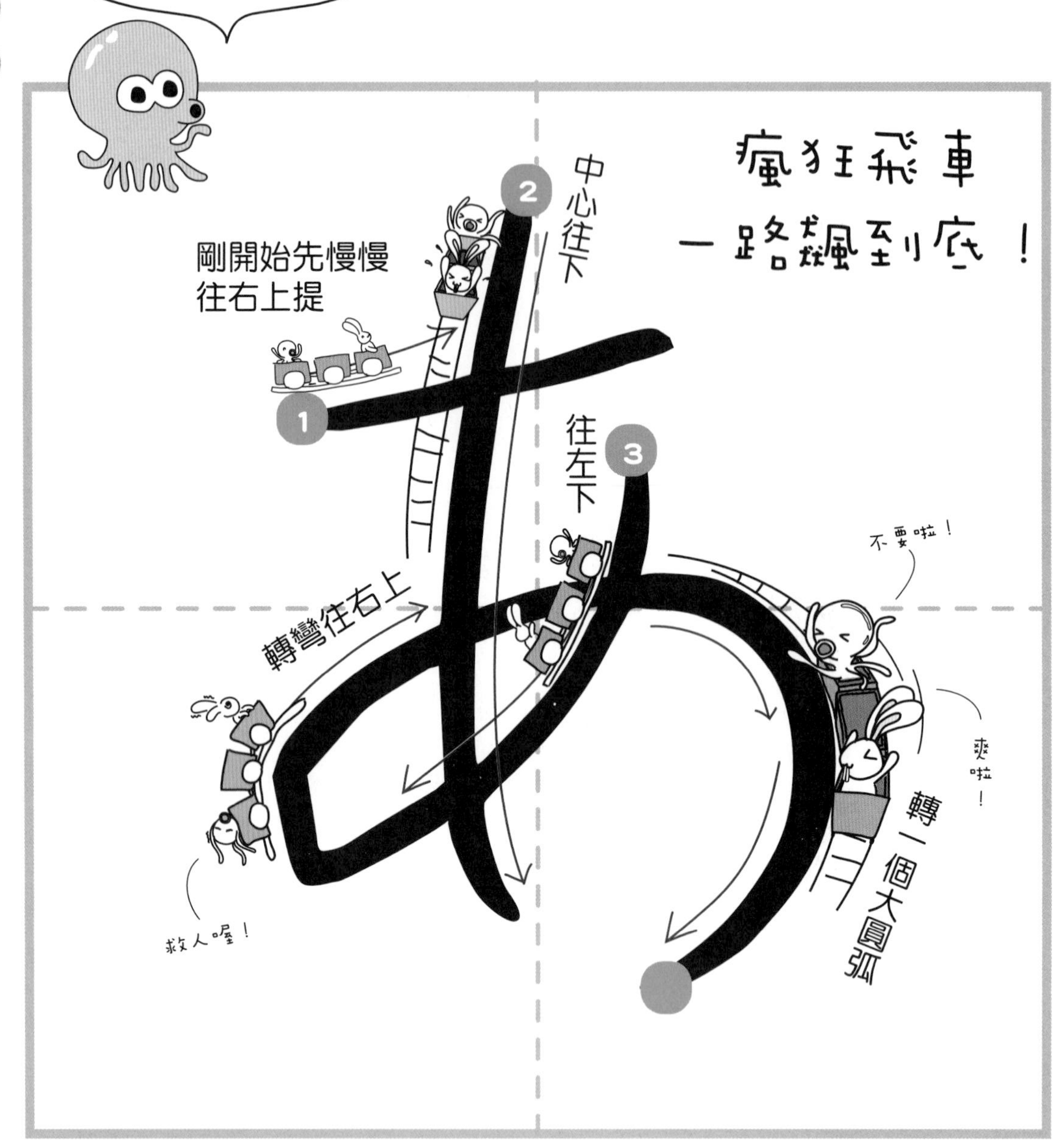

相關單字

あに 哥哥	あした 明天

稍稍往右上
兩線要平行，都往左下撇
空開
停在這裡
1
2
3

跟著筆順練習

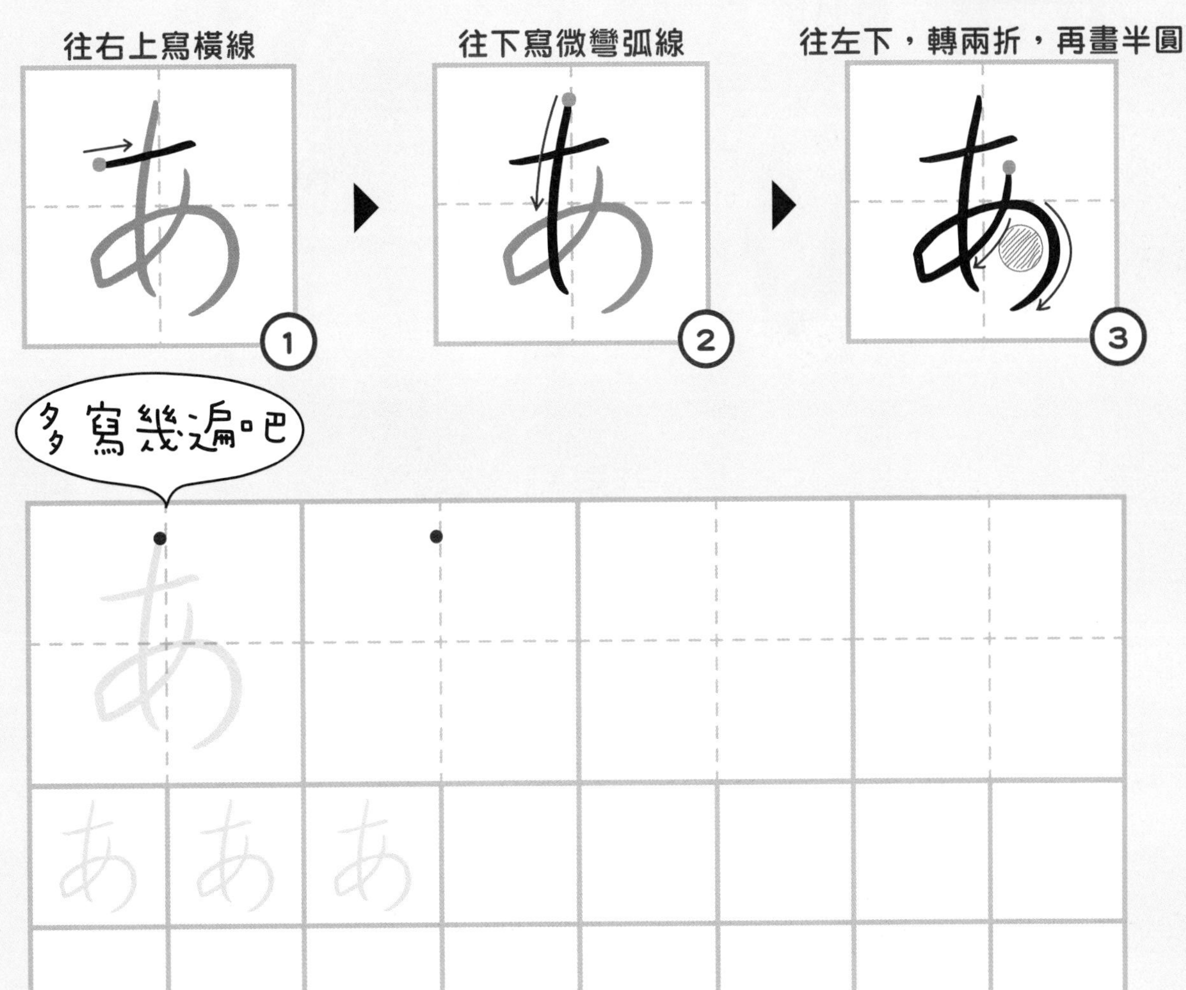
往右上寫橫線
往下寫微彎弧線
往左下，轉兩折，再畫半圓
1
2
3
多寫幾遍吧

小動物歷險記

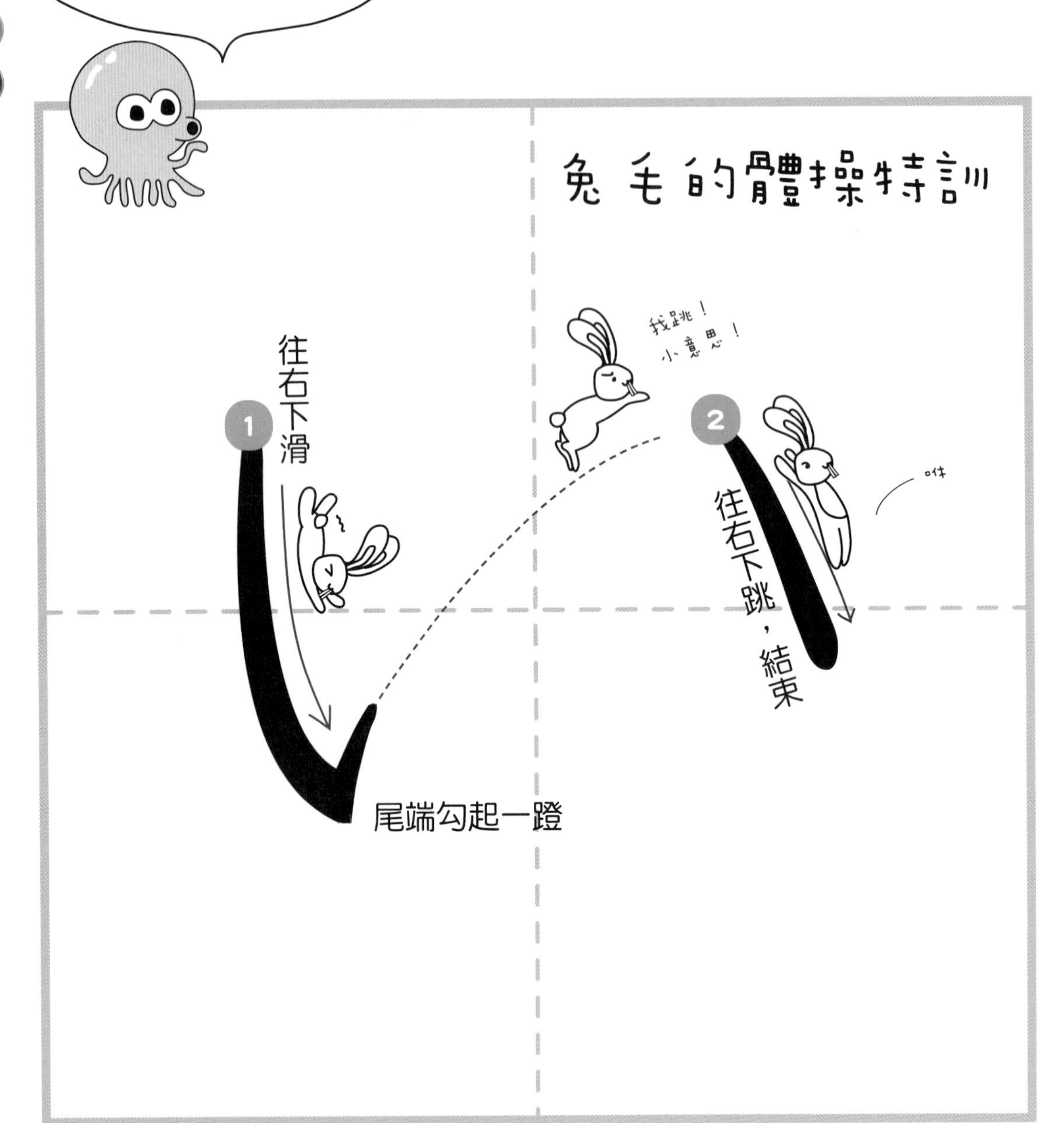

相關單字

あおい	いし
藍色	石頭

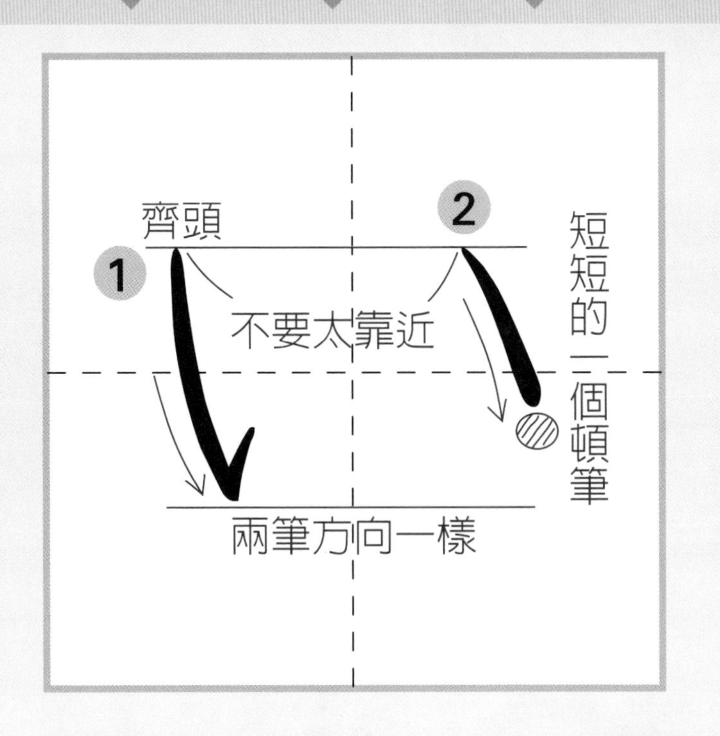
齊頭
1
2
短短的一個頓筆
不要太靠近
兩筆方向一樣

跟著筆順練習

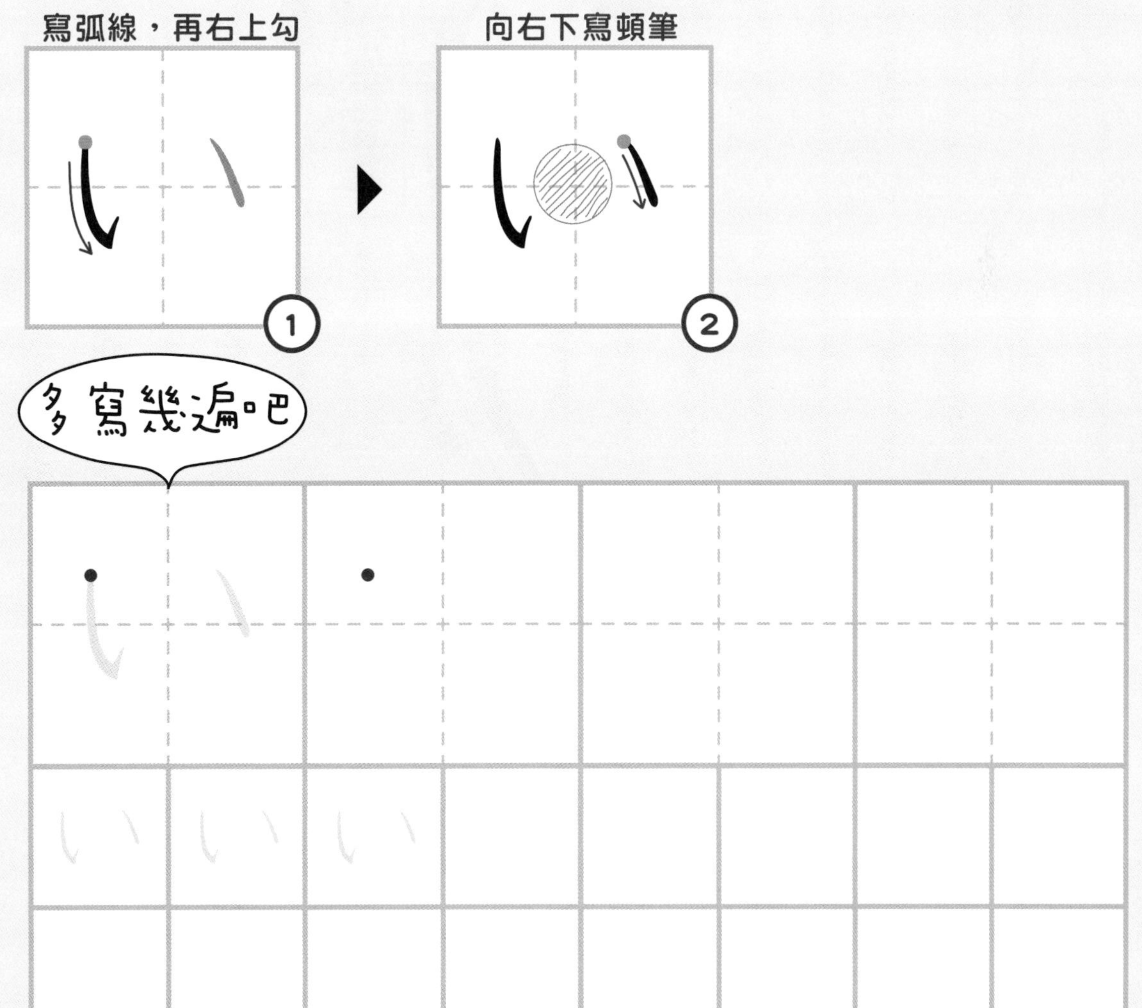
寫弧線，再右上勾
向右下寫頓筆
1
2
多寫幾遍吧

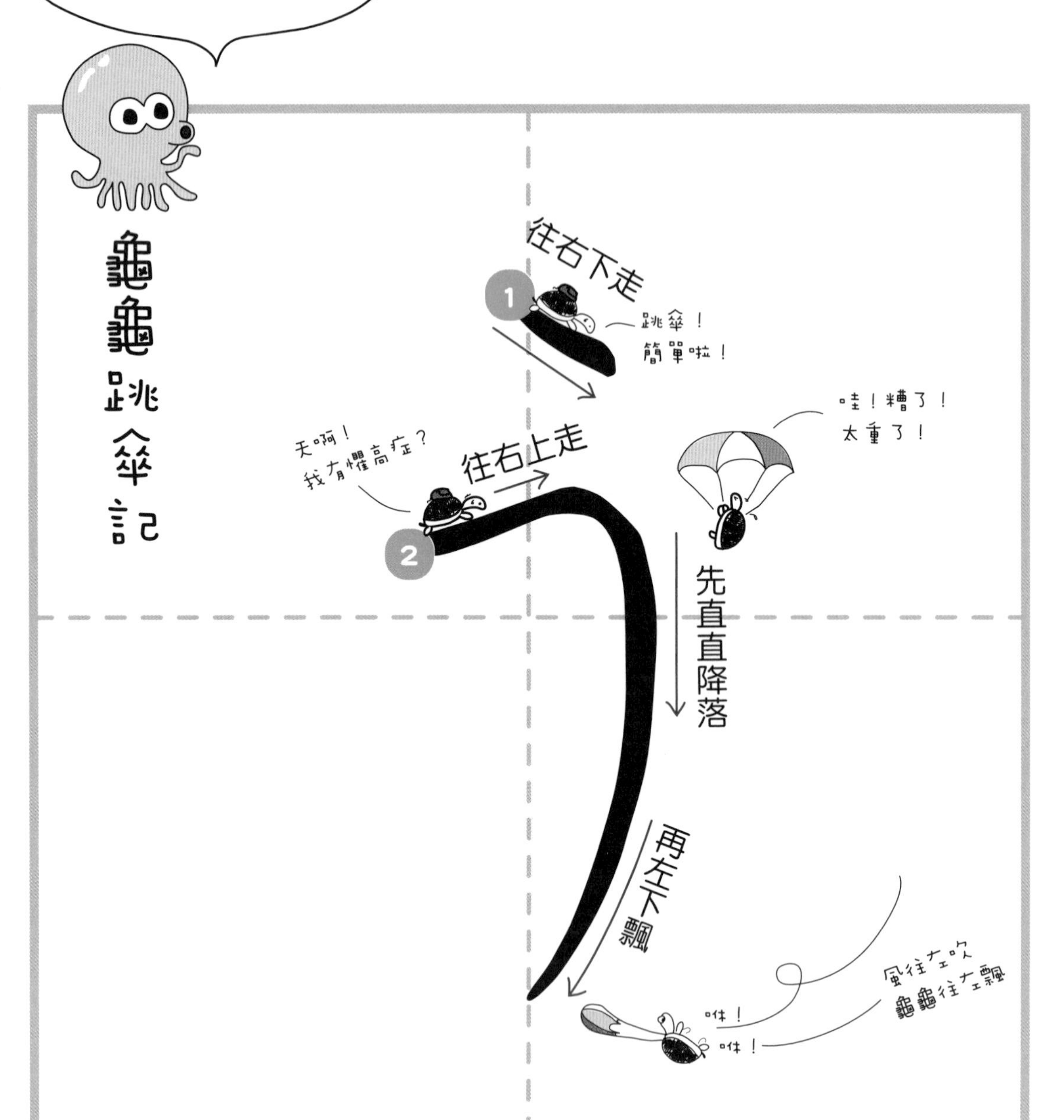

相關單字

うえ 上面	うそ 說謊

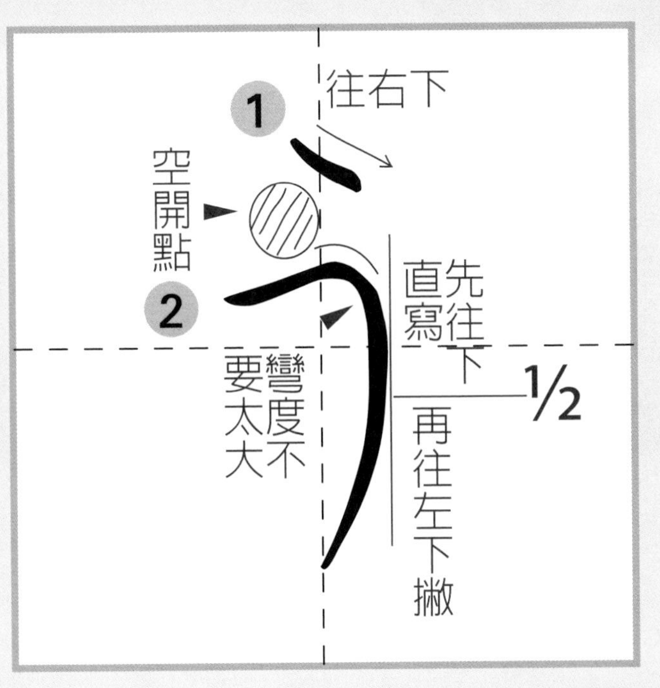
1
往右下
空開點
2
先往下直寫
彎度不要太大
½
再往左下撇

跟著筆順練習

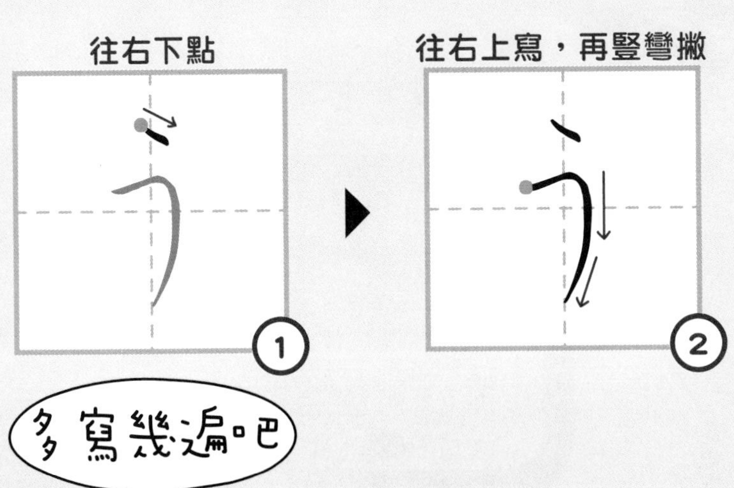
往右下點
往右上寫，再豎彎撇
1
2

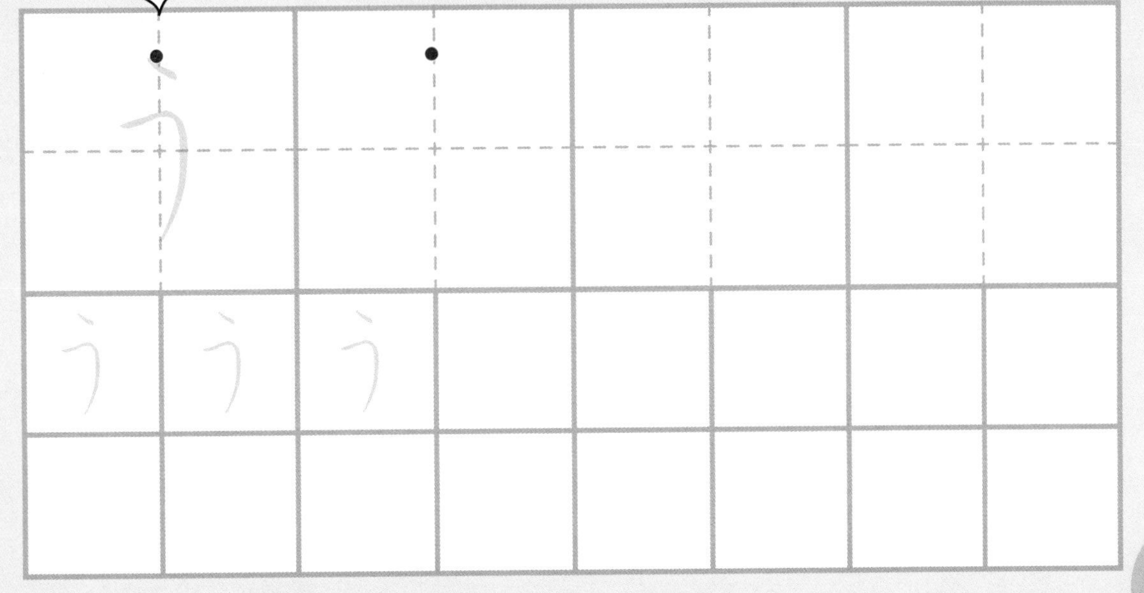
多寫幾遍吧

小動物歷險記

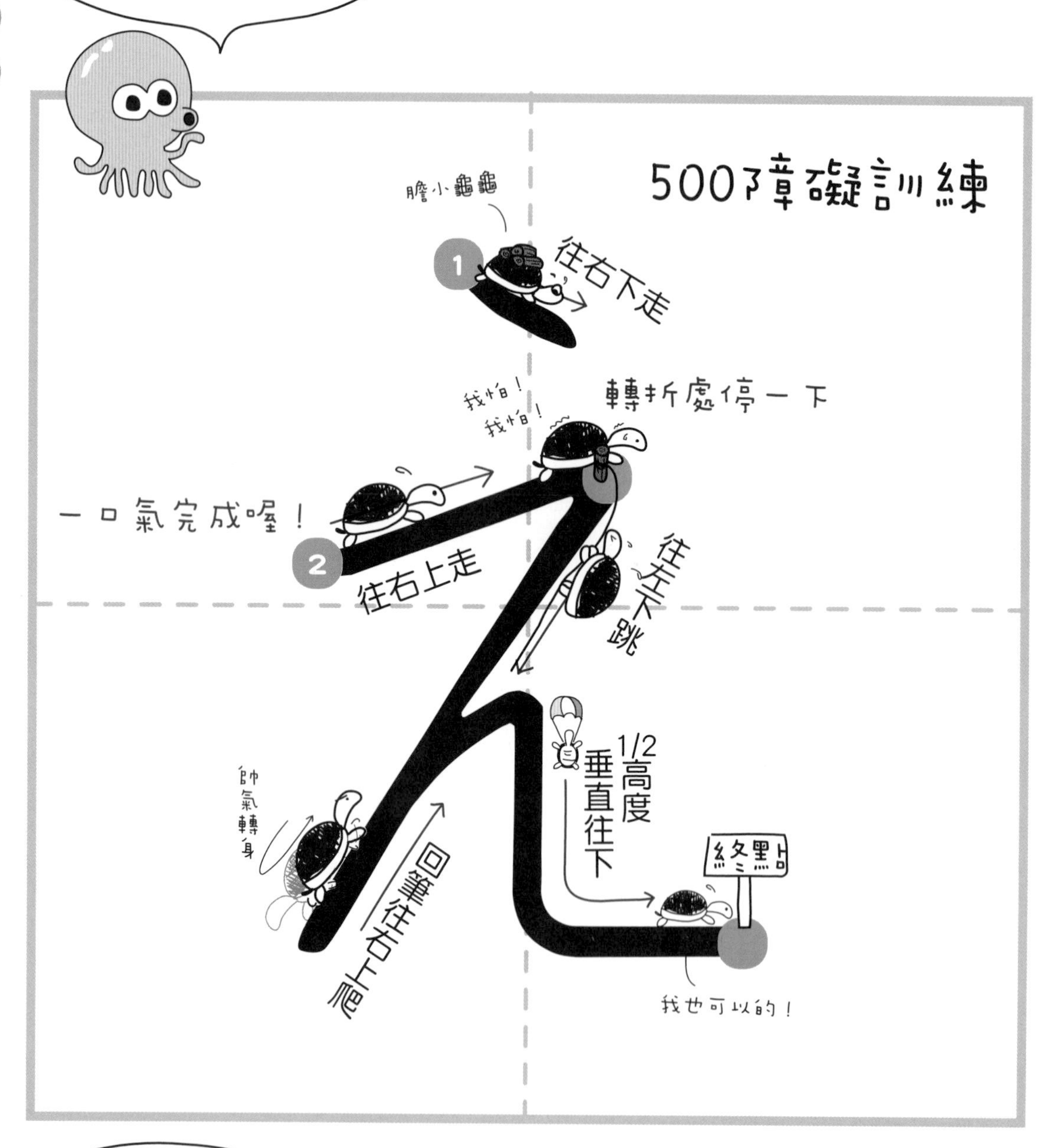
500障礙訓練
膽小龜龜
1
往右下走
我怕！
我怕！
轉折處停一下
一口氣完成喔！
2
往右上走
往左下跳
1/2高度垂直往下
帥氣轉身
回筆往右上爬
終點
我也可以的！

相關單字

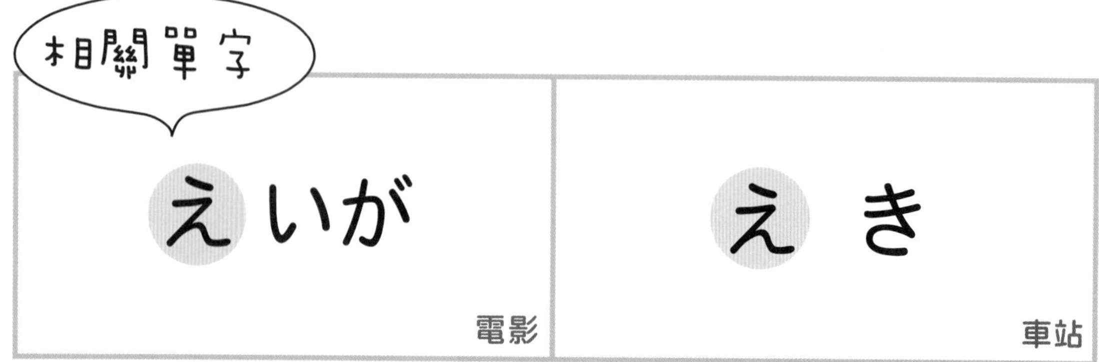
えいが
電影
えき
車站

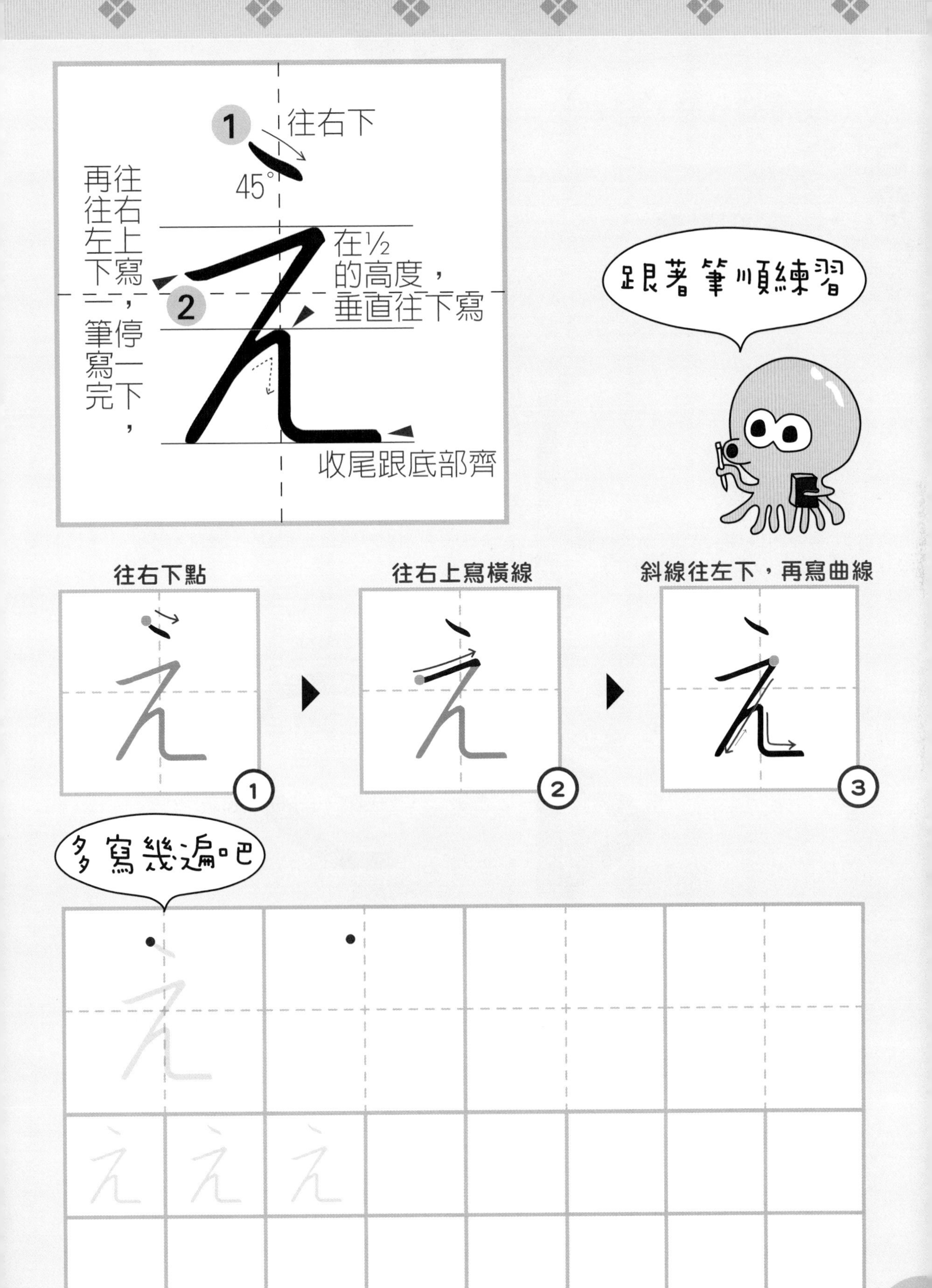
1
往右下
45°
往右上寫，停一下，再往左下一筆寫完，
2
在½的高度，垂直往下寫
收尾跟底部齊
跟著筆順練習
往右下點
往右上寫橫線
斜線往左下，再寫曲線
多寫幾遍吧

小動物歷險記

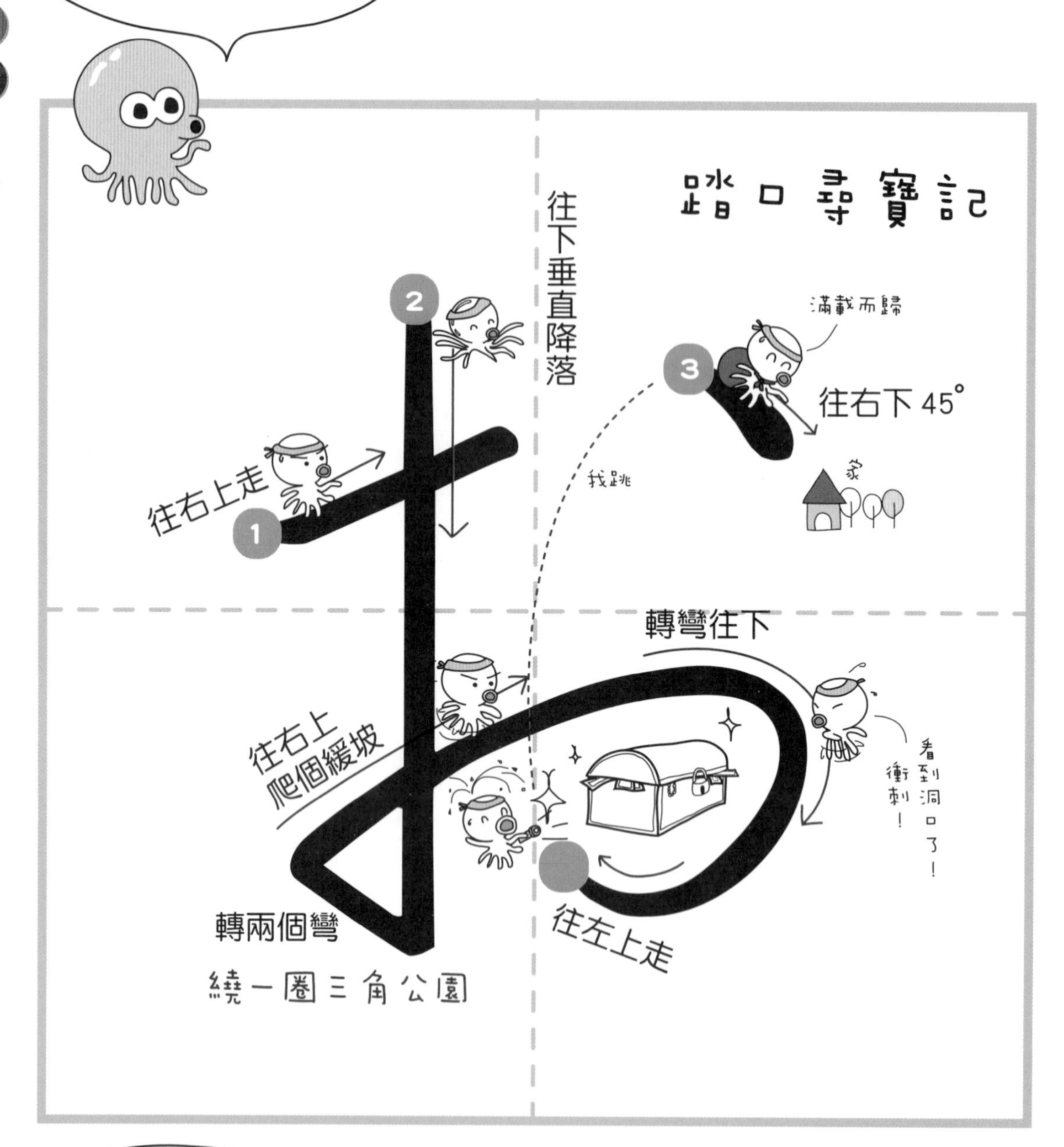

相關單字

おなか	かお
肚子	臉

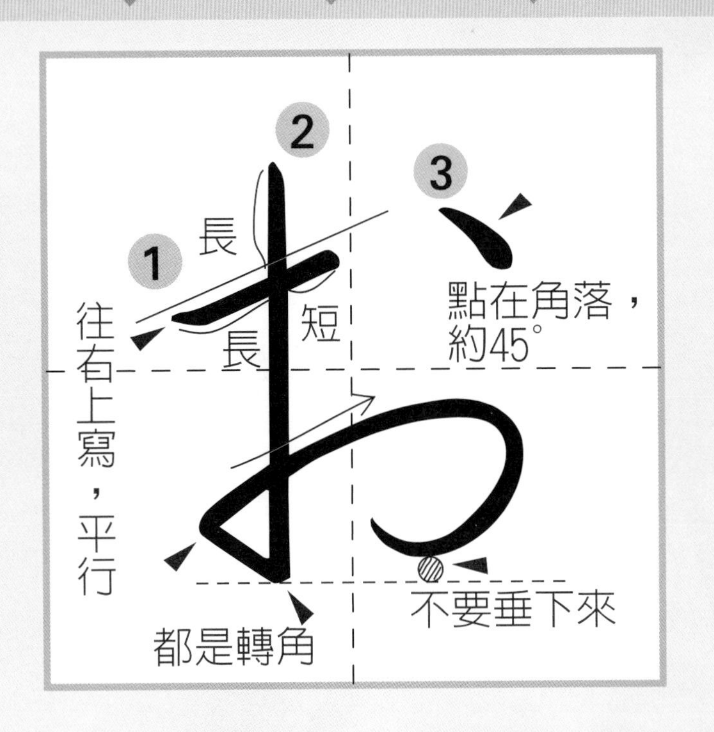

往右上寫橫線

垂直往下，兩折再畫半圓

45 度往右下點

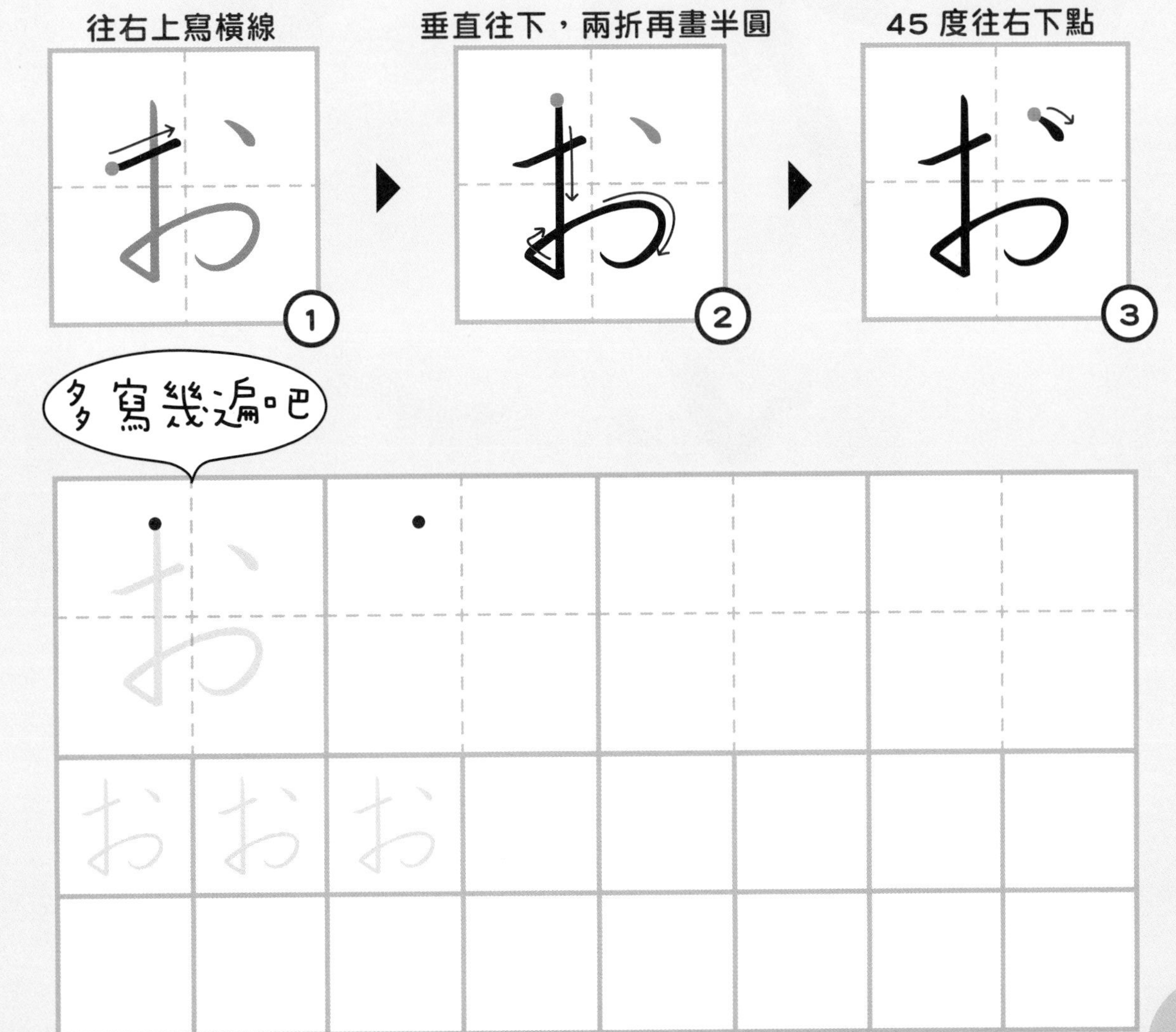

小動物歷險記

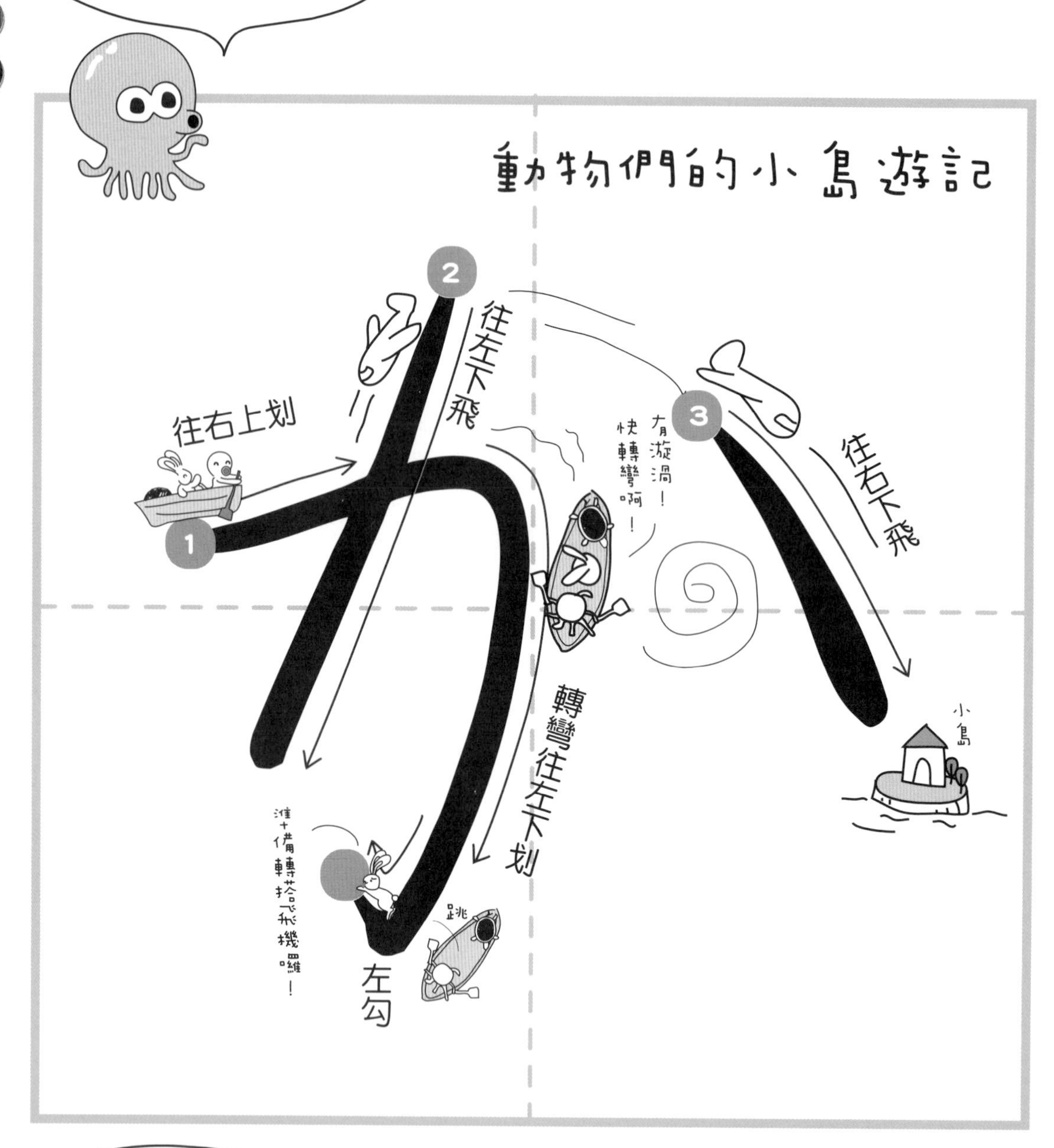

相關單字

からだ	かぜ
身體	風

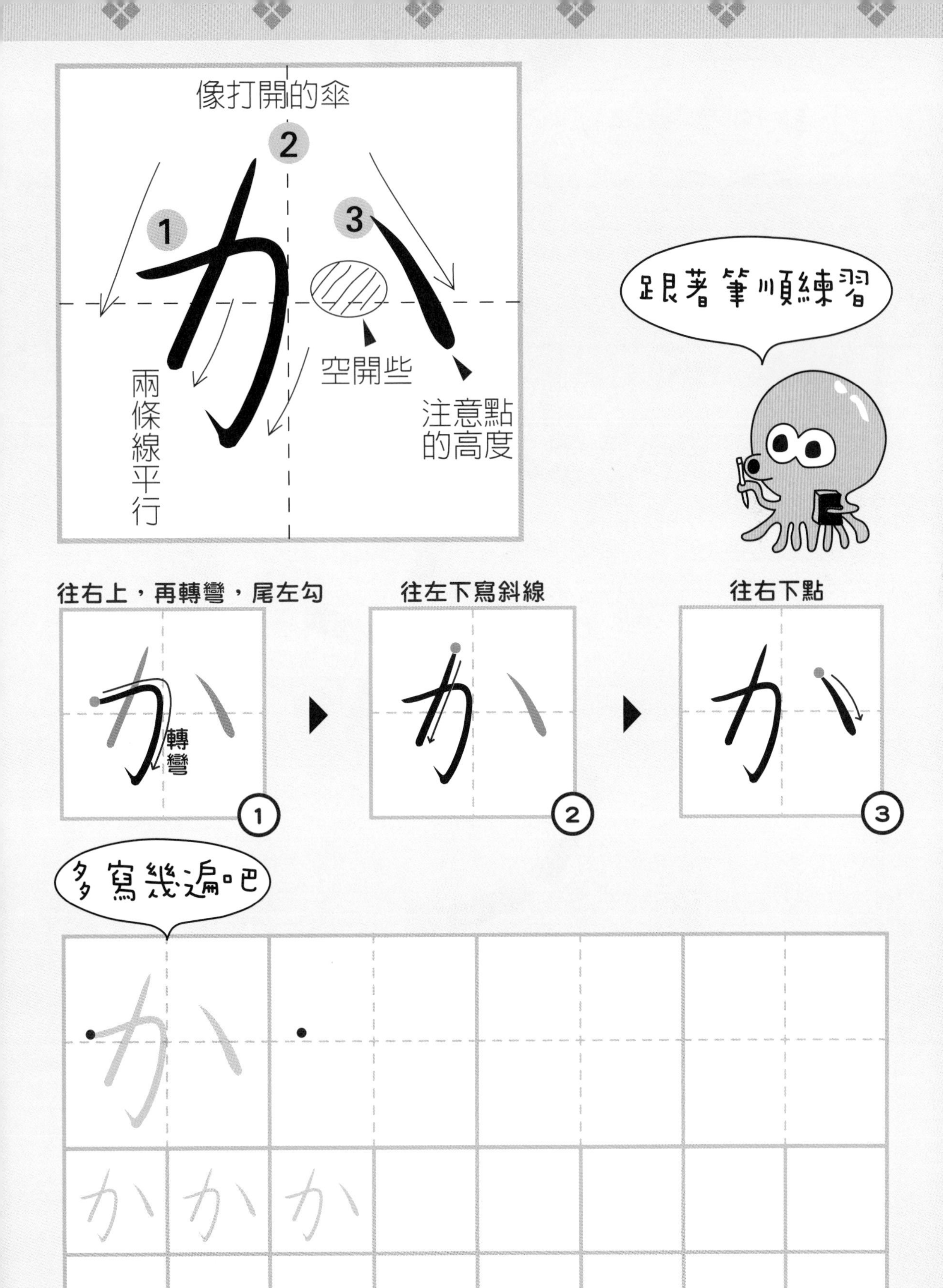
像打開的傘
1
2
3
兩條線平行
空開些
注意點的高度
跟著筆順練習
往右上，再轉彎，尾左勾
轉彎
往左下寫斜線
往右下點
多寫幾遍吧
か か か

小動物歷險記

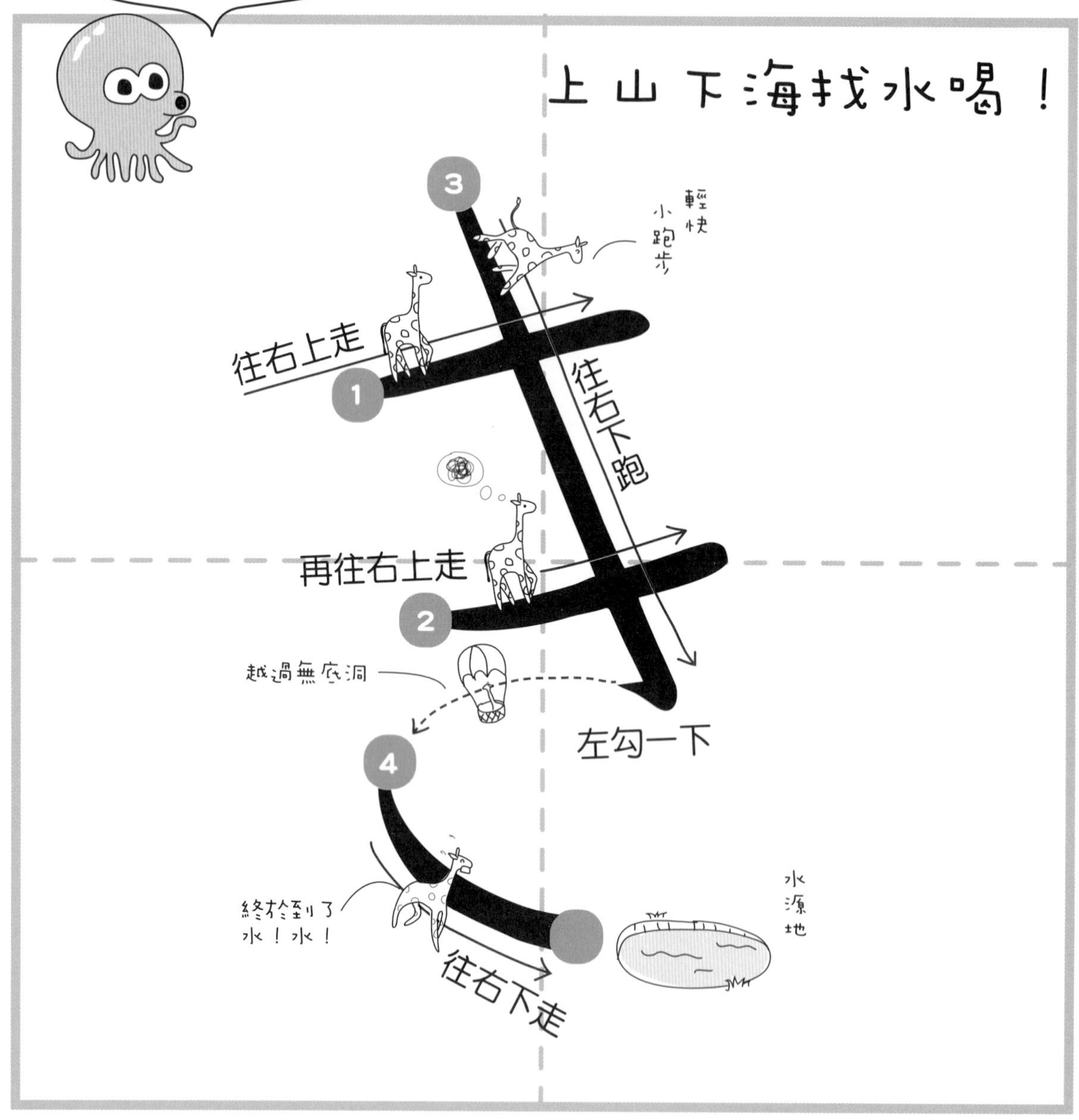

相關單字

あき	ゆき
秋天	雪

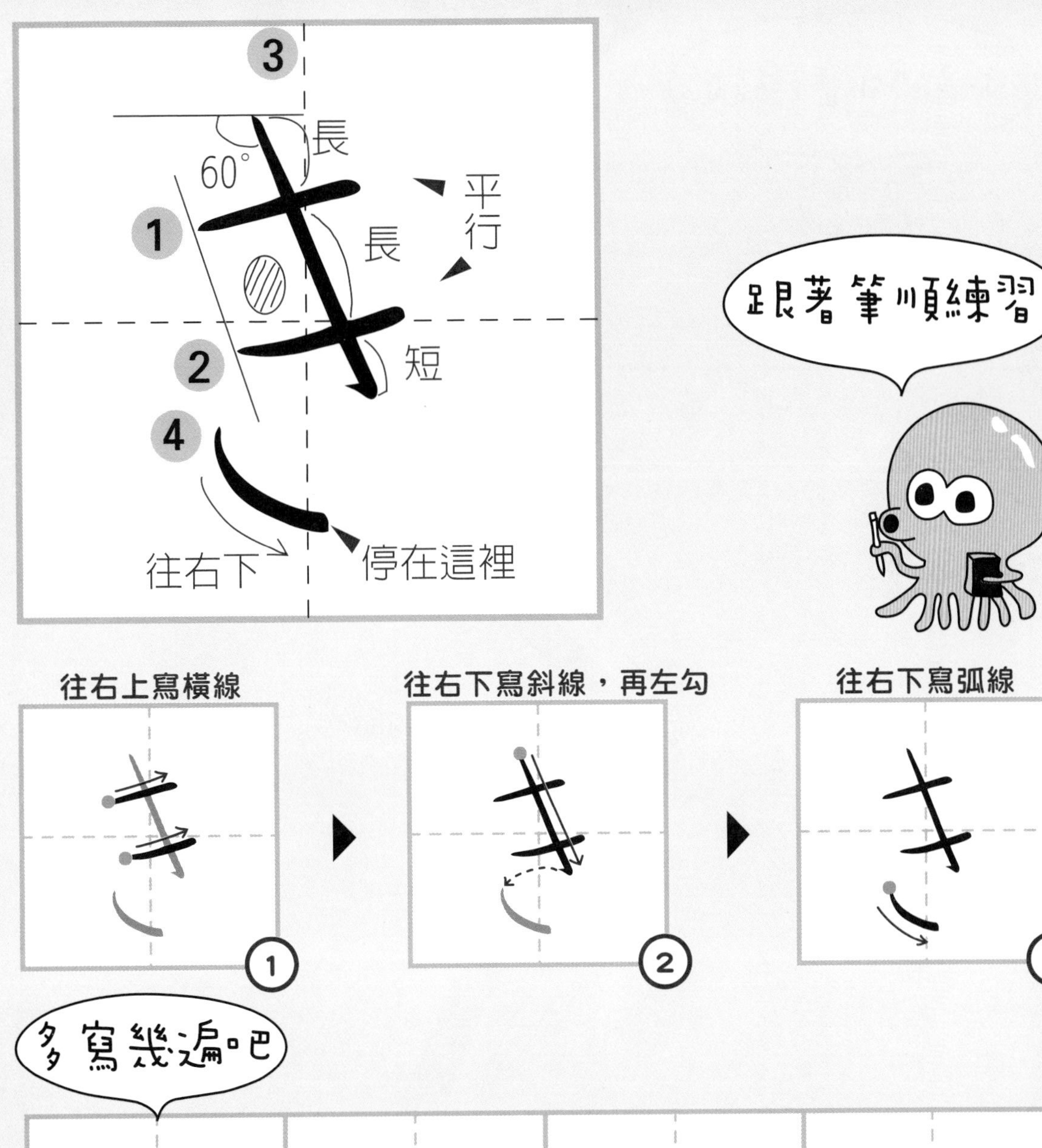

3
長
60°
1
平
行
長
2
短
4
往右下
停在這裡
跟著筆順練習
往右上寫橫線
往右下寫斜線，再左勾
往右下寫弧線
1
2
3

多寫幾遍吧

小動物歷險記

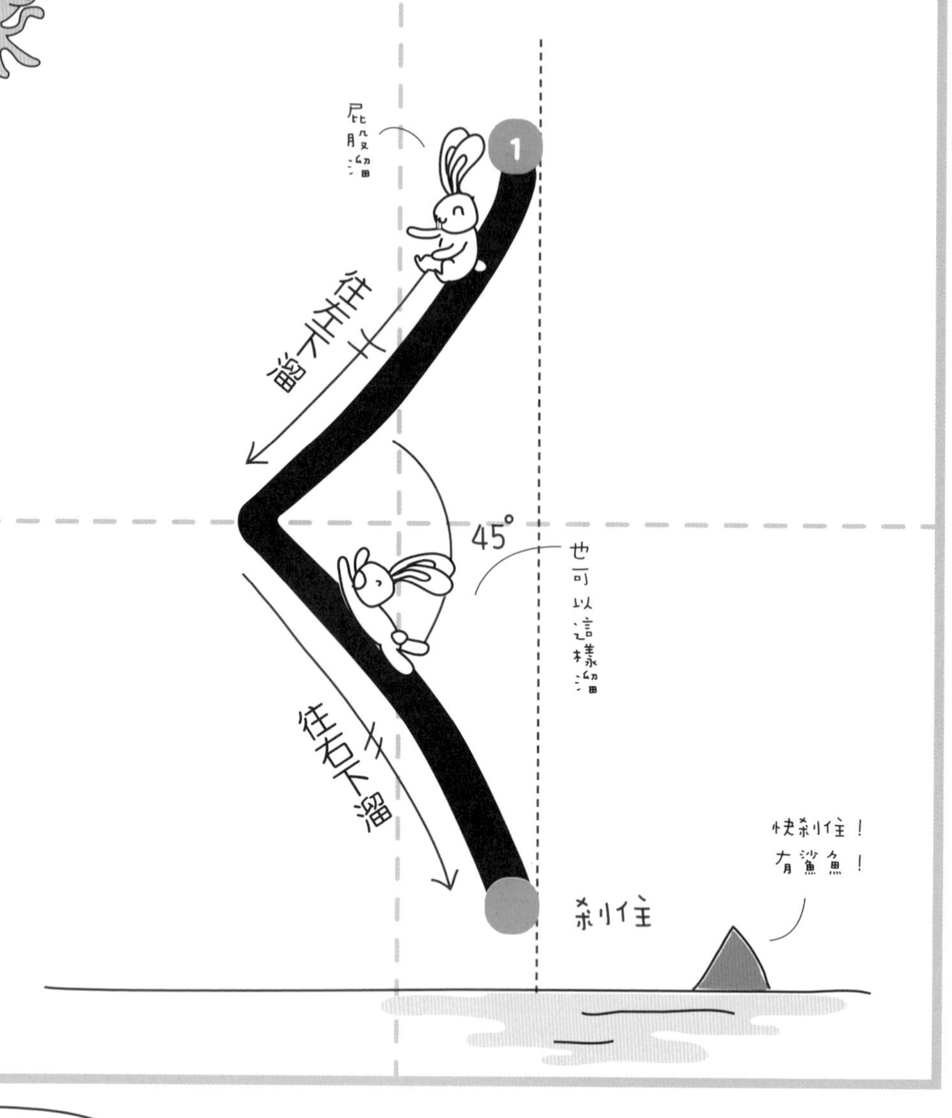

相關單字

くち	くも
嘴巴	雲

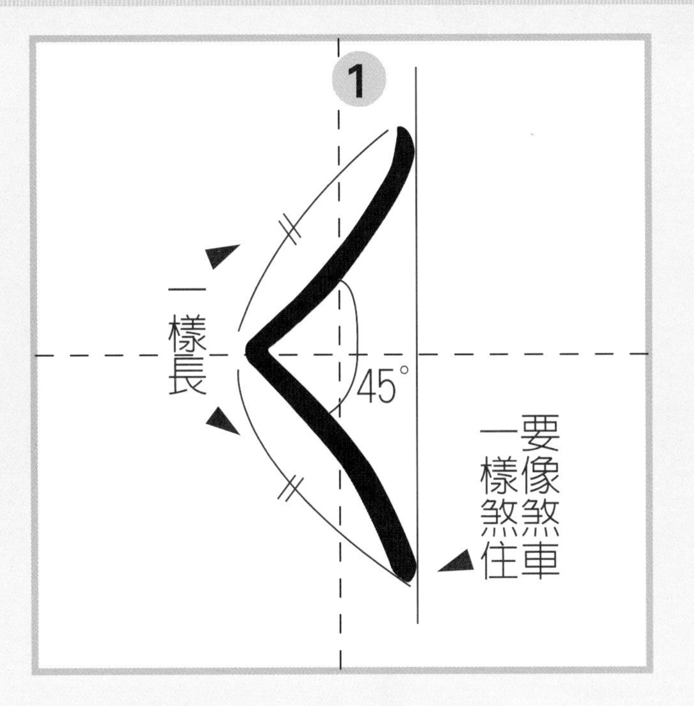

1
一樣長
45°
要像煞車一樣煞住

跟著筆順練習

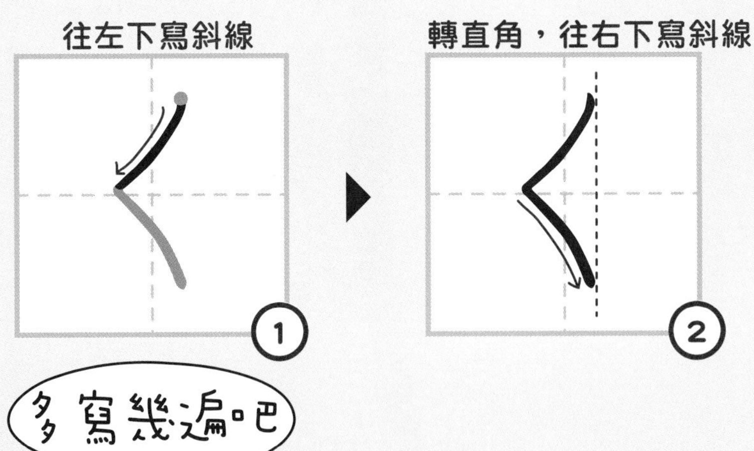

往左下寫斜線
轉直角，往右下寫斜線
1
2

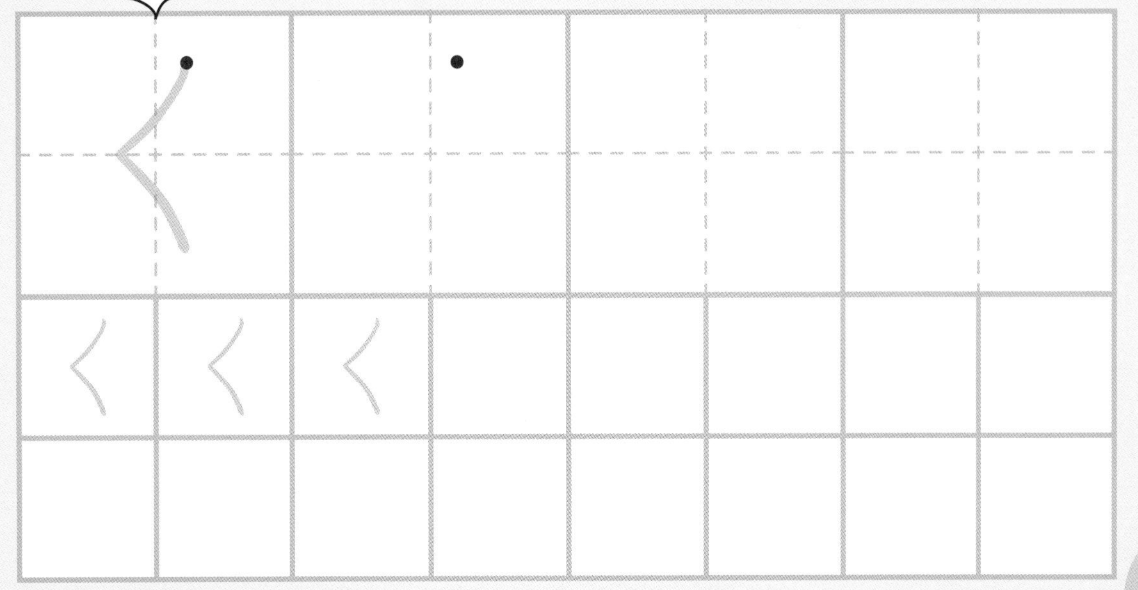

多寫幾遍吧

小動物歷險記

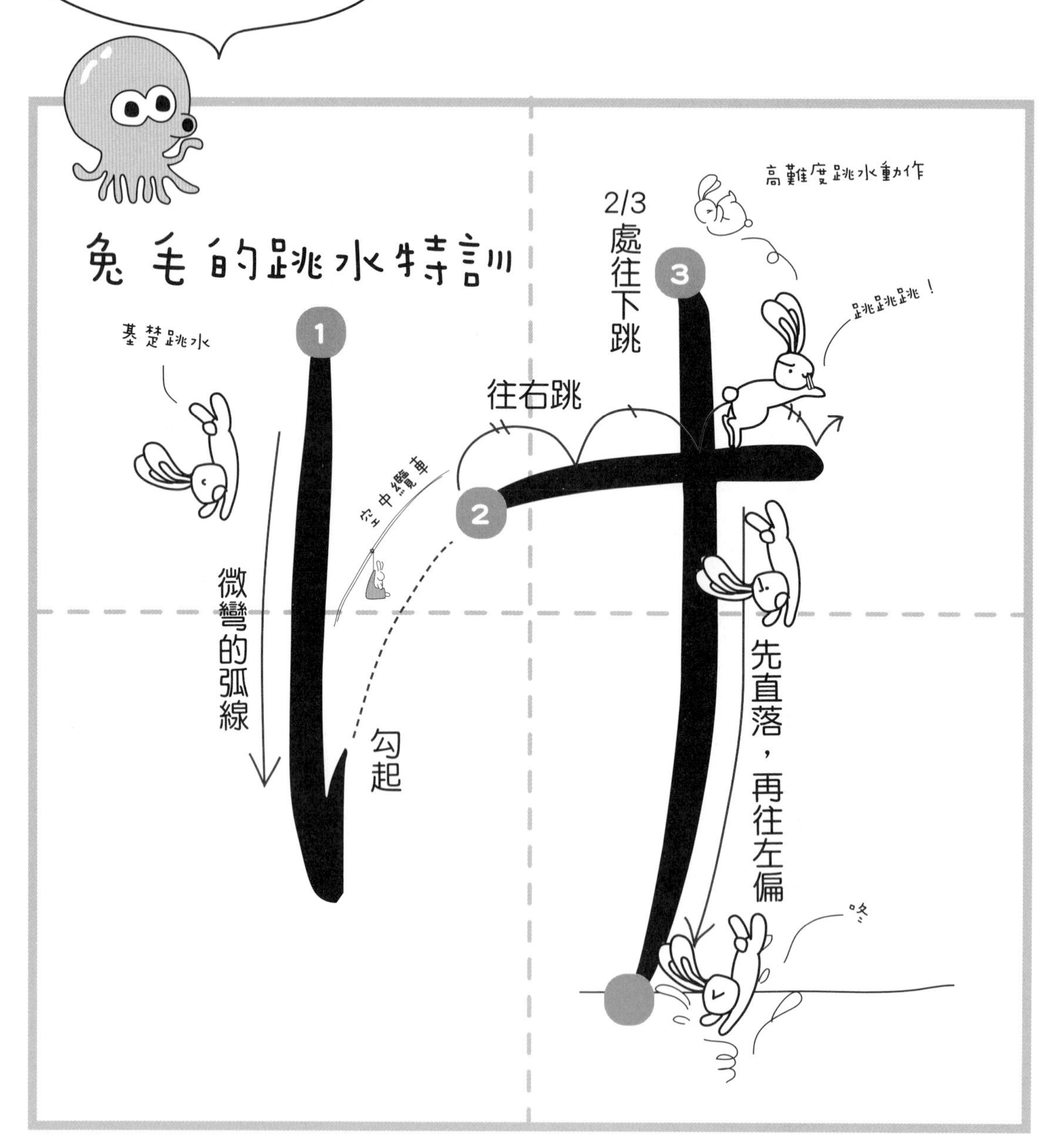

相關單字

いけ	けさ
池塘	早上

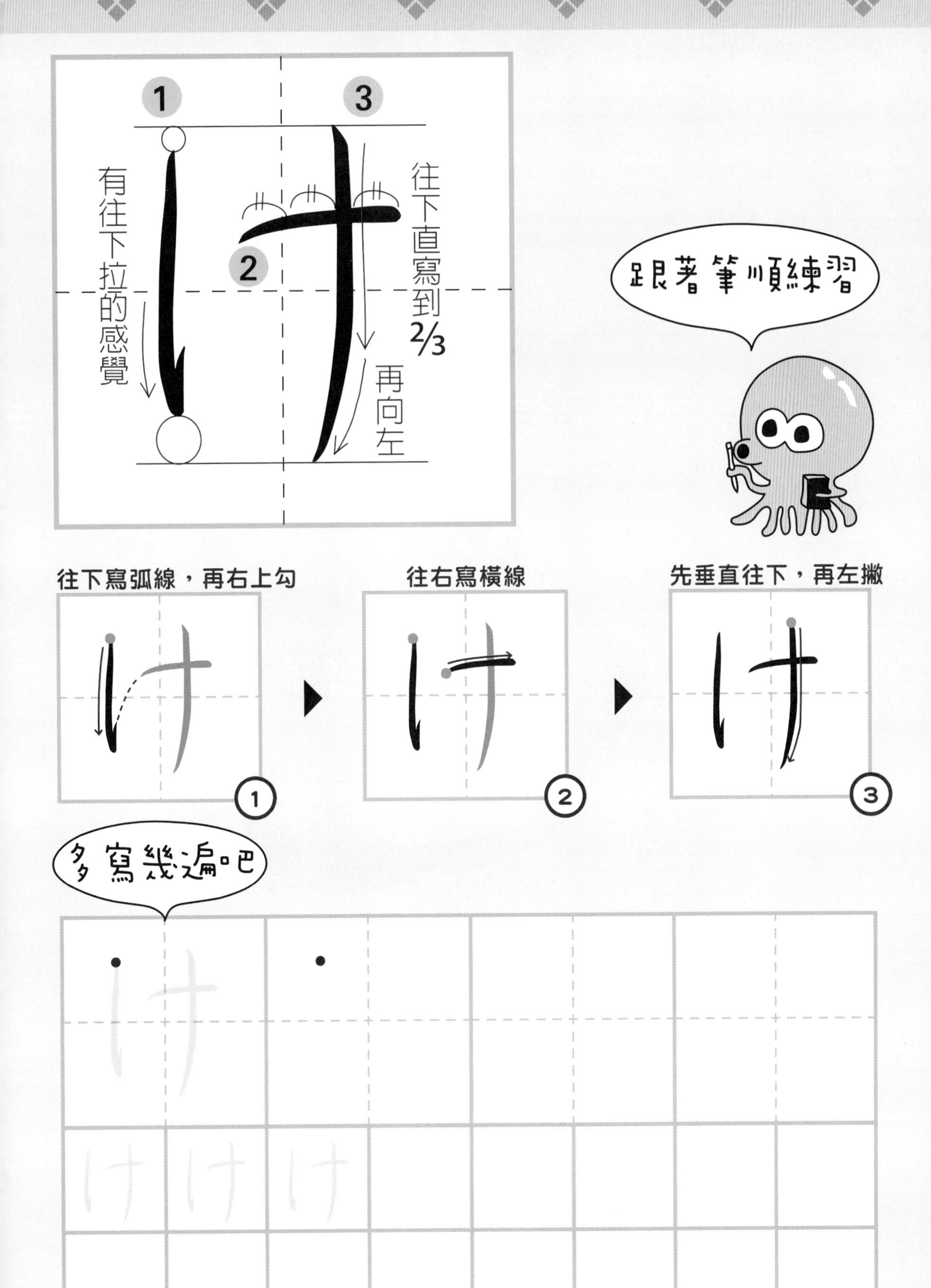
1
3
有往下拉的感覺
2
往下直寫到2/3
再向左
跟著筆順練習
往下寫弧線，再右上勾
往右寫橫線
先垂直往下，再左撇
多寫幾遍吧

小動物歷險記

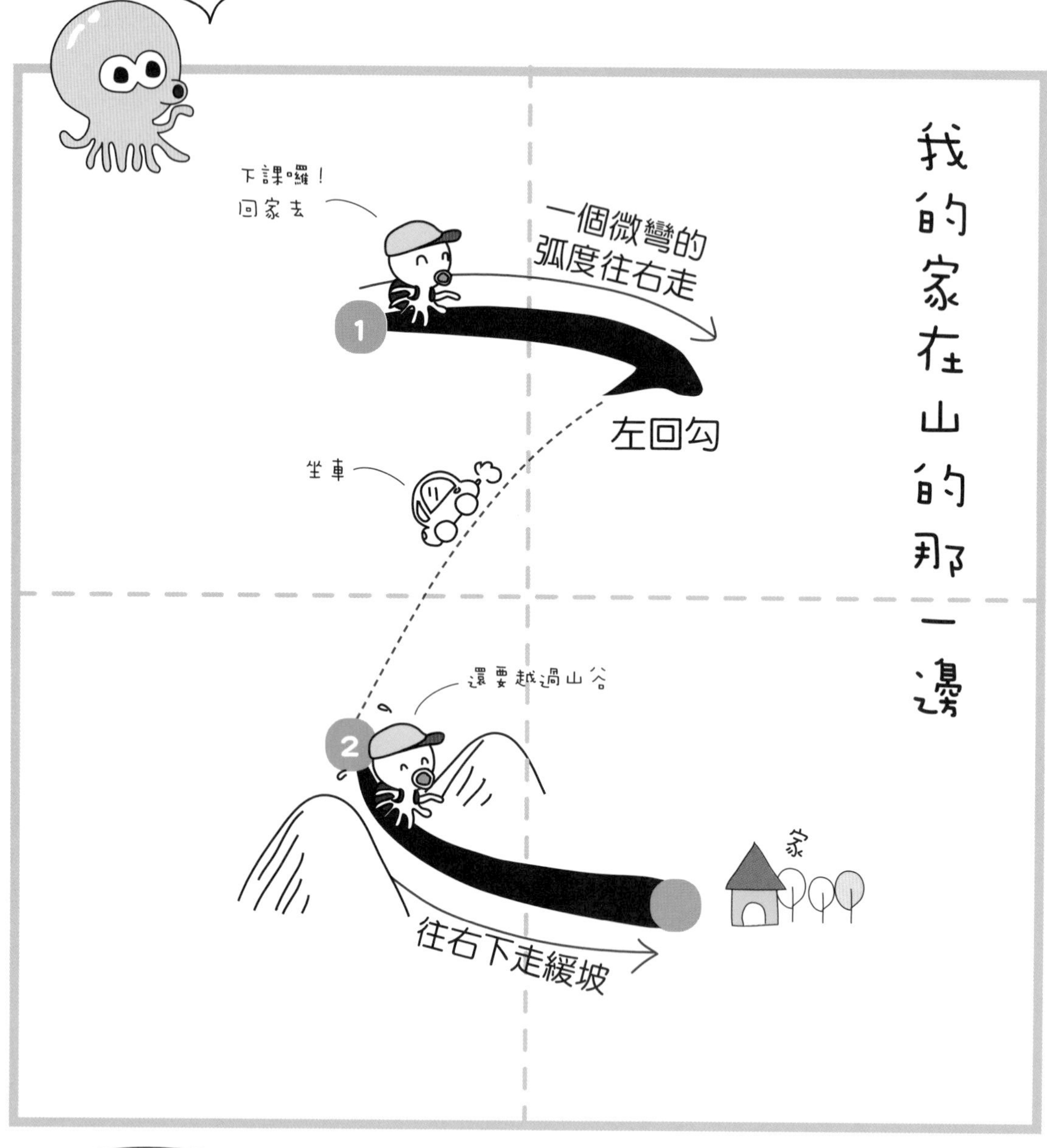
我的家在山的那一邊
下課囉！
回家去
一個微彎的
弧度往右走
1
左回勾
坐車
還要越過山谷
2
家
往右下走緩坡

相關單字

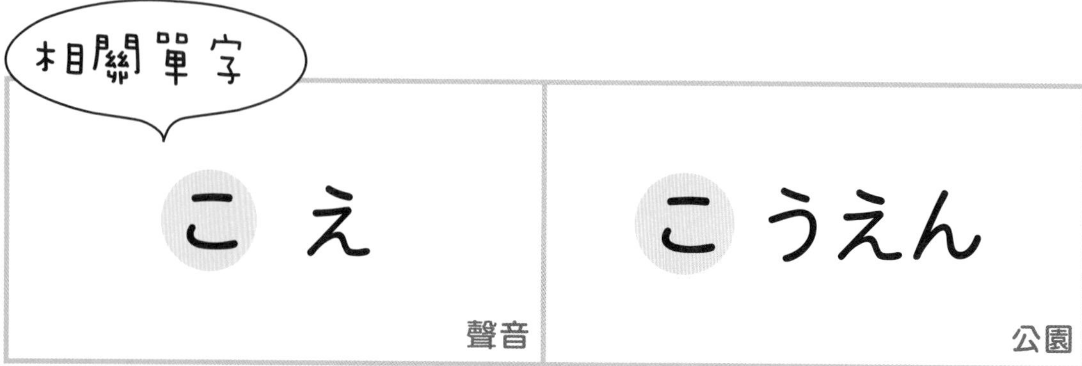
こえ
聲音
こうえん
公園

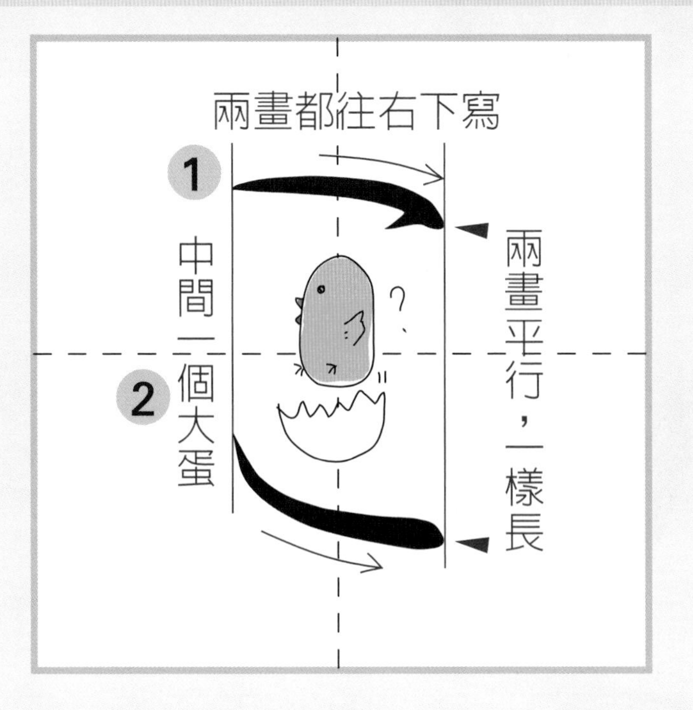
兩畫都往右下寫
1
中間一個大蛋
2
兩畫平行，一樣長
?

跟著筆順練習

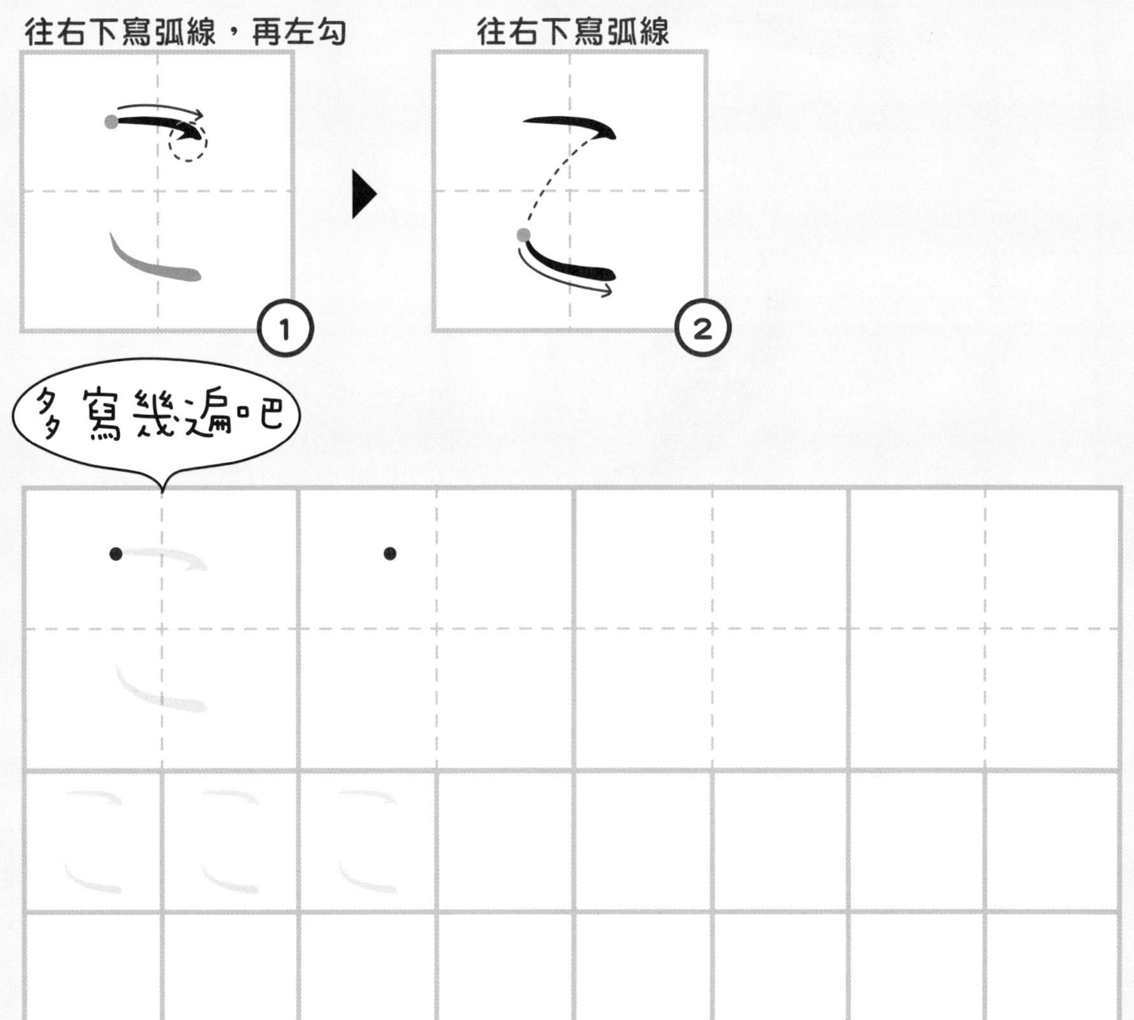
往右下寫弧線，再左勾
往右下寫弧線
1
2
多寫幾遍吧

小動物歷險記

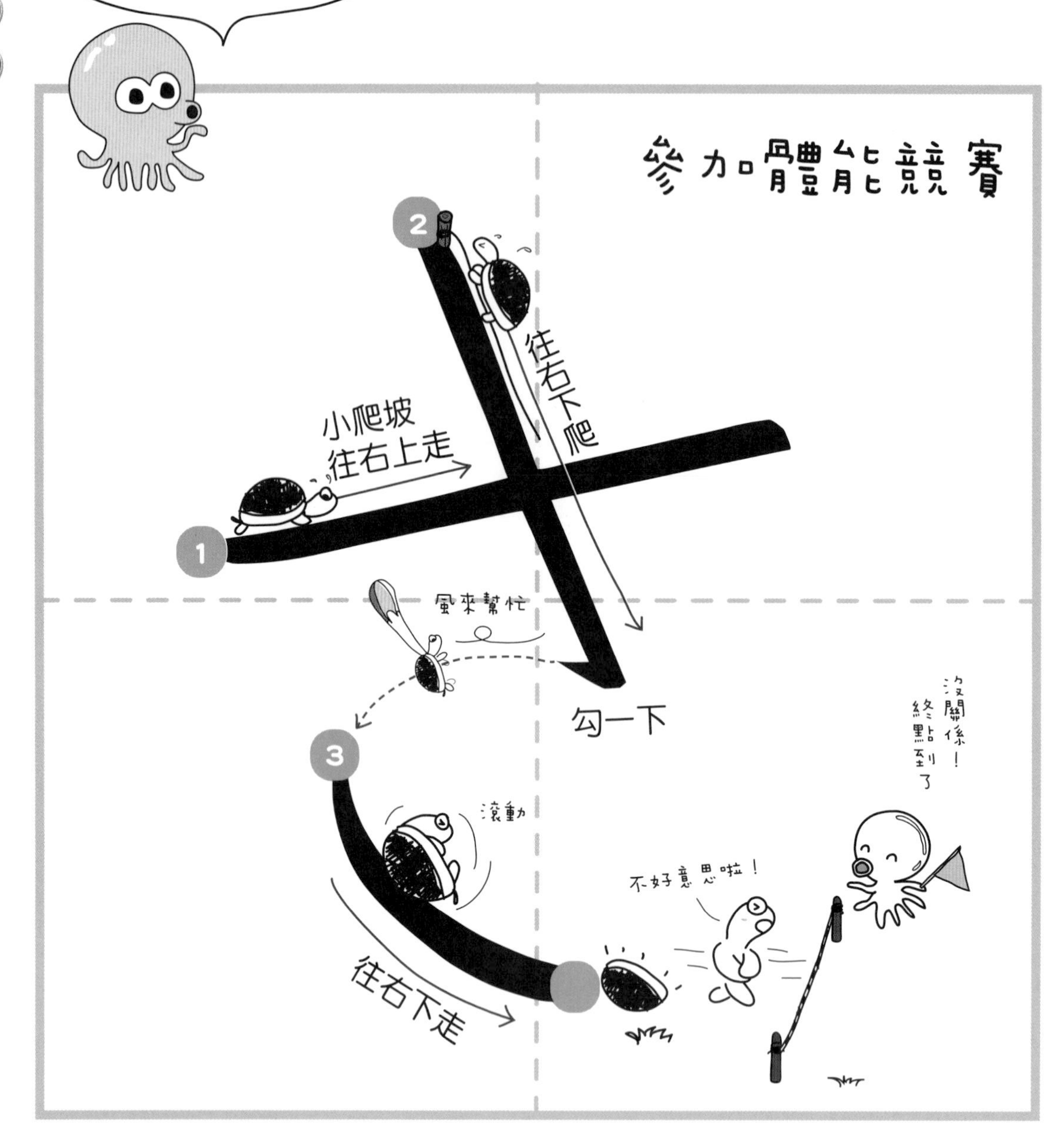

相關單字

さかな	うさぎ
魚	兔子

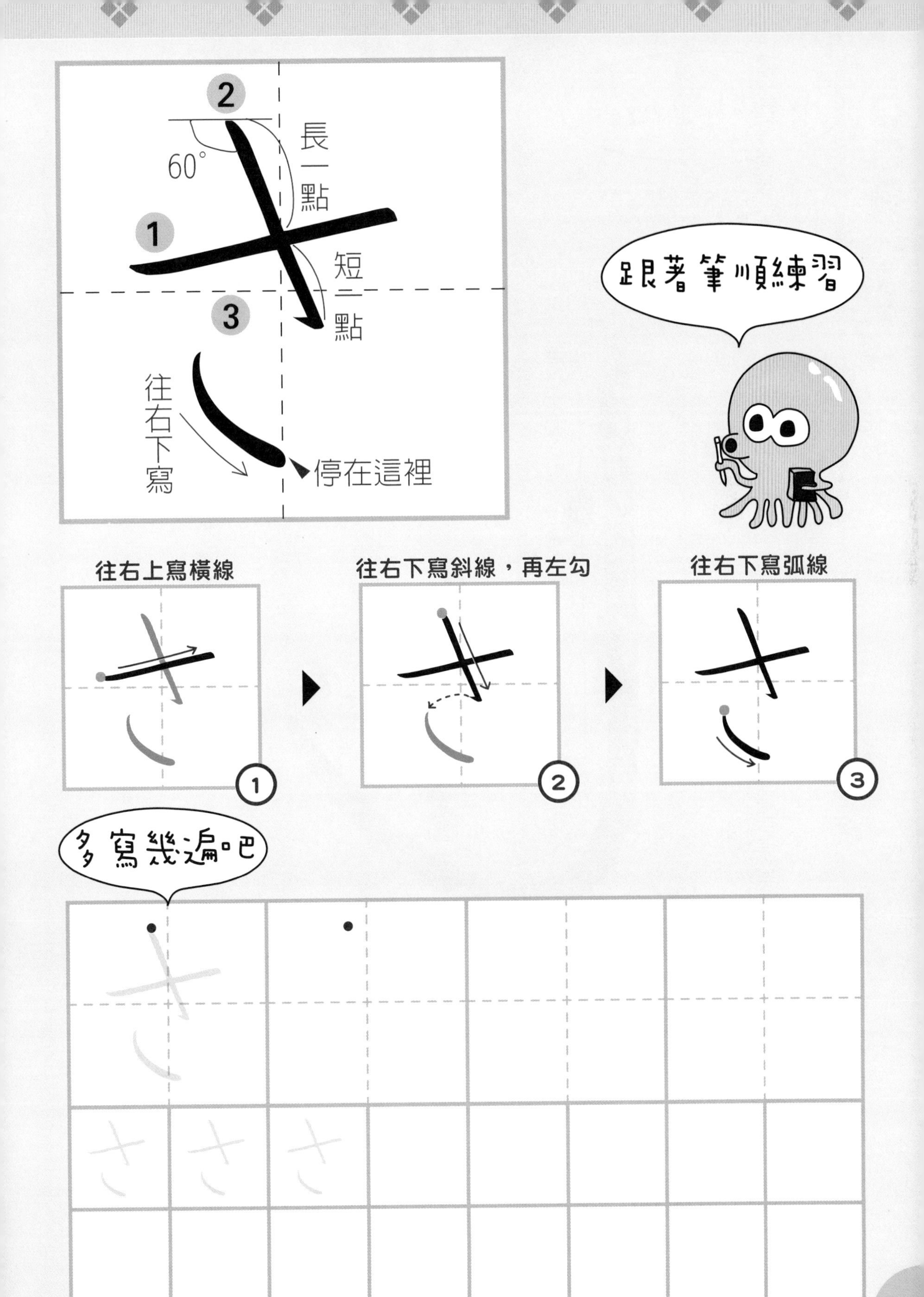

2
60°
長一點
1
短一點
3
往右下寫
停在這裡
跟著筆順練習
往右上寫橫線
往右下寫斜線，再左勾
往右下寫弧線
①
②
③
多寫幾遍吧

小動物歷險記

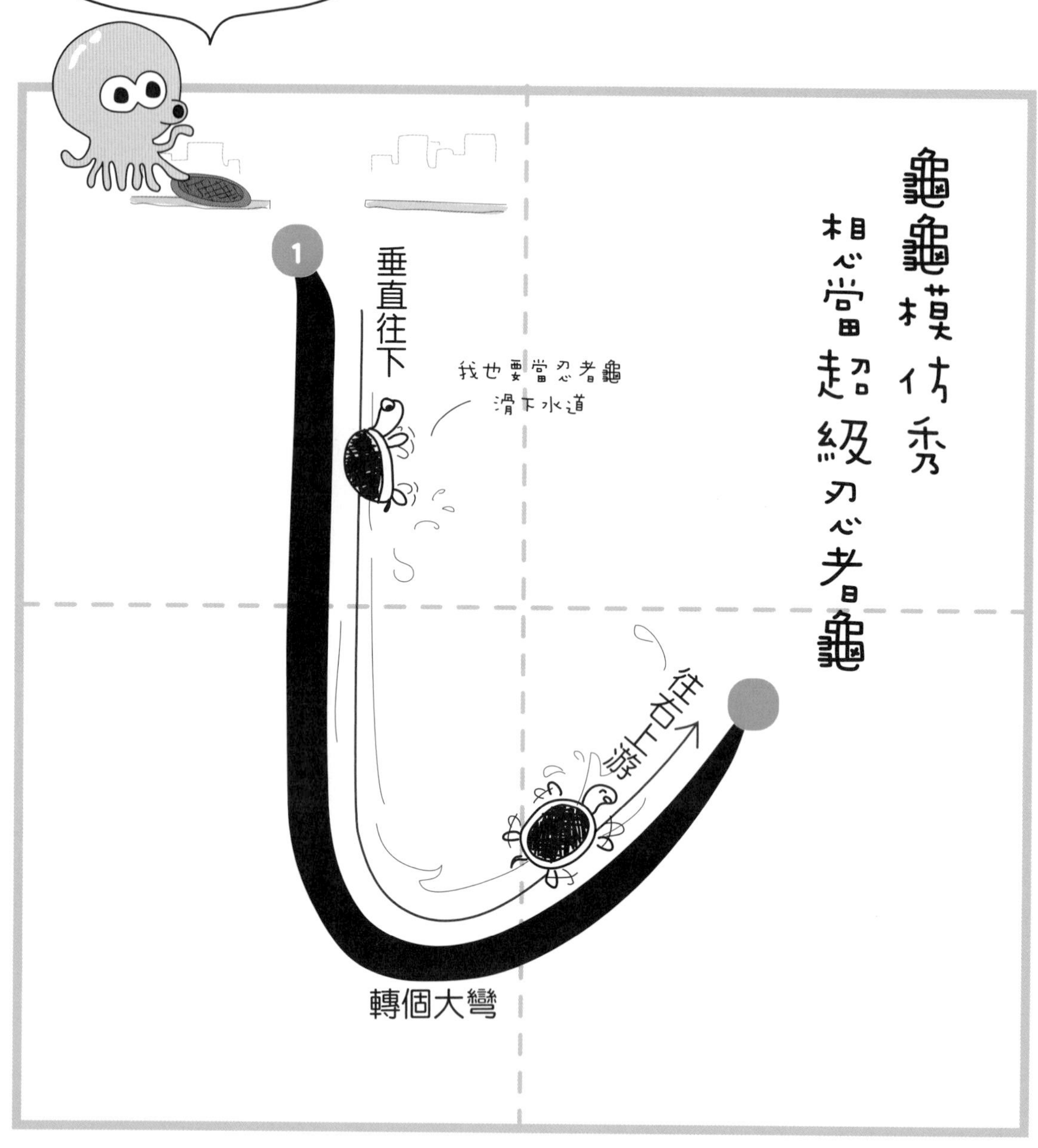
龜龜模仿秀
想當超級忍者龜
垂直往下
我也要當忍者龜
滑下水道
往右上游
轉個大彎

相關單字

あし
腳
ひがし
東邊

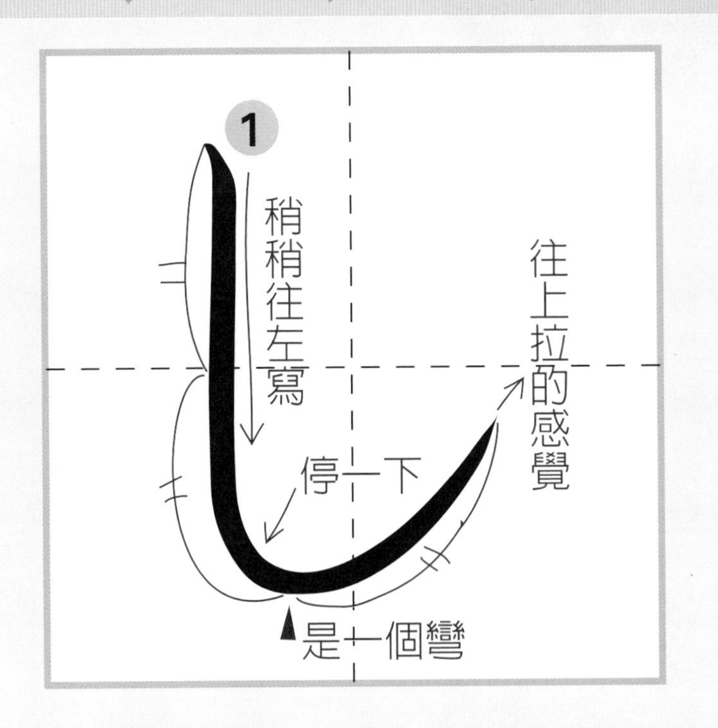

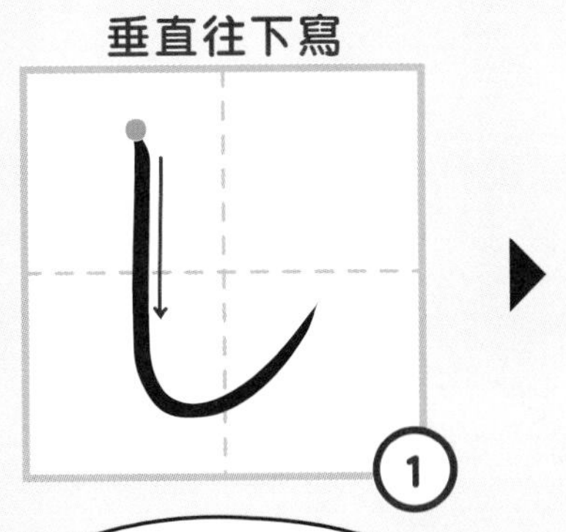

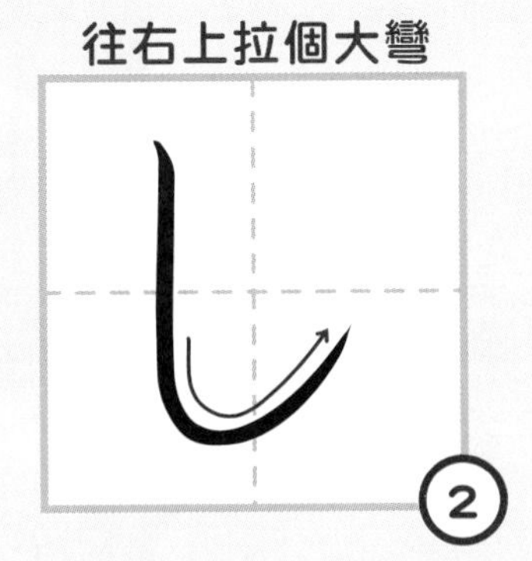

多寫幾遍吧

小動物歷險記

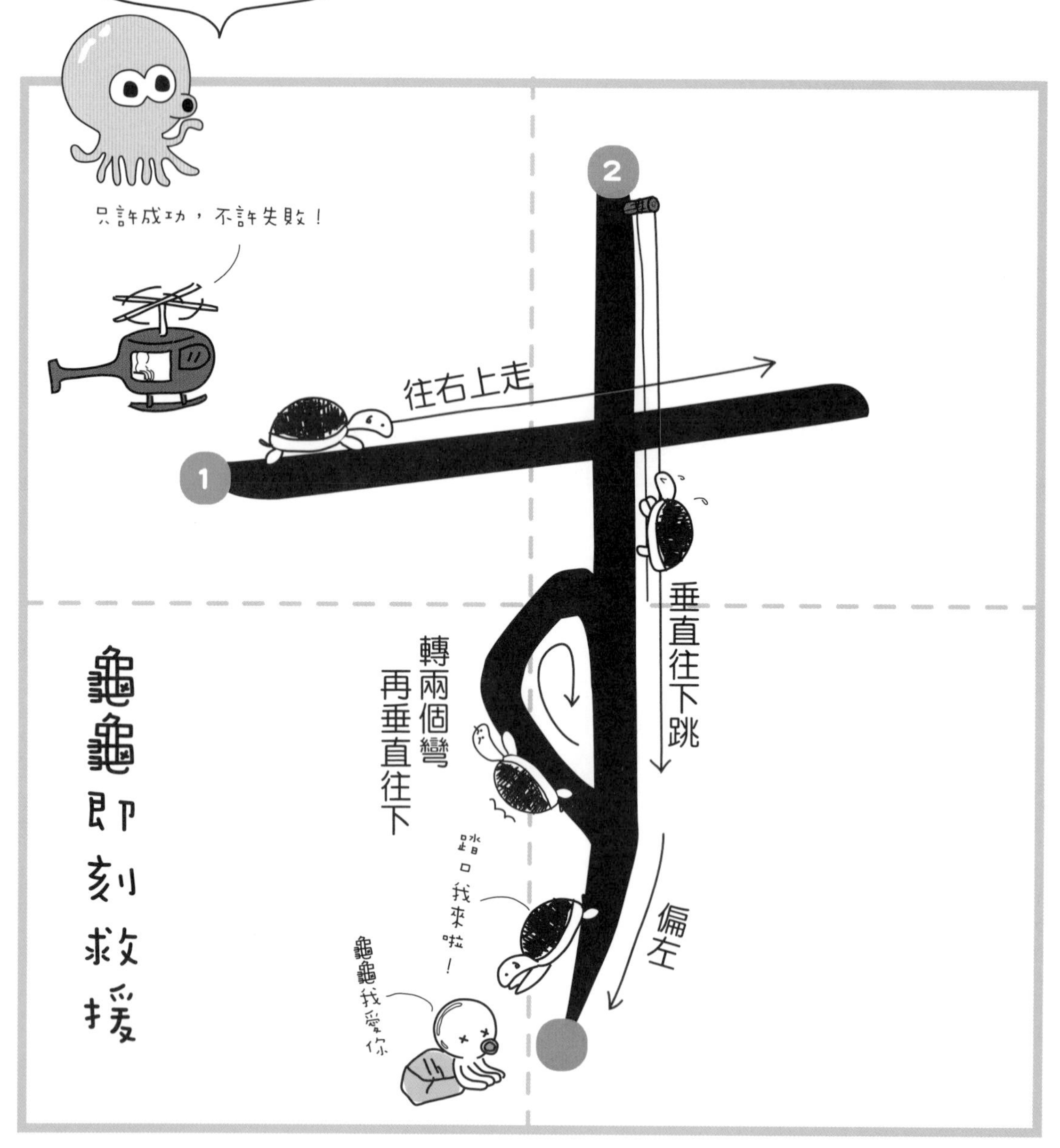

龜龜即刻救援

相關單字

すし	すずしい
壽司	涼爽

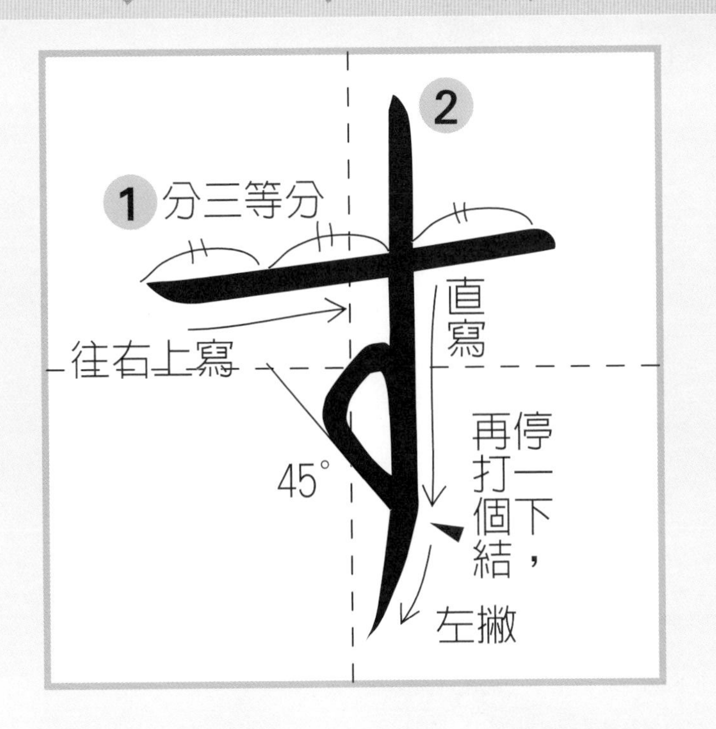

往右上寫橫線

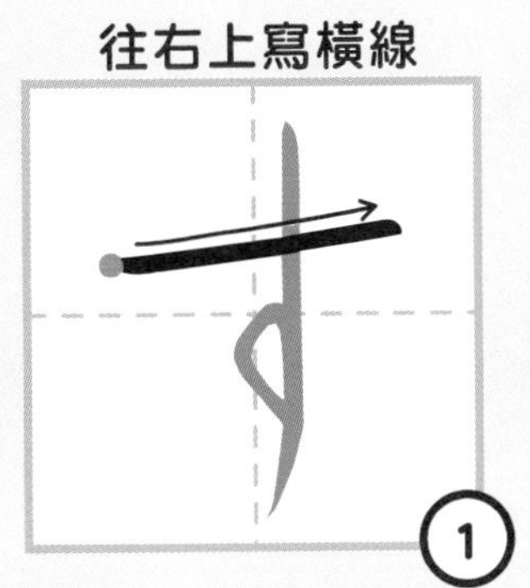

垂直往下寫直線

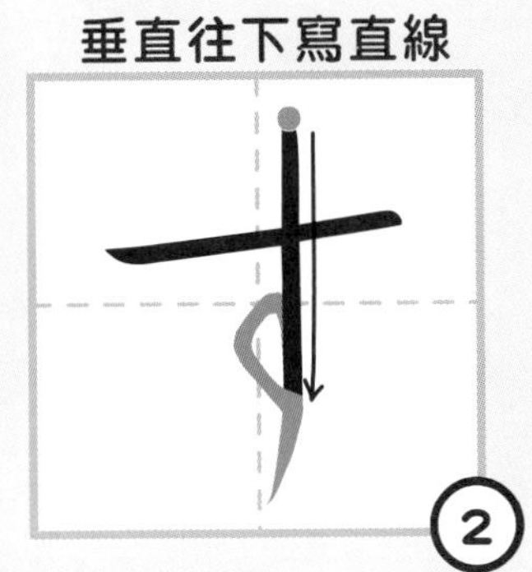

打個三角結，再左撇

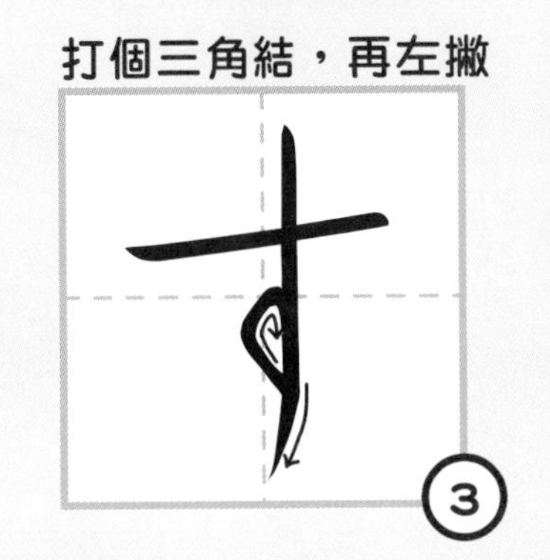

多寫幾遍吧

す す す

小動物歷險記

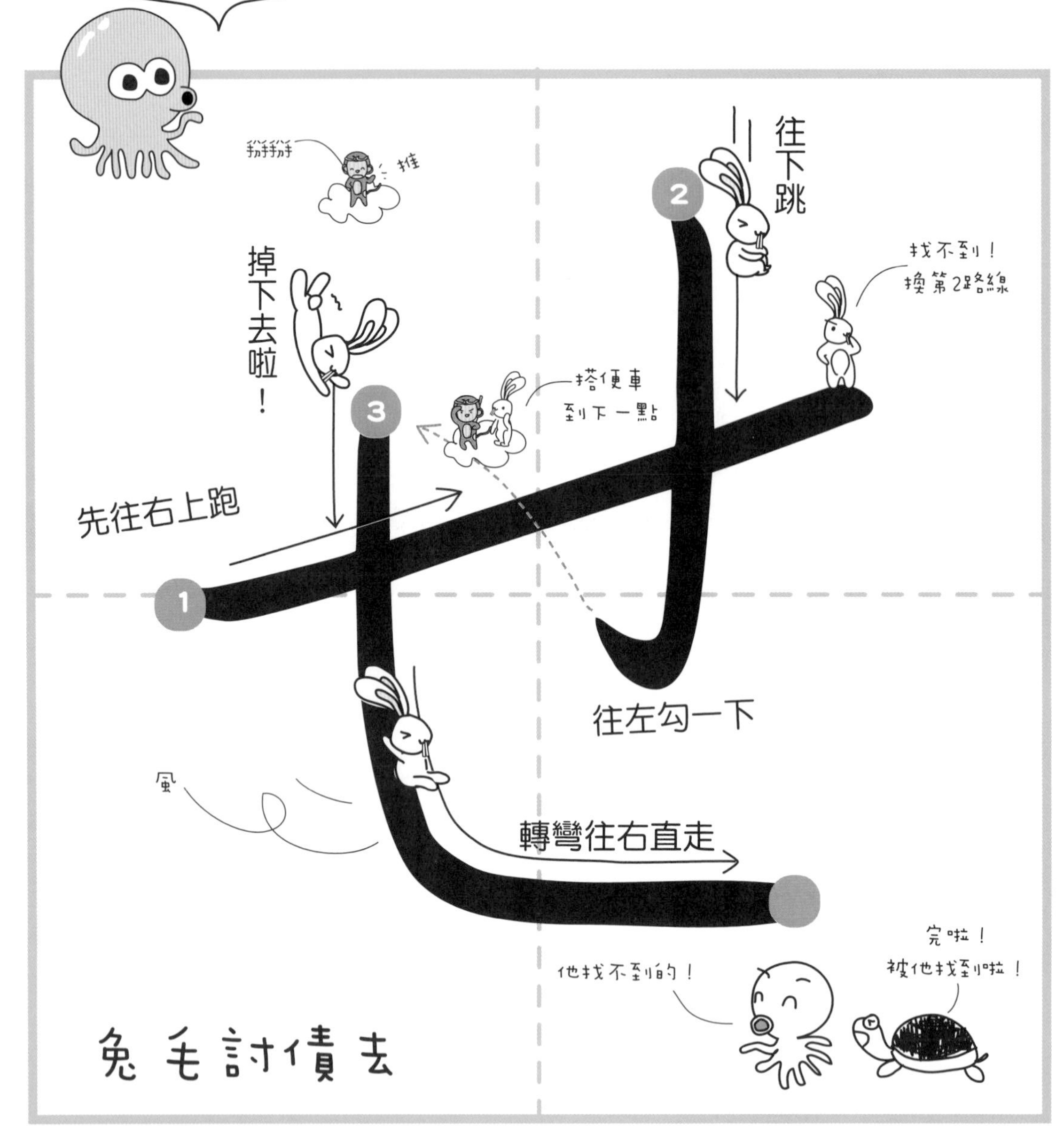

扔扔扔
推
往下跳
找不到！換第2路線
掉下去啦！
搭便車到下一點
先往右上跑
往左勾一下
風
轉彎往右直走
他找不到的！
完啦！被他找到啦！
兔毛討債去

相關單字

せ	せいと
身高	（小學、中學、高中）學生

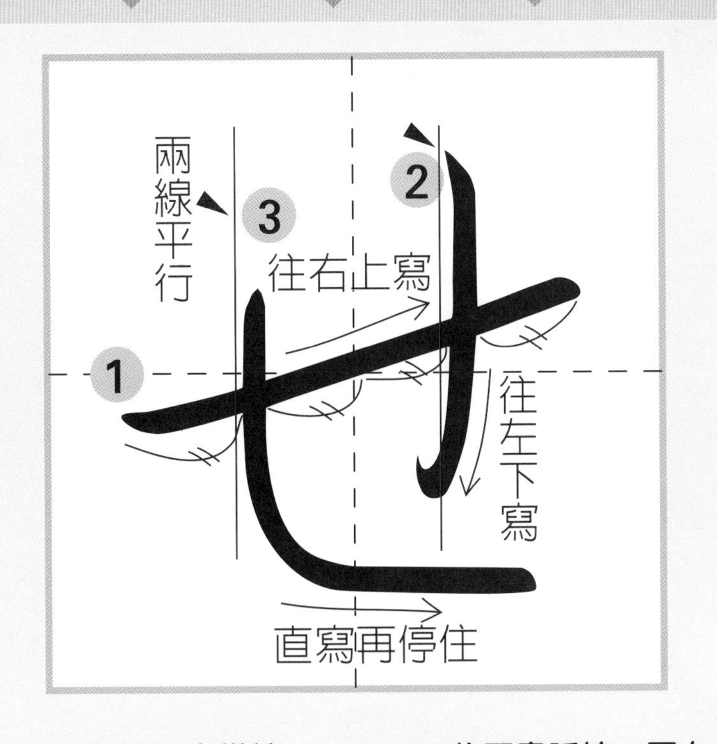
兩線平行
往右上寫
往左下寫
直寫再停住
1
2
3

跟著筆順練習

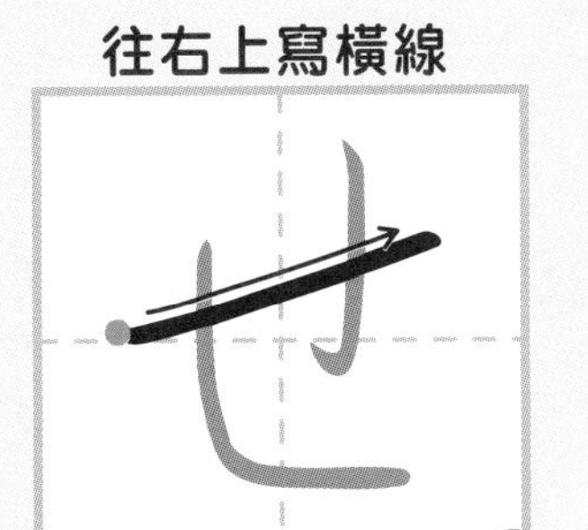
往右上寫橫線
1

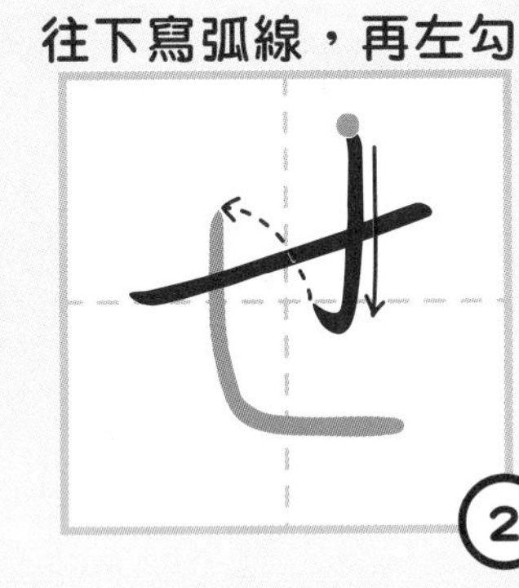
往下寫弧線，再左勾
2

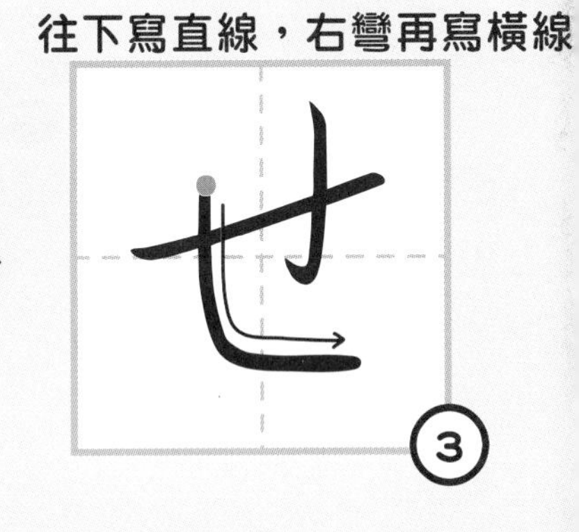
往下寫直線，右彎再寫橫線
3

多寫幾遍吧

小動物歷險記

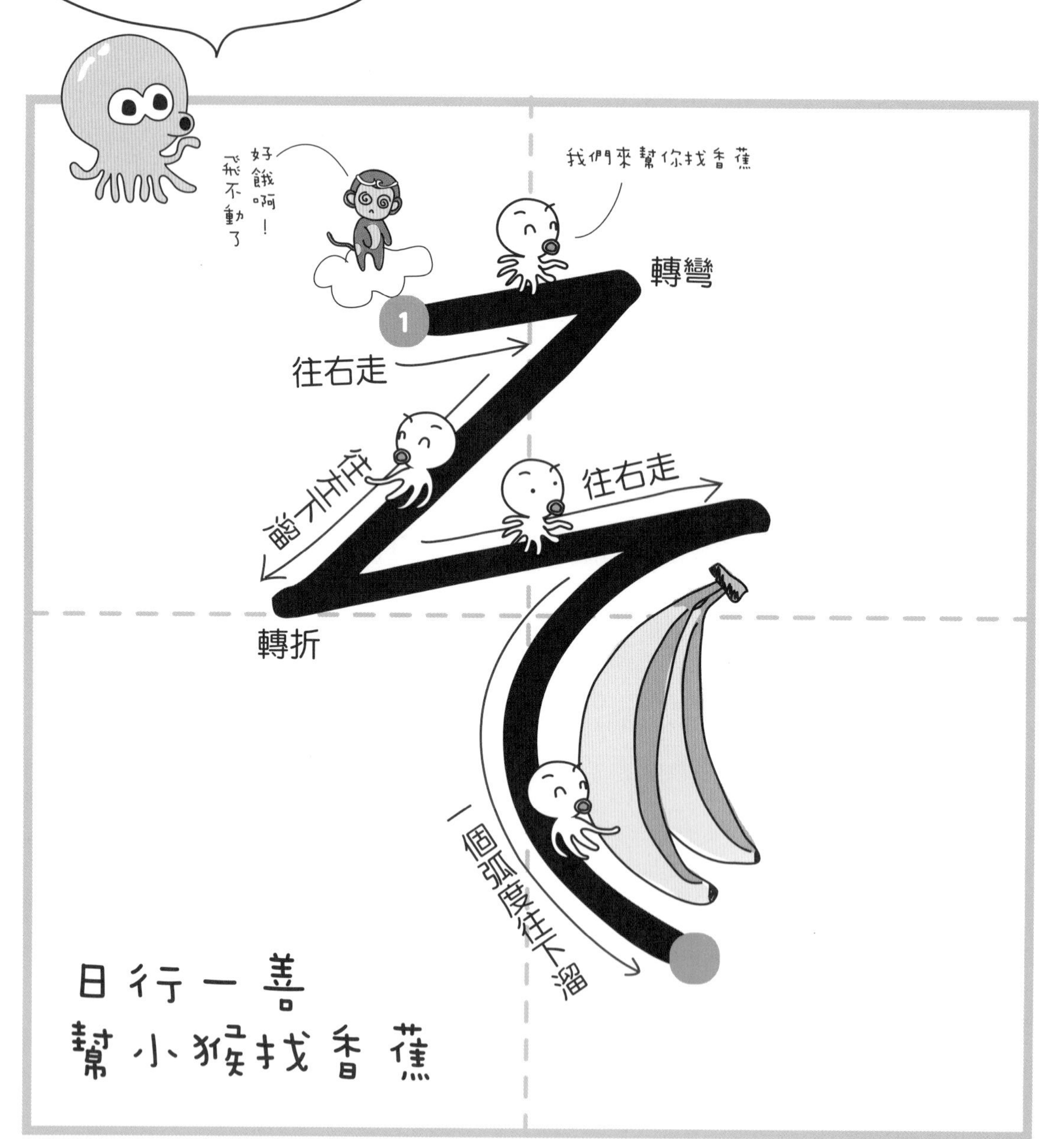

相關單字

うそ	そうじ
說謊	打掃，掃除

1
下面的橫線要長
要折回來
最胖的地方在中線
下半部跟「て」一樣

跟著筆順練習

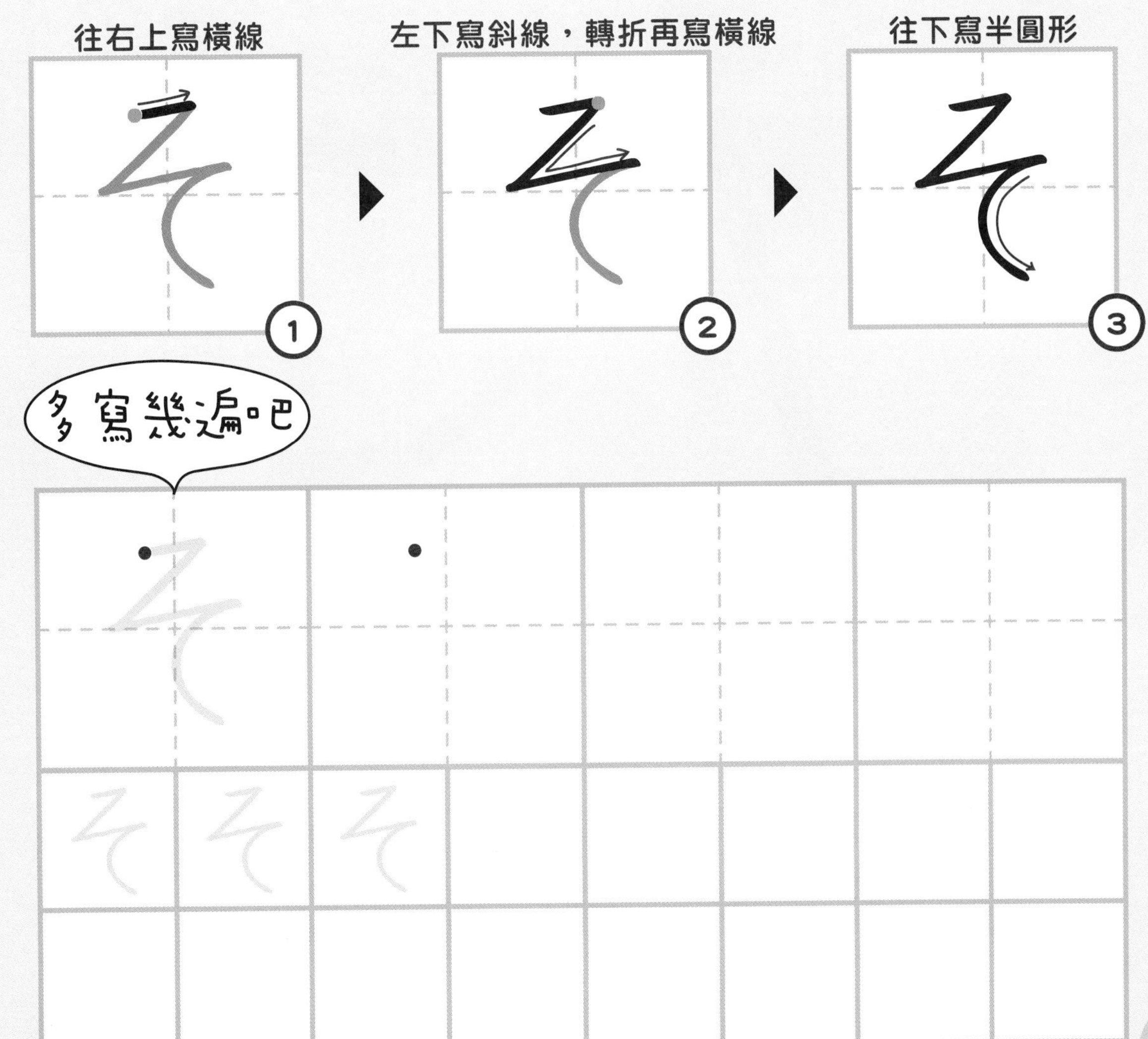
往右上寫橫線
左下寫斜線，轉折再寫橫線
往下寫半圓形
1
2
3
多寫幾遍吧

た行

小動物歷險記

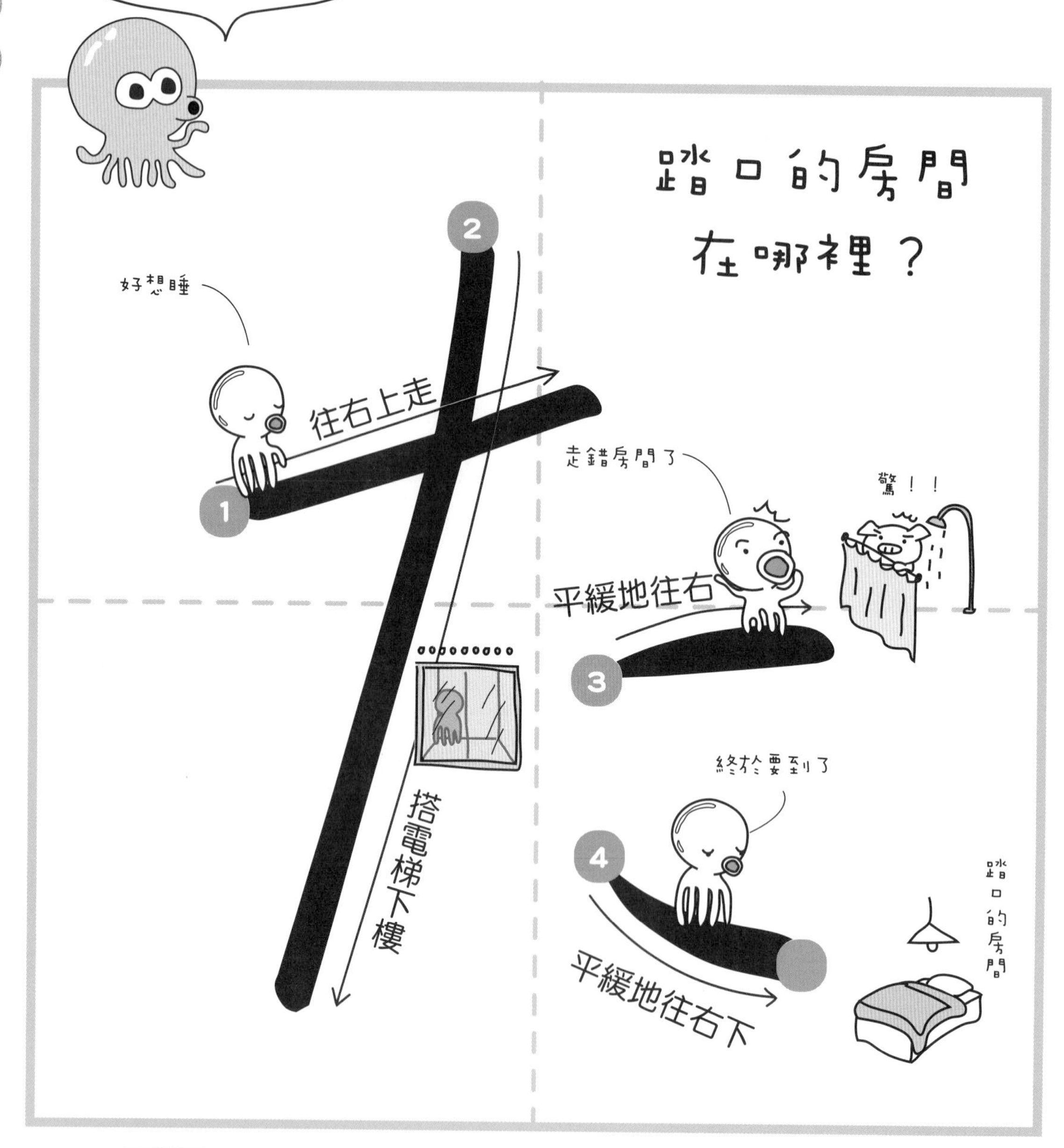

相關單字

たてもの	たのしい
建築物	快樂，高興

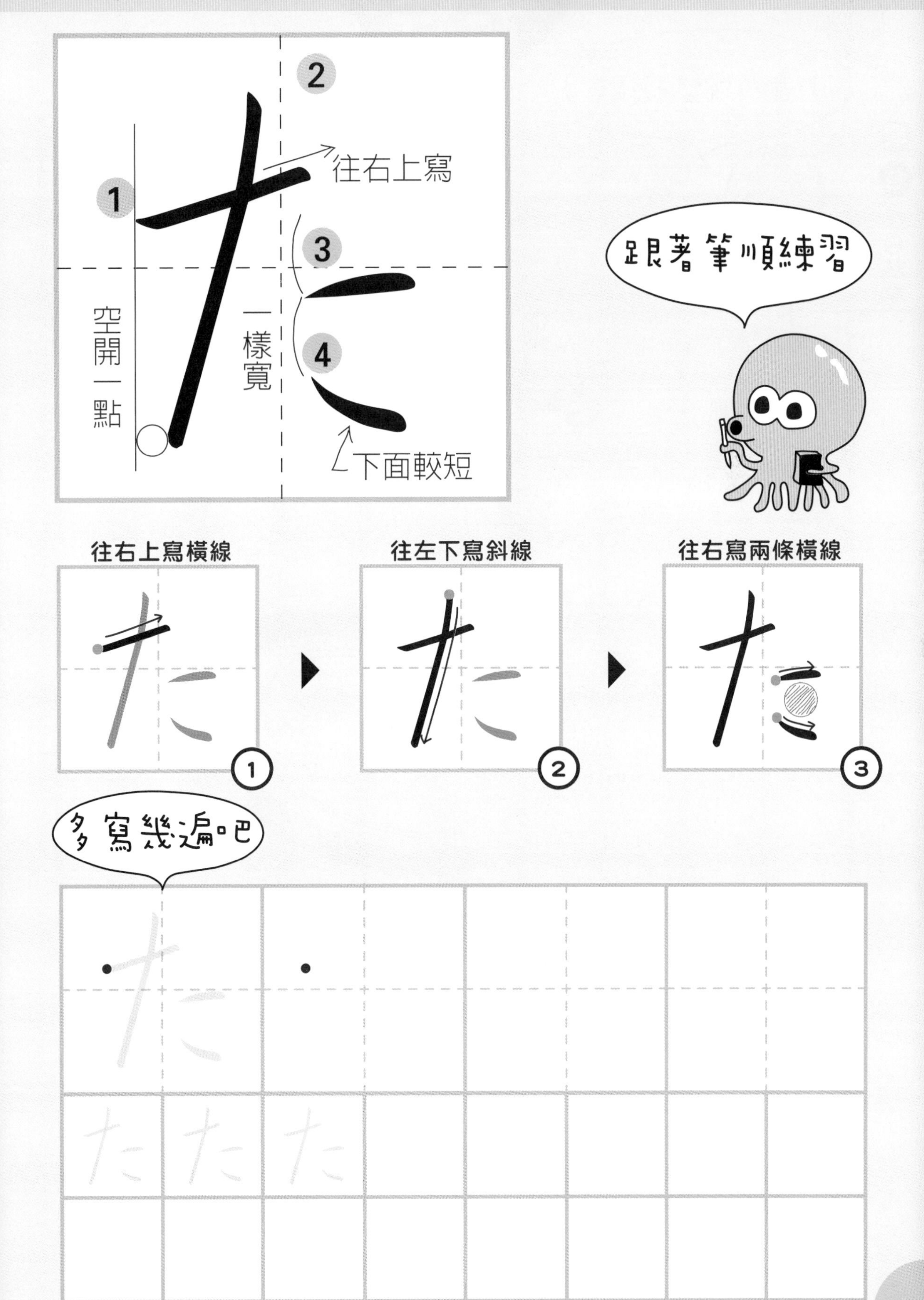
往右上寫
空開一點
一樣寬
下面較短
跟著筆順練習
往右上寫橫線
往左下寫斜線
往右寫兩條橫線
多寫幾遍吧

小動物歷險記

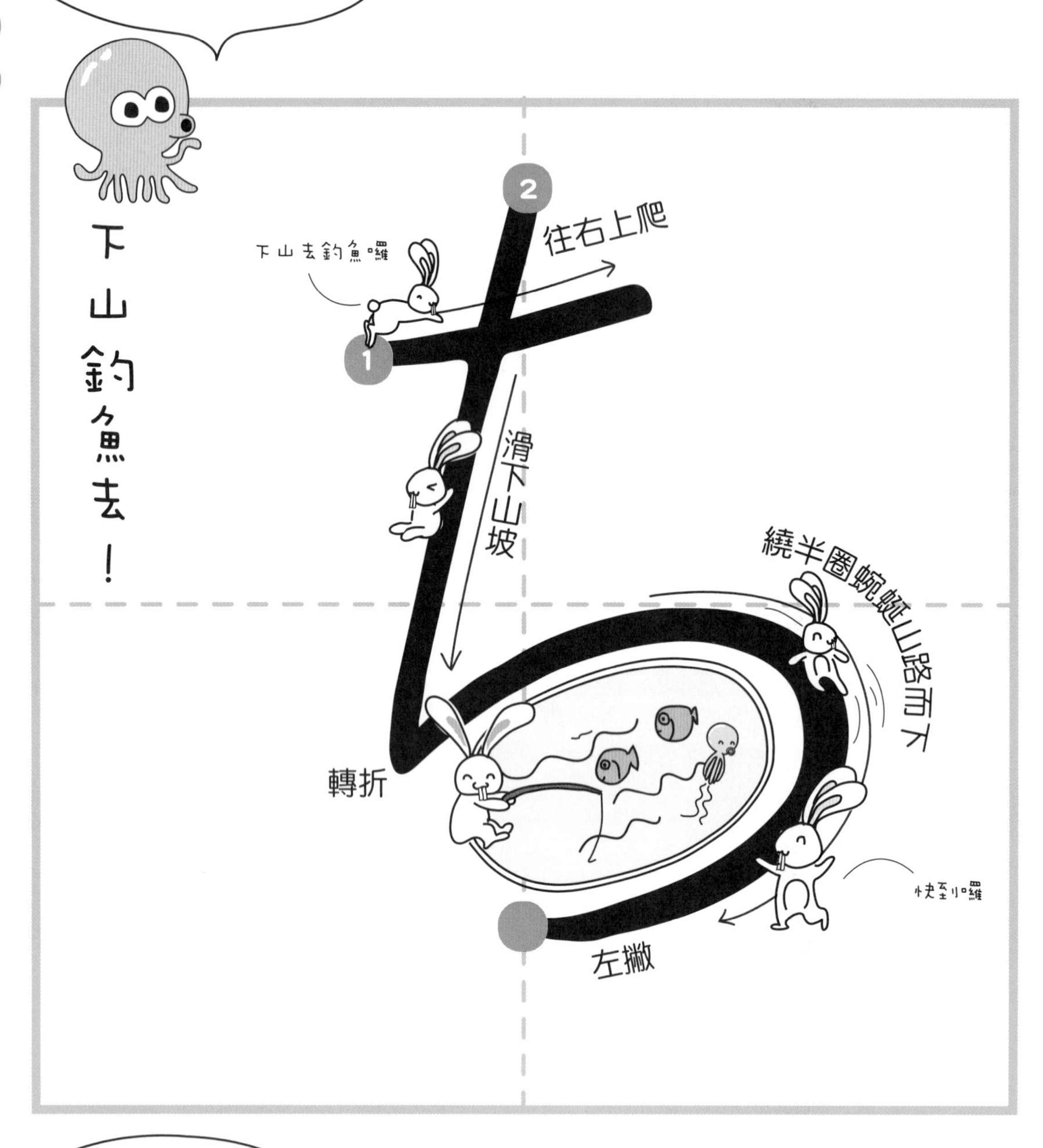

相關單字

ちかてつ	ちち
地下鐵	爸爸

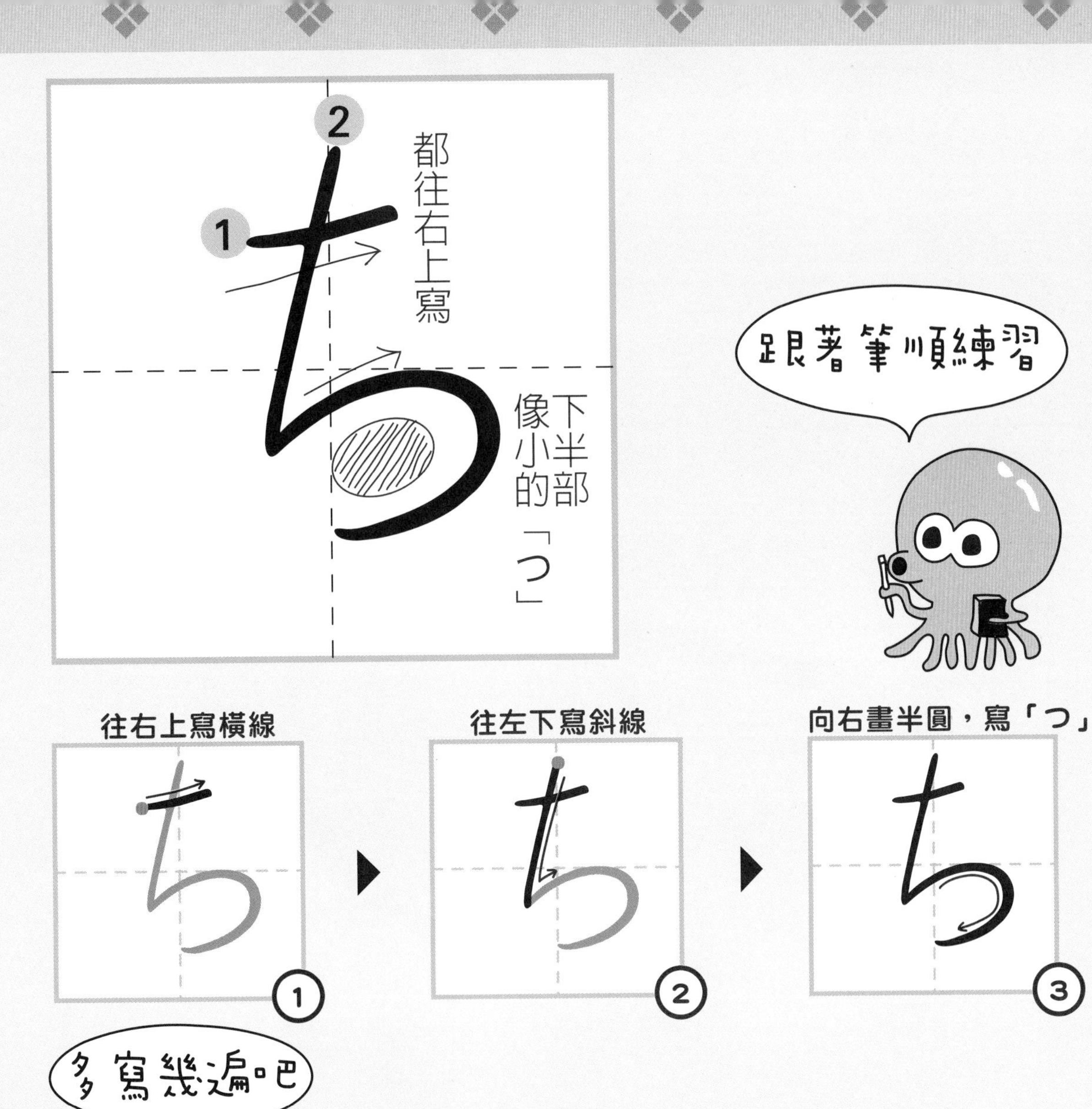
ち
都往右上寫
下半部像小的「つ」
跟著筆順練習
往右上寫橫線
往左下寫斜線
向右畫半圓，寫「つ」
多寫幾遍吧

小動物歷險記

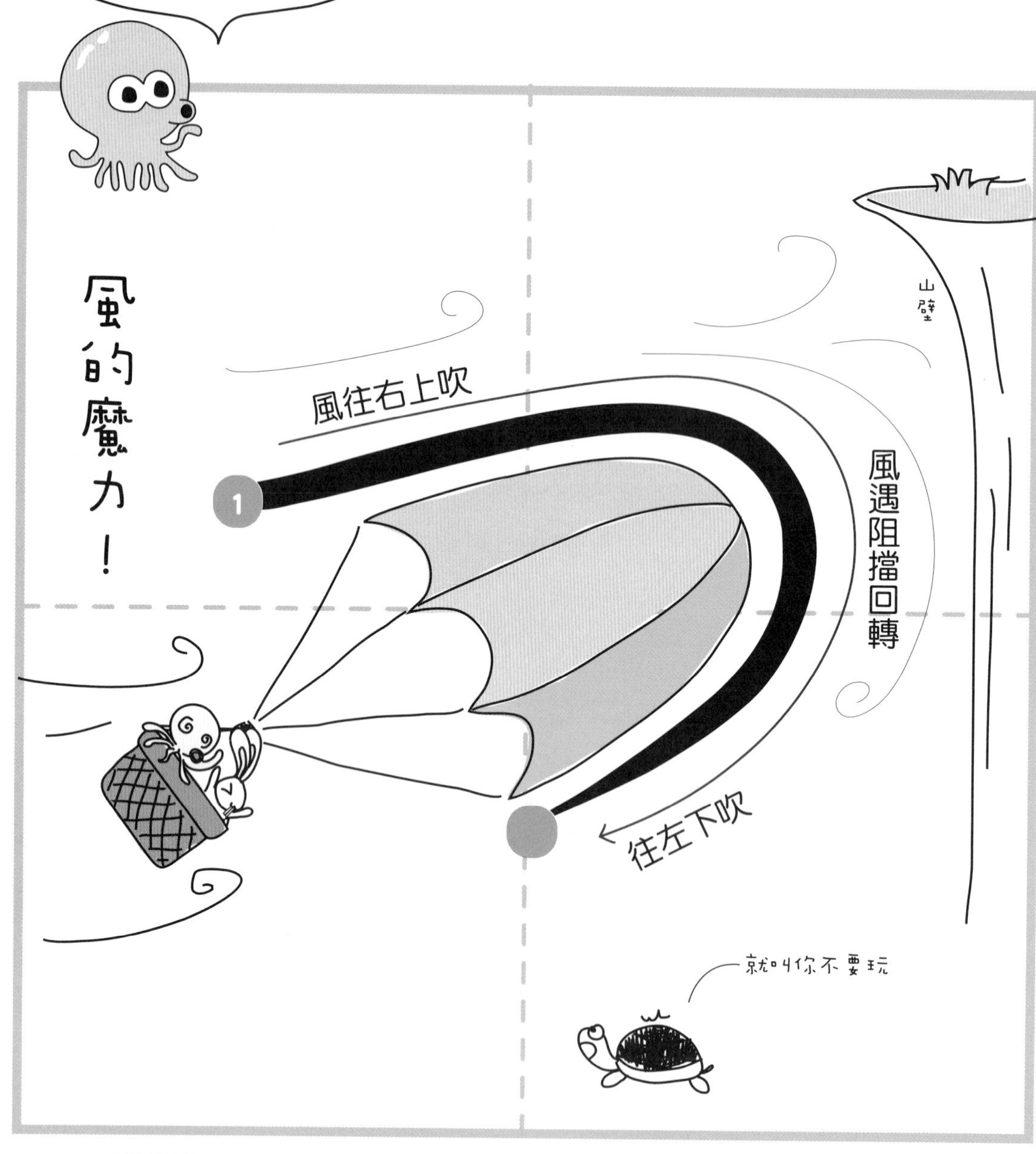

相關單字

なつ	つくえ
夏天	桌子

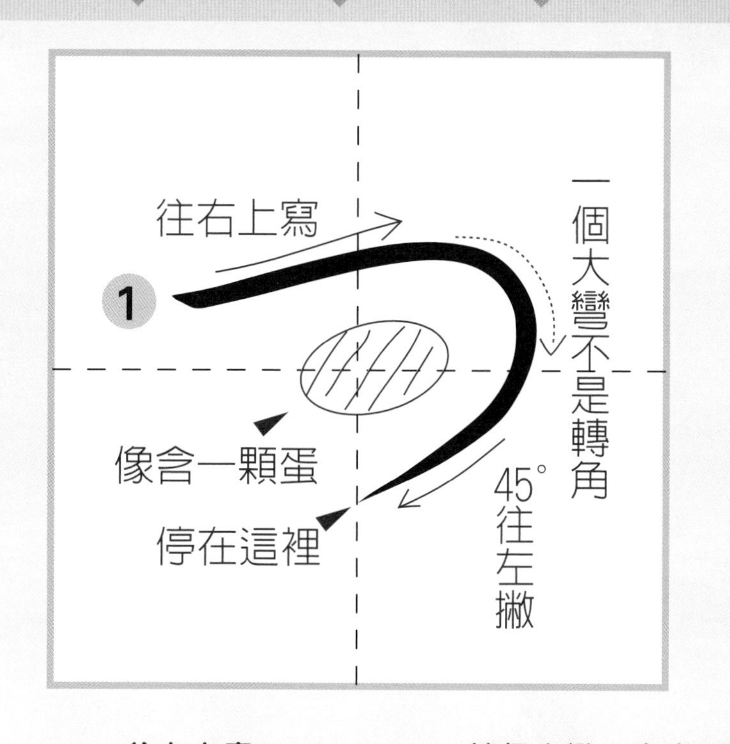

往右上寫
1
一個大彎不是轉角
像含一顆蛋
停在這裡
45°往左撇

跟著筆順練習

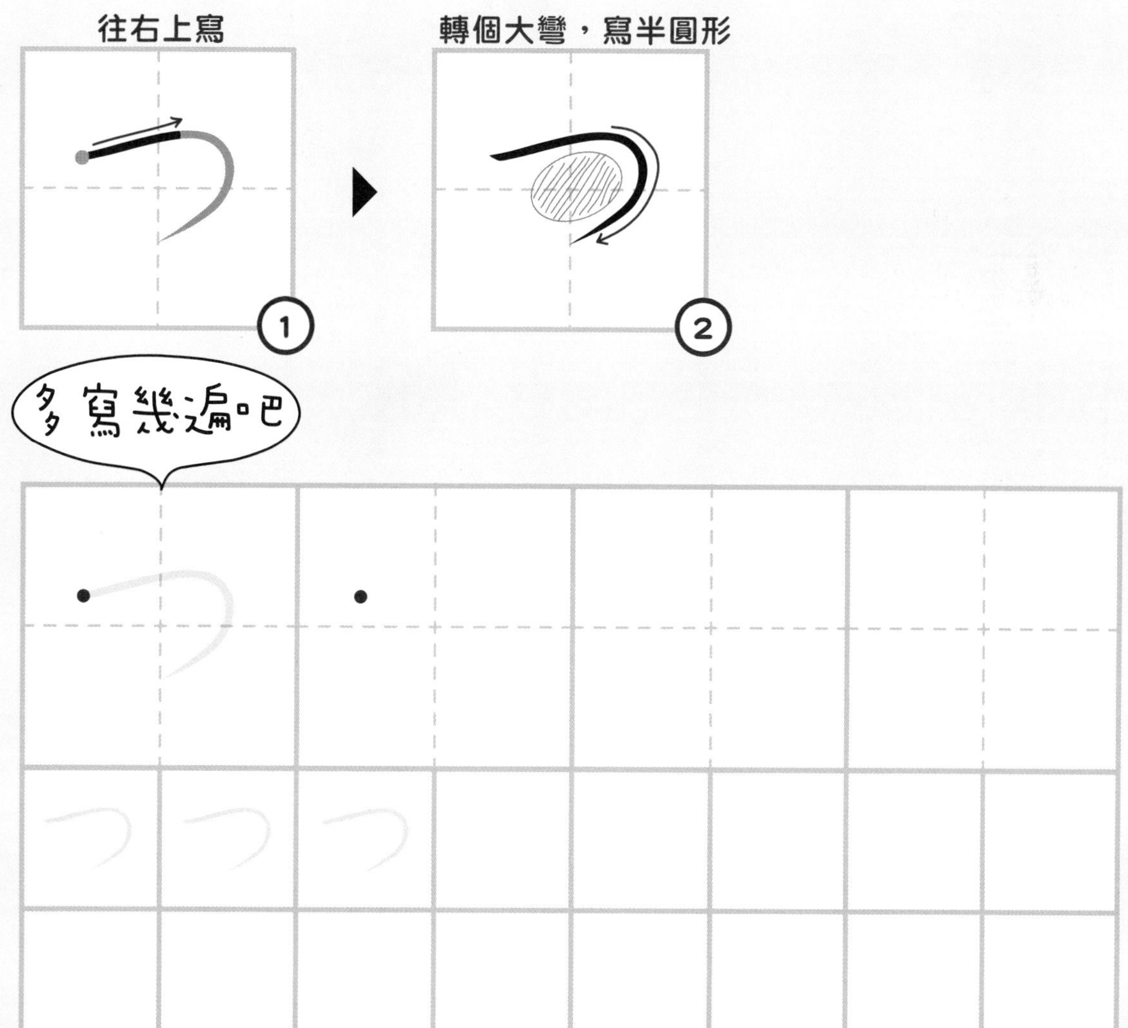

往右上寫
轉個大彎，寫半圓形
1
2
多寫幾遍吧

小動物歷險記

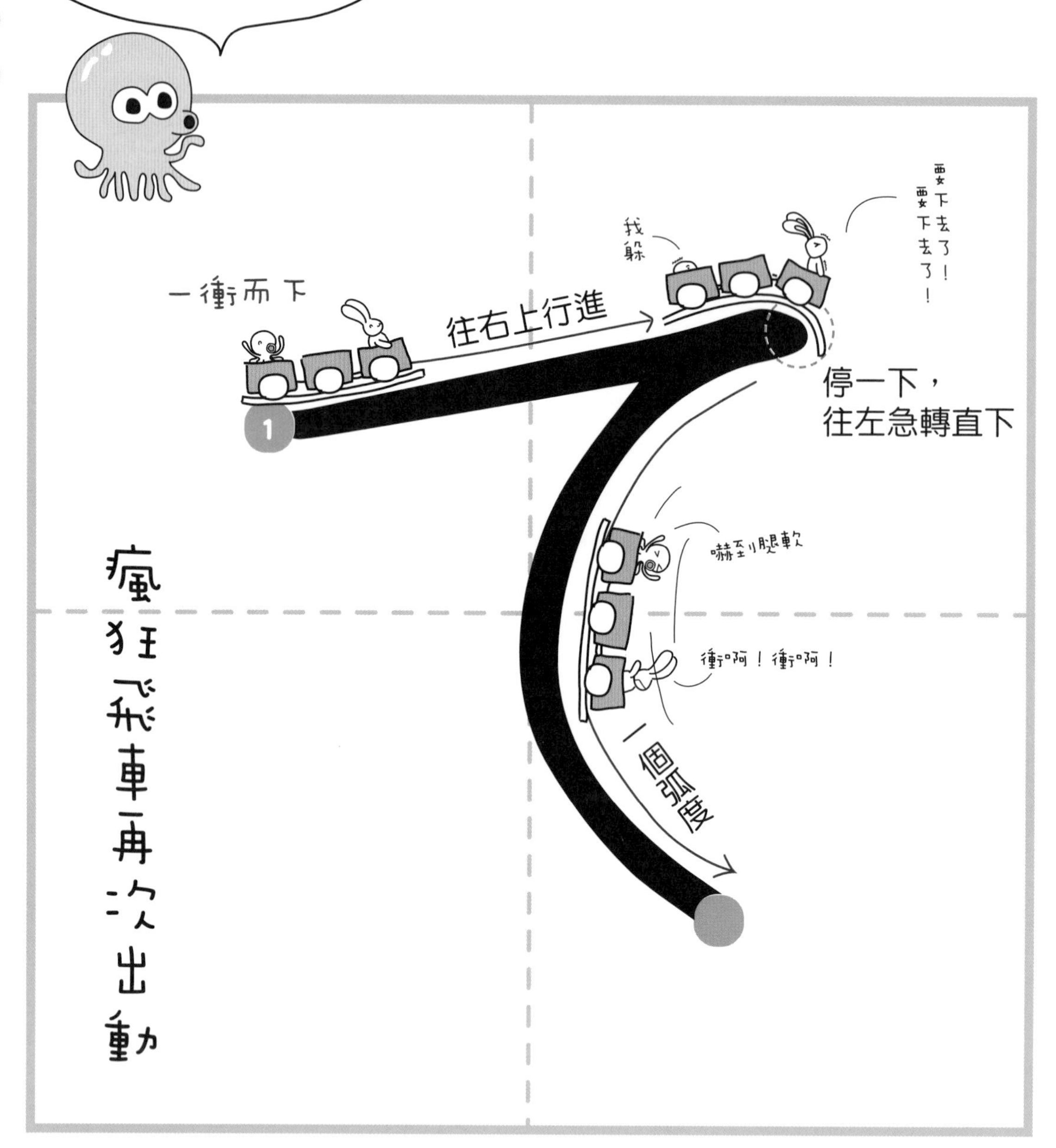

相關單字

てて	てがみ
手	信

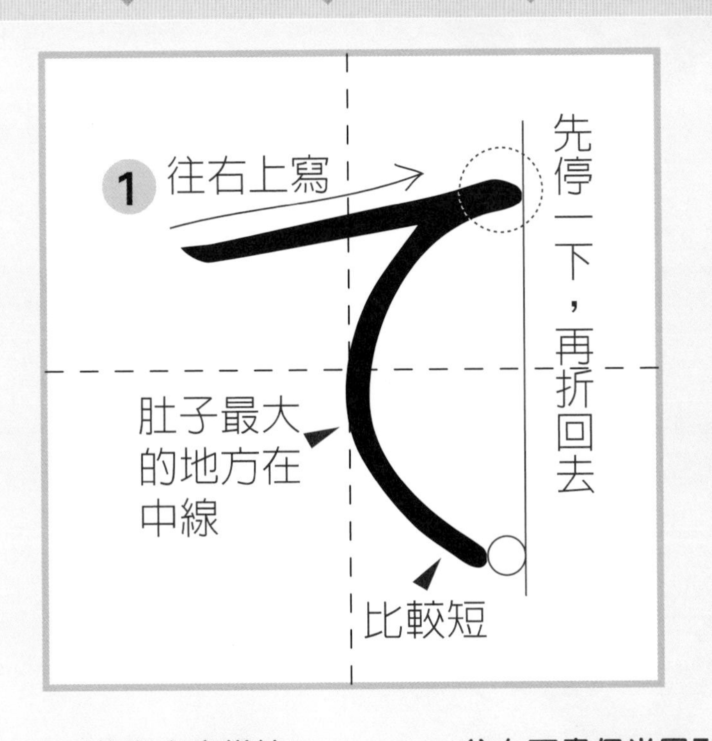

往右上寫橫線

往左下畫個半圓形

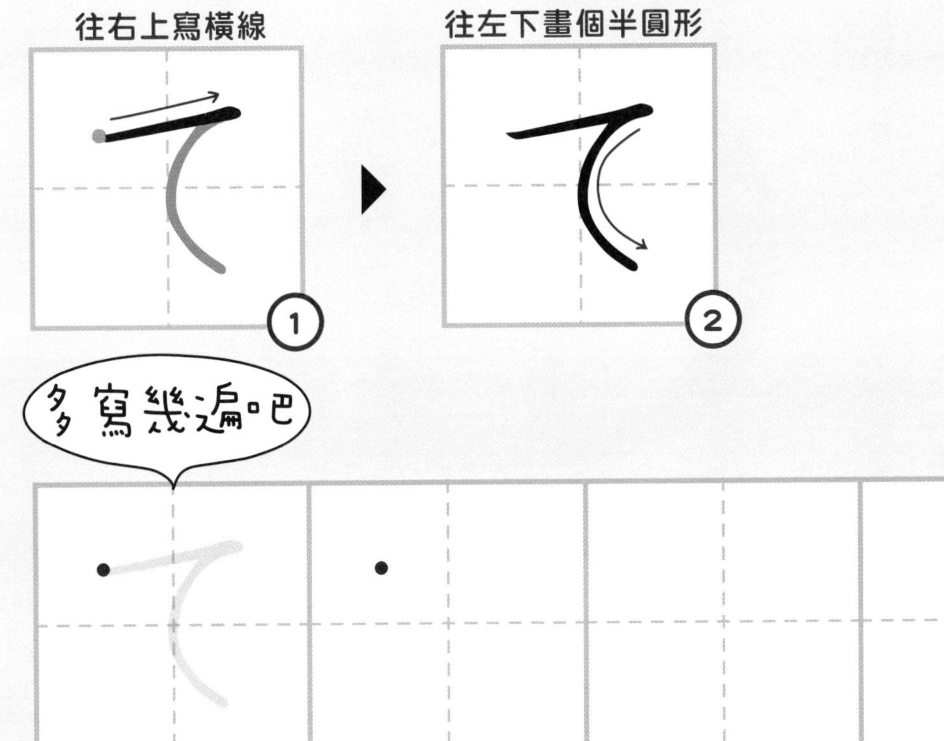

小動物歷險記

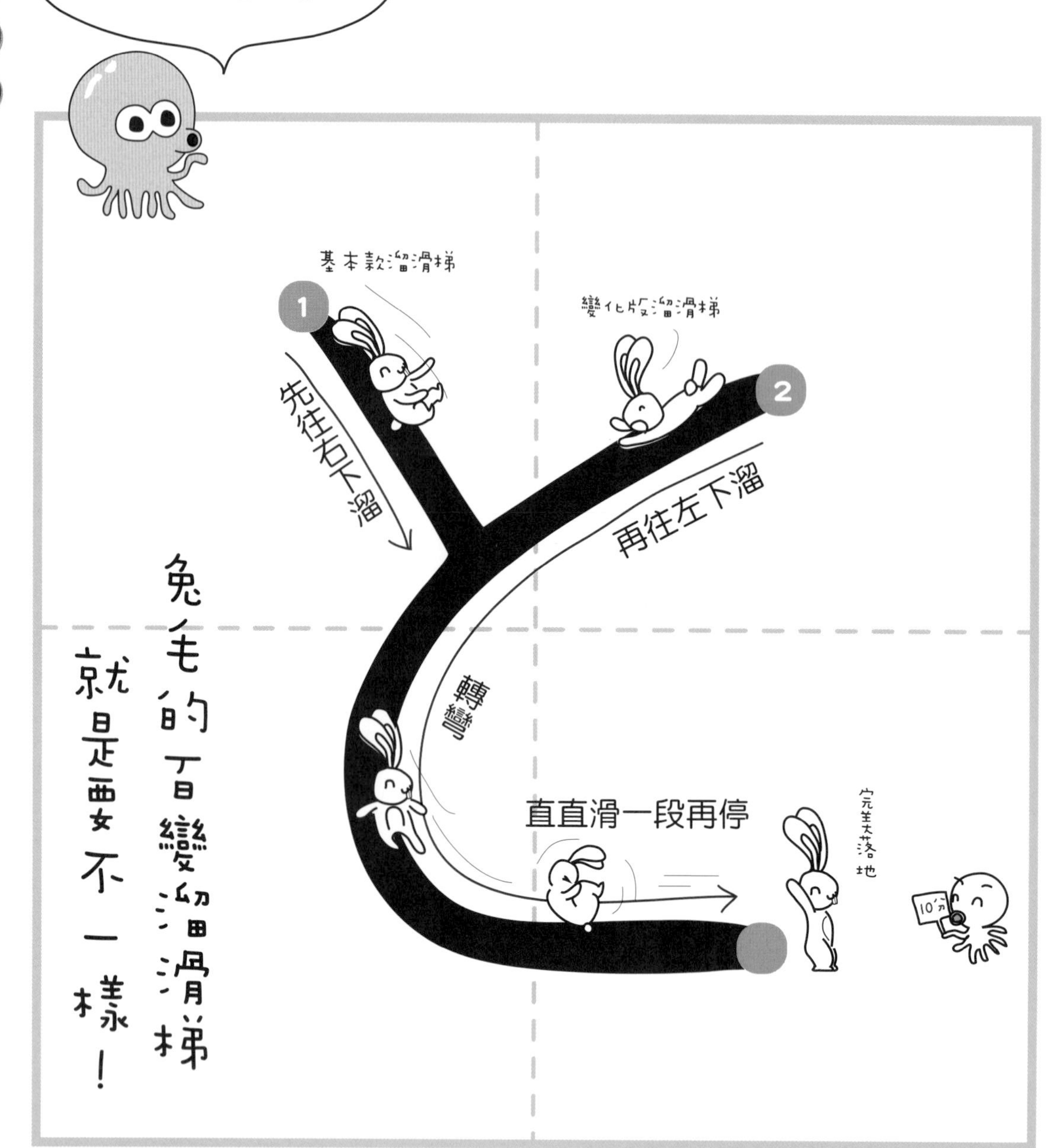

相關單字

とり	とけい
鳥	手錶

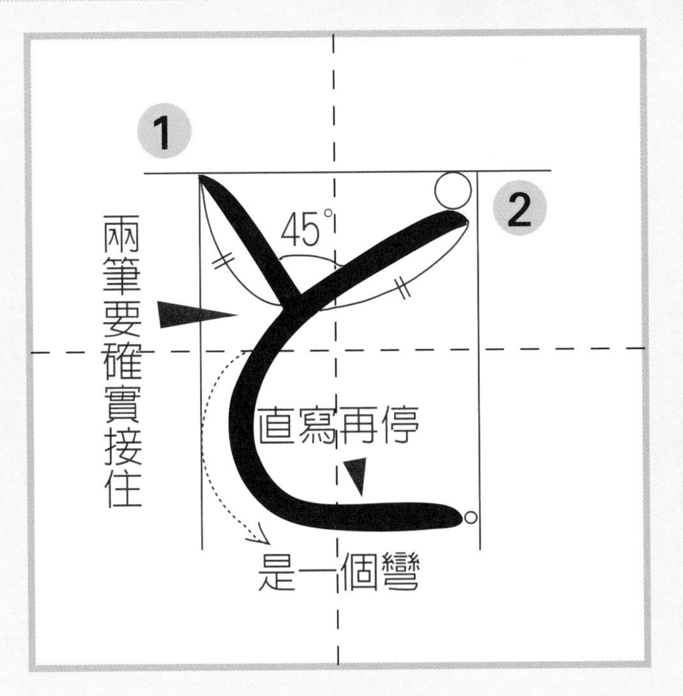
1
2
45°
兩筆要確實接住
直寫再停
是一個彎

跟著筆順練習

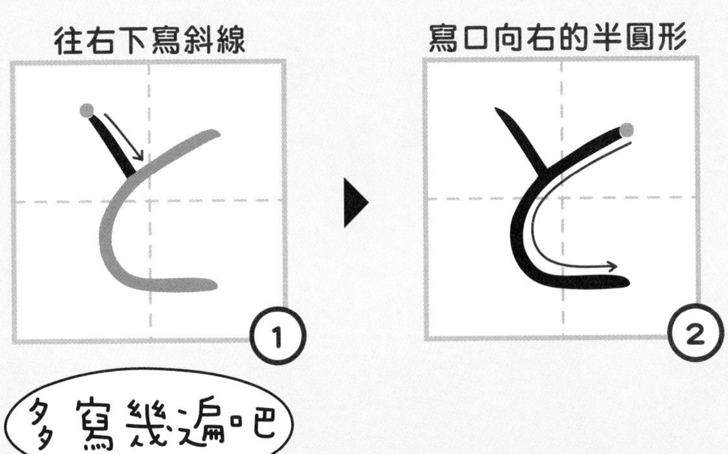
往右下寫斜線
寫口向右的半圓形
1
2

多寫幾遍吧

と							
と	と	と					

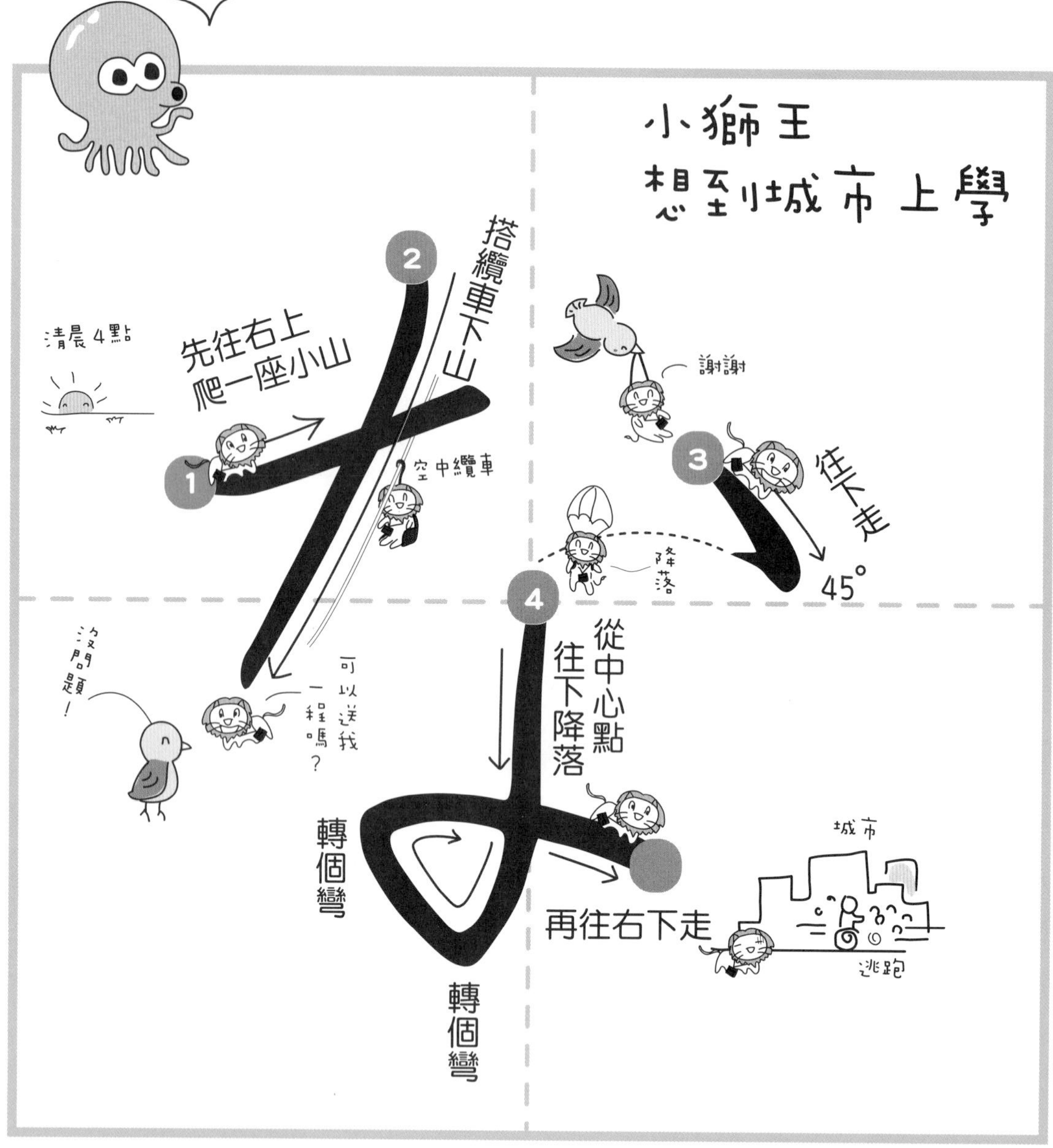

相關單字

おなか	はな
肚子	鼻子

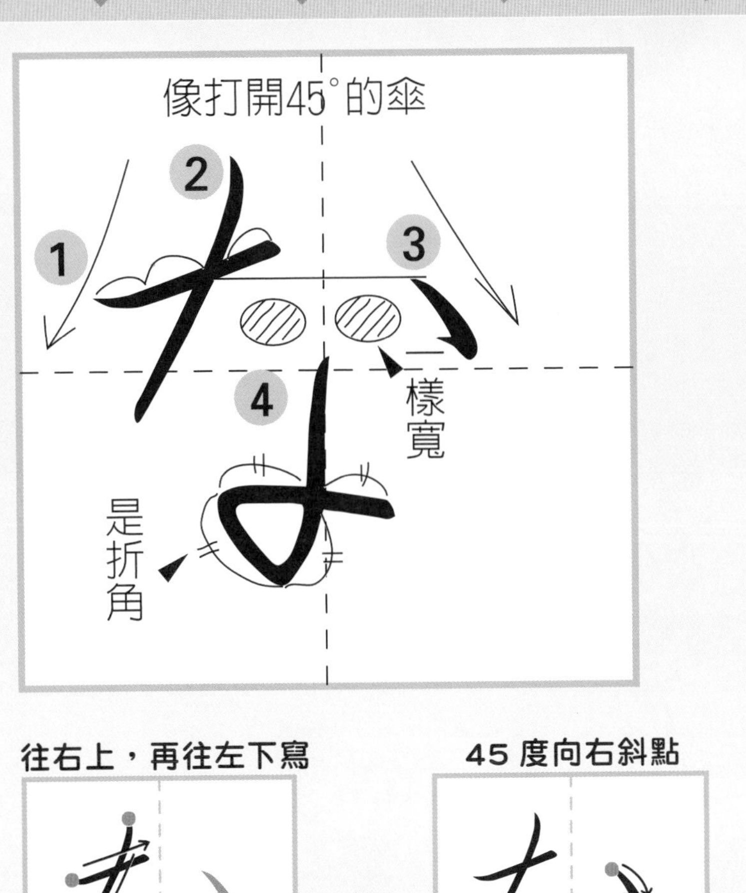

往右上，再往左下寫

45 度向右斜點

往下直寫，繞圈再彎向右下

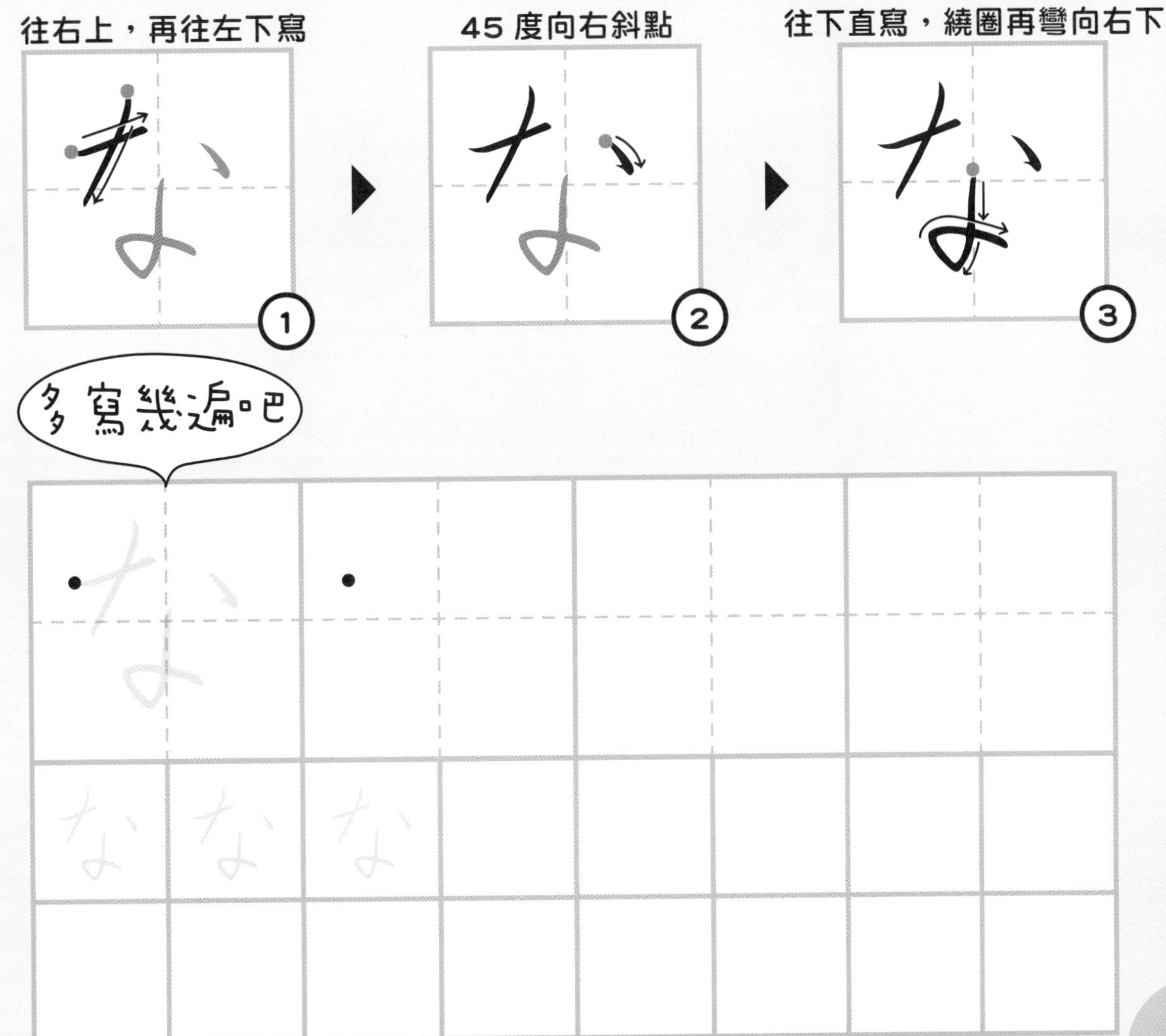

小動物歷險記

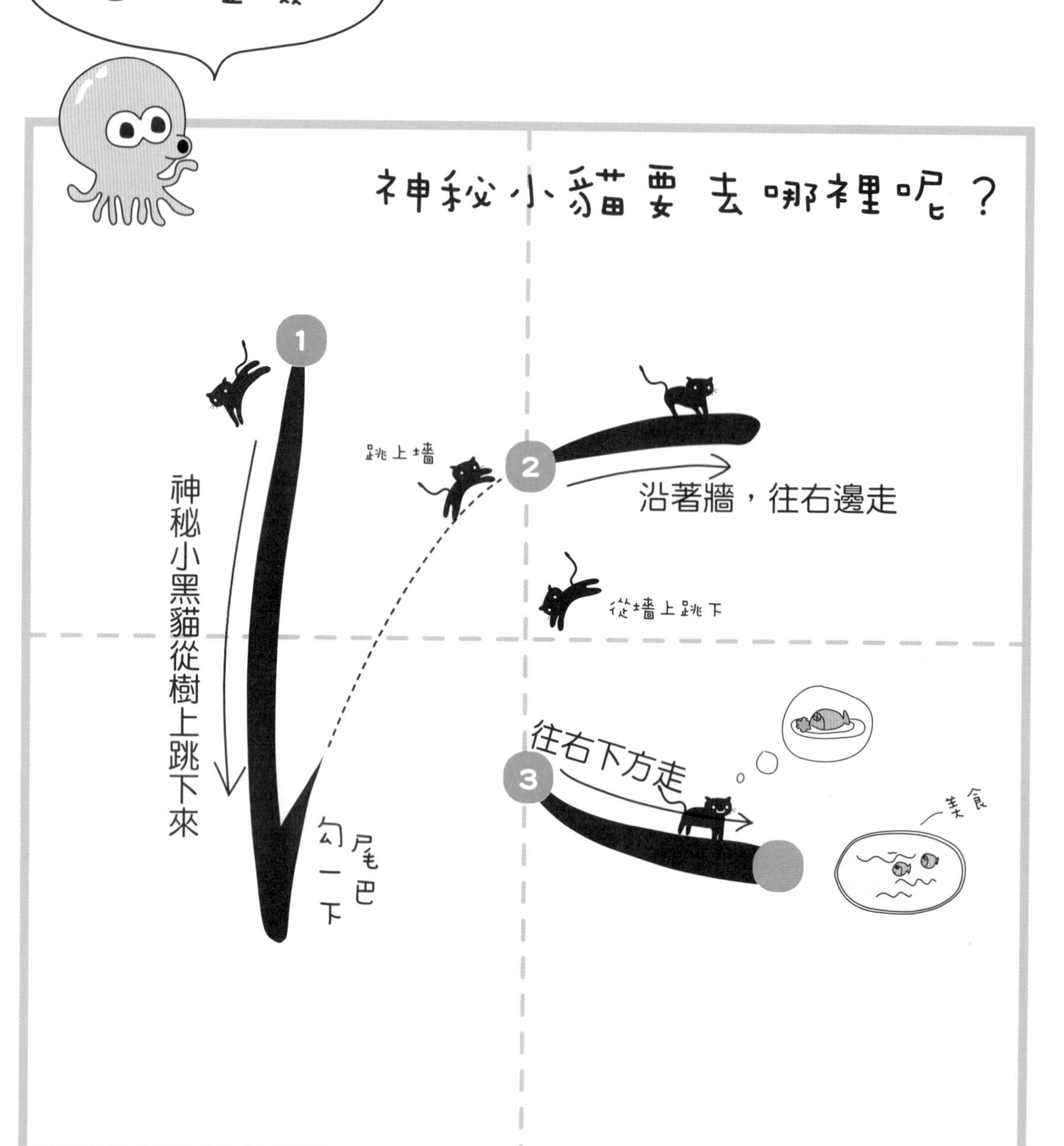
神秘小貓要去哪裡呢？
1
神秘小黑貓從樹上跳下來
勾一下尾巴
跳上墻
2
沿著牆，往右邊走
從墻上跳下
3
往右下方走
美食

相關單字

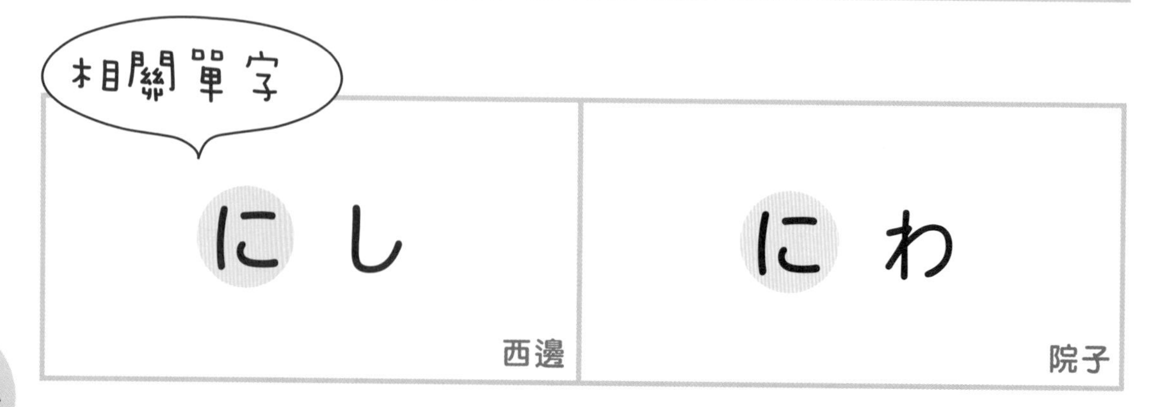
にし
西邊
にわ
院子

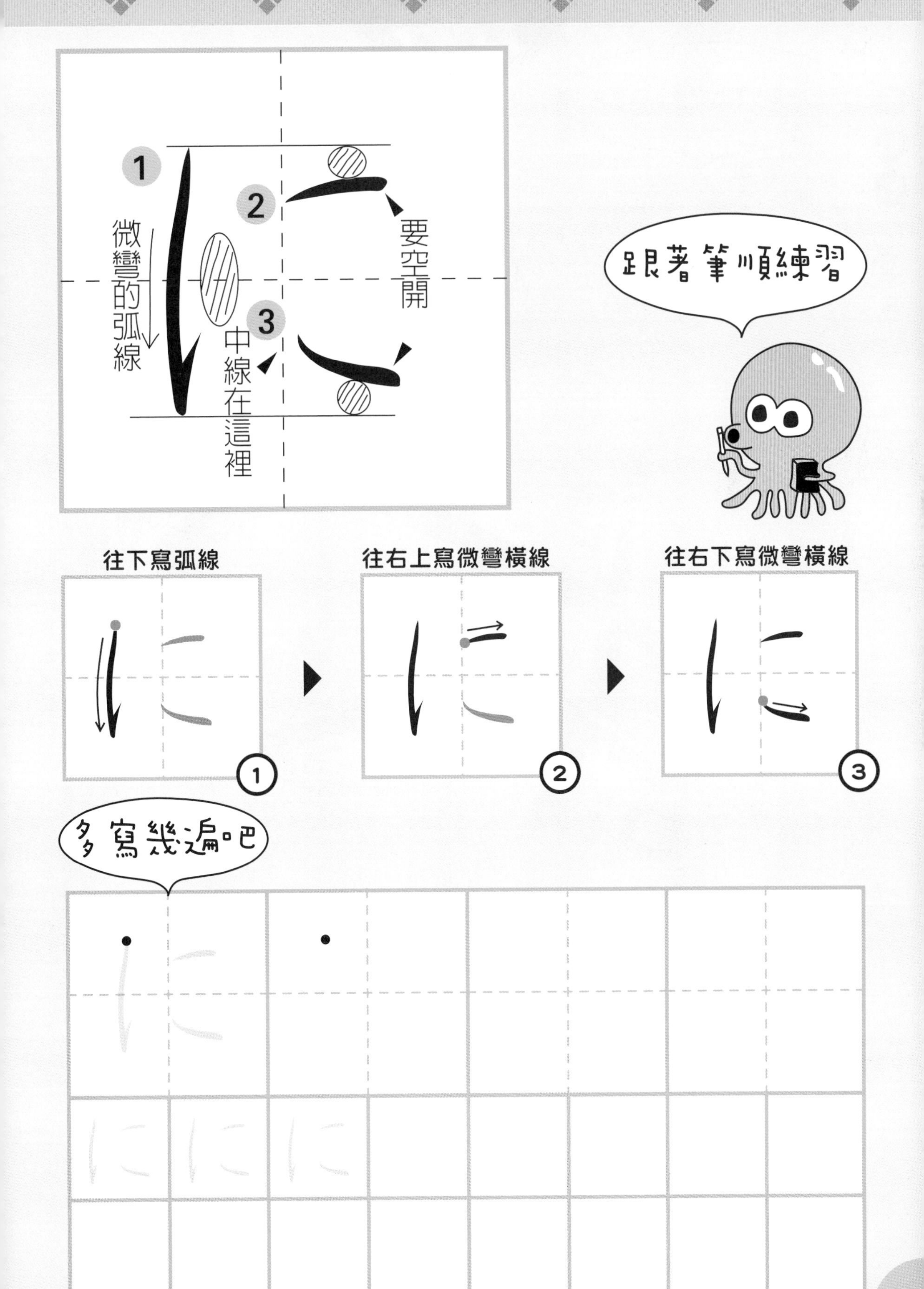
1
2
3
微彎的弧線
要空開
中線在這裡
跟著筆順練習
往下寫弧線
往右上寫微彎橫線
往右下寫微彎橫線
1
2
3
多寫幾遍吧

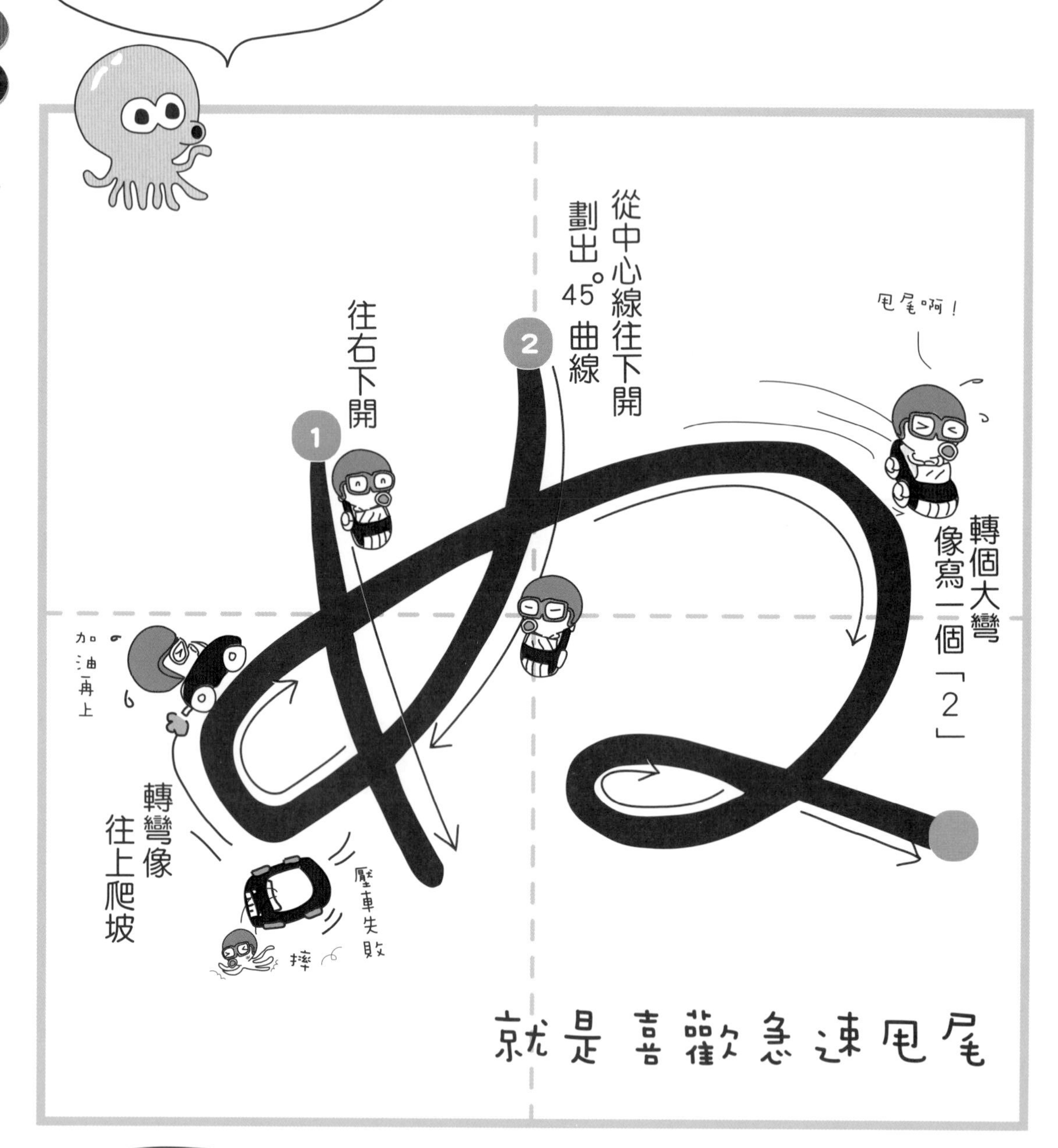
小動物歷險記
從中心線往下開
劃出45°曲線
往右下開
甩尾啊！
轉個大彎
像寫一個「2」
加油再上
轉彎像
往上爬坡
壓車失敗
摔
就是喜歡急速甩尾

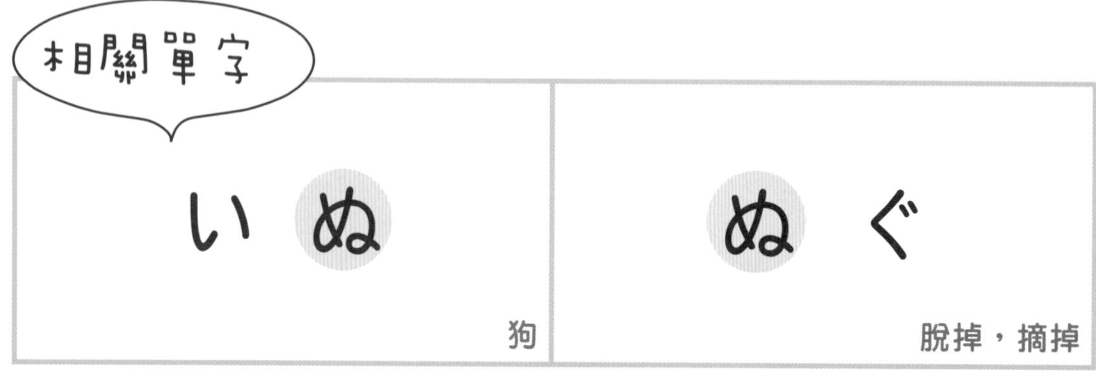
相關單字
いぬ
狗
ぬぐ
脫掉，摘掉

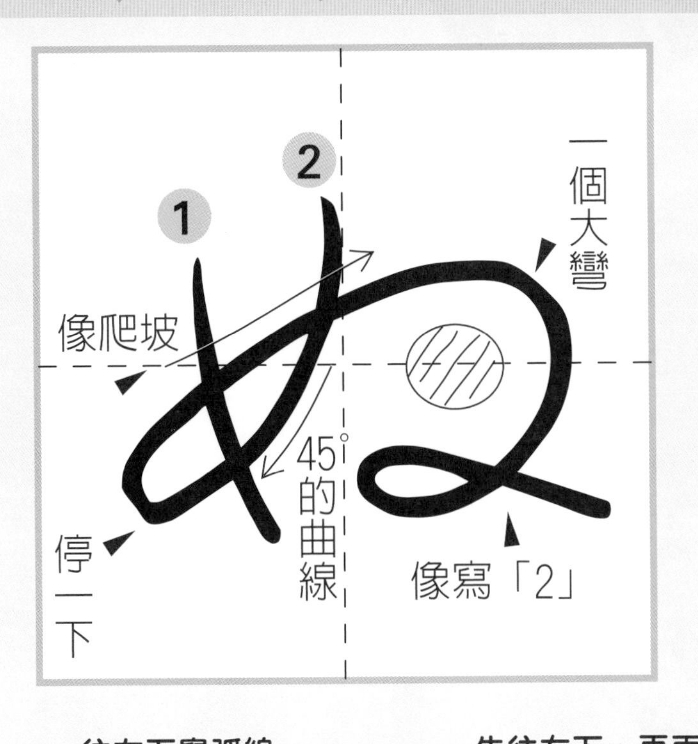

往右下寫弧線 ① ▶ 先往左下，再兩折 ② ▶ 先寫「つ」，再繞圈 ③

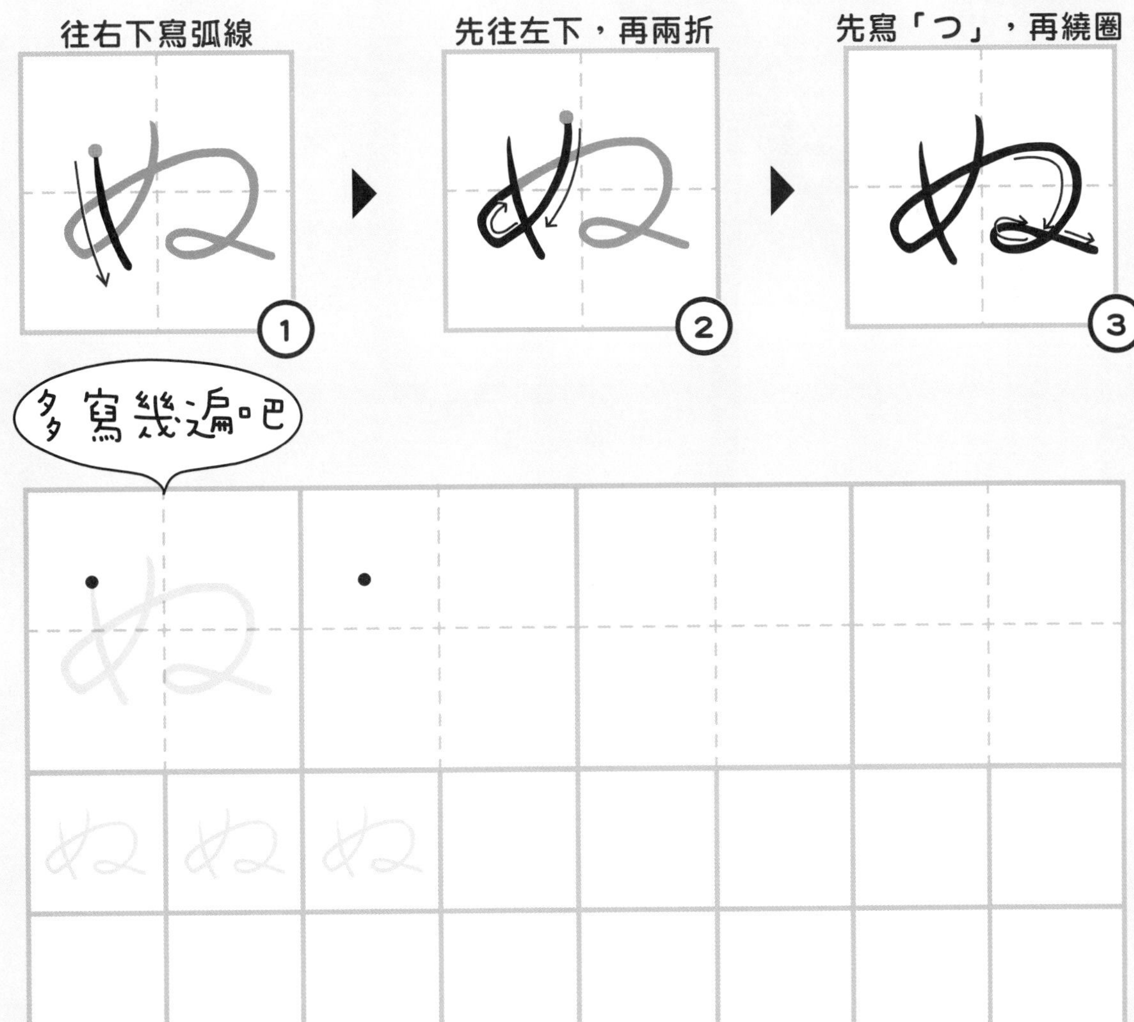

小動物歷險記

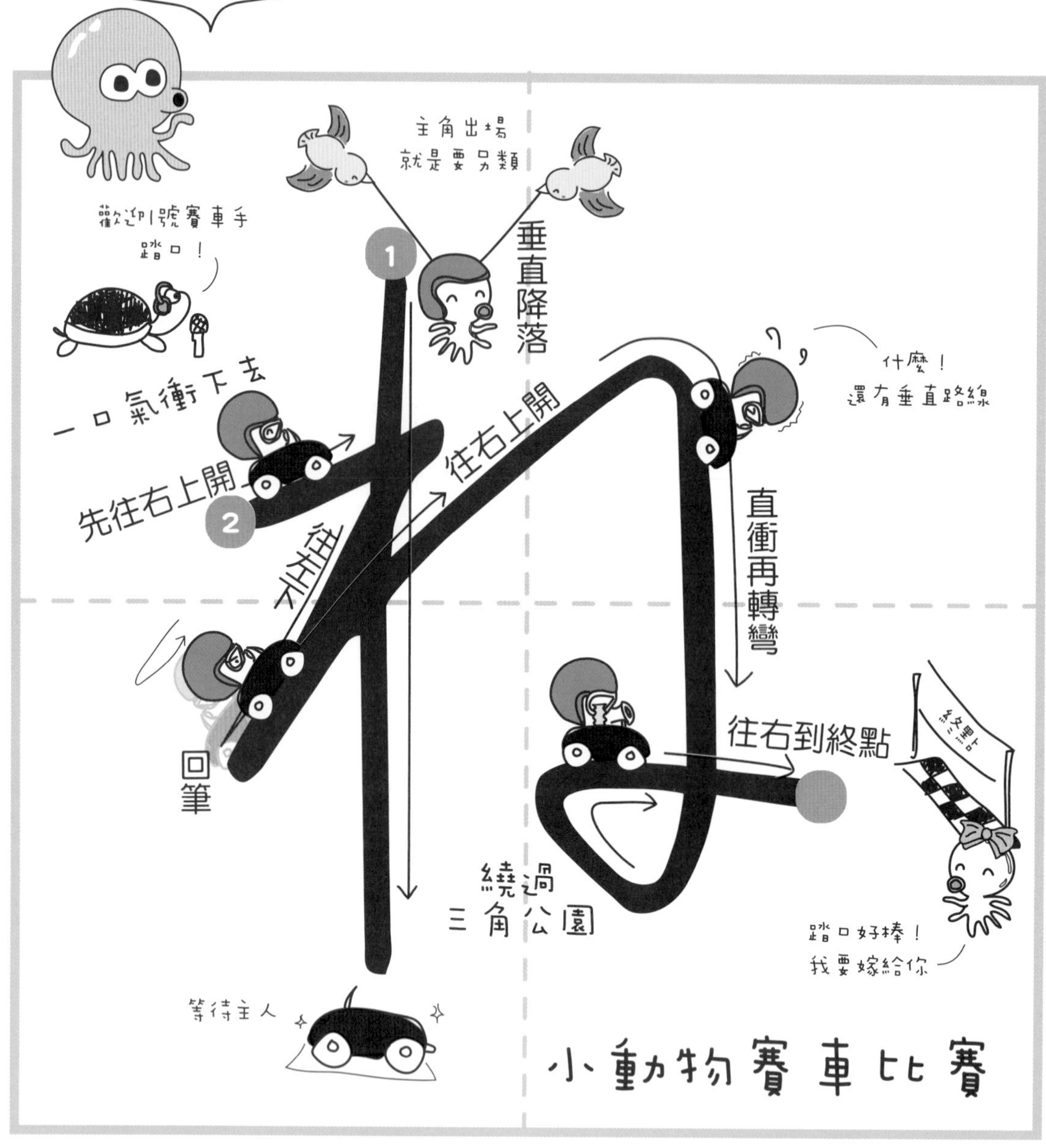

相關單字

ねこ	ねる
貓	睡覺

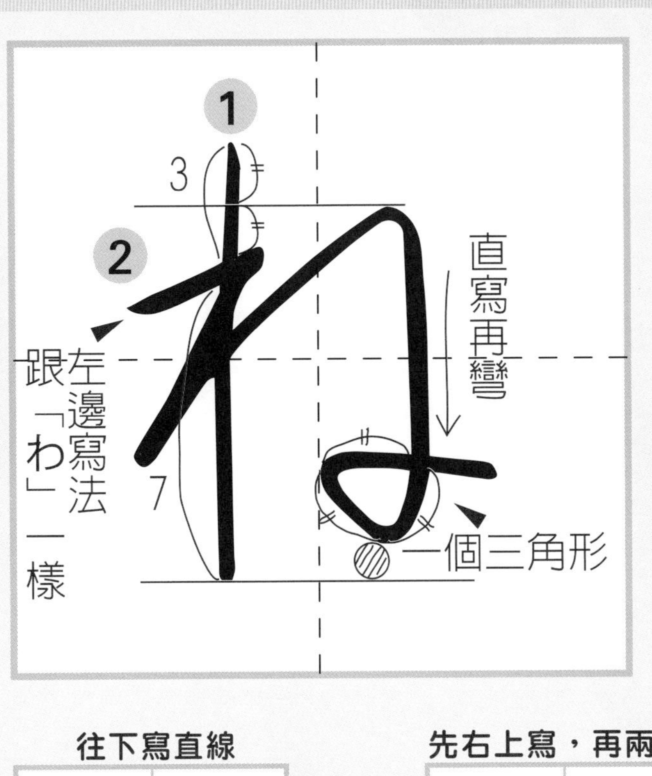

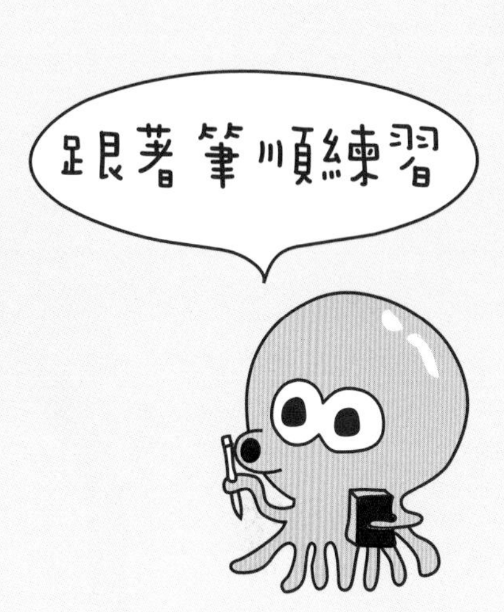

往下寫直線
先右上寫，再兩折
往下直寫，再繞圈

①
②
③

多寫幾遍吧

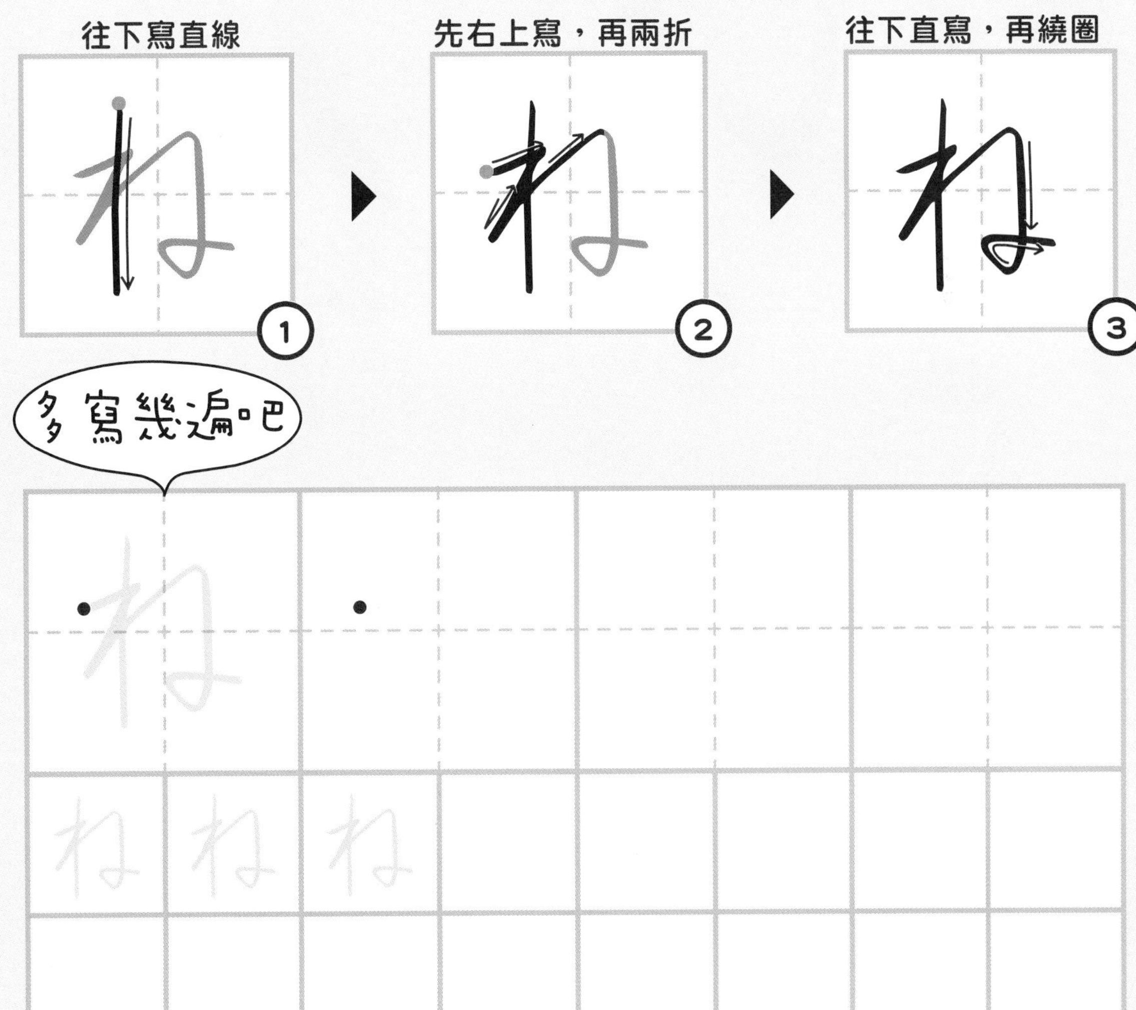

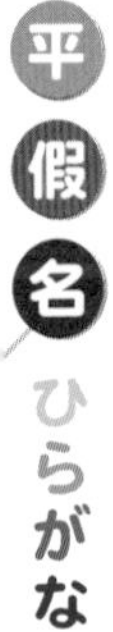
平
假
名
ひらがな

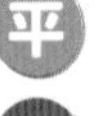

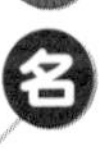

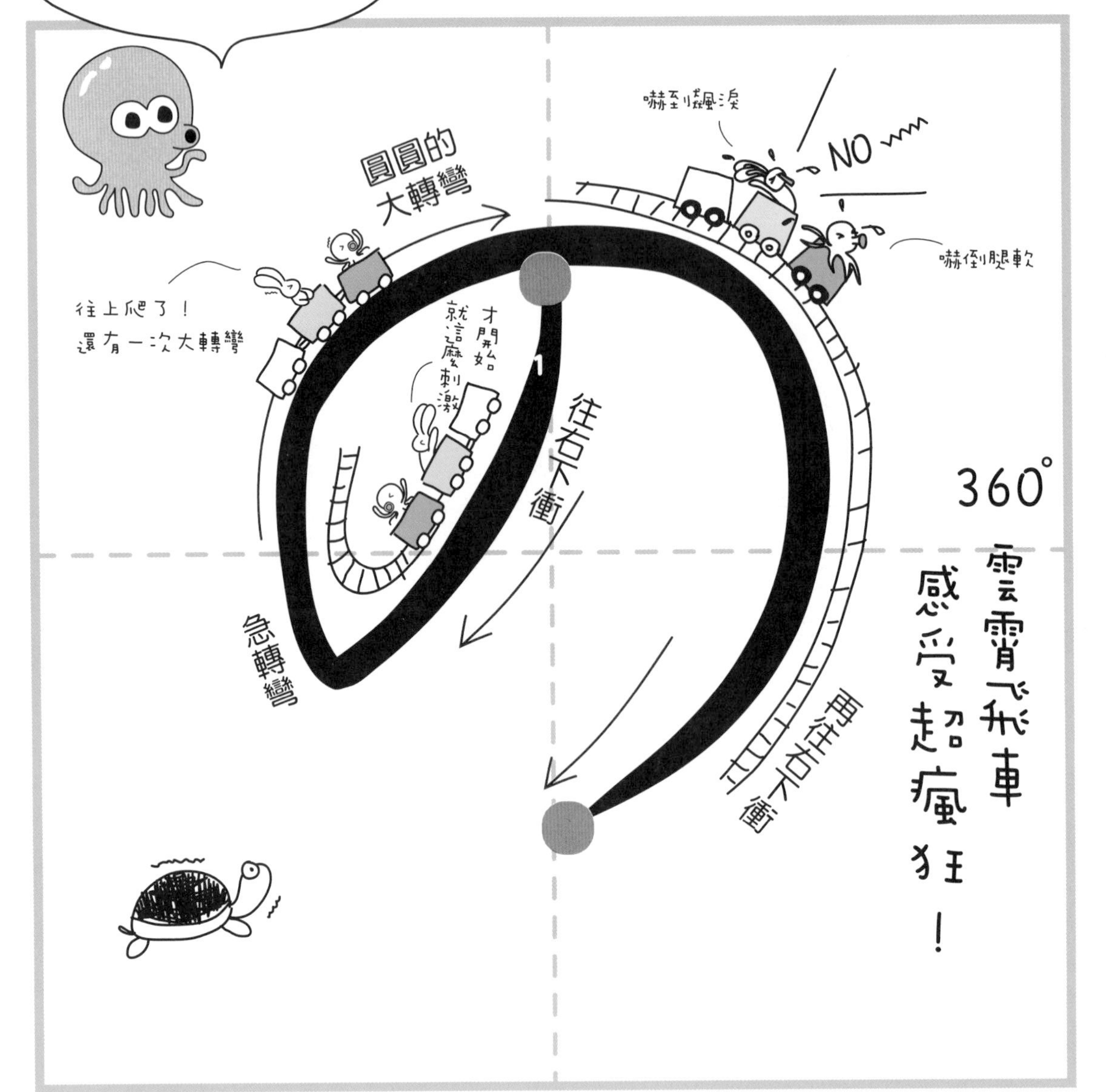
小動物歷險記
圓圓的
大轉彎
往上爬了！
還有一次大轉彎
才開始
就這麼刺激
往右下衝
急轉彎
嚇到腿軟
NO
360°
雲霄飛車
感受超瘋狂！
再往右下衝

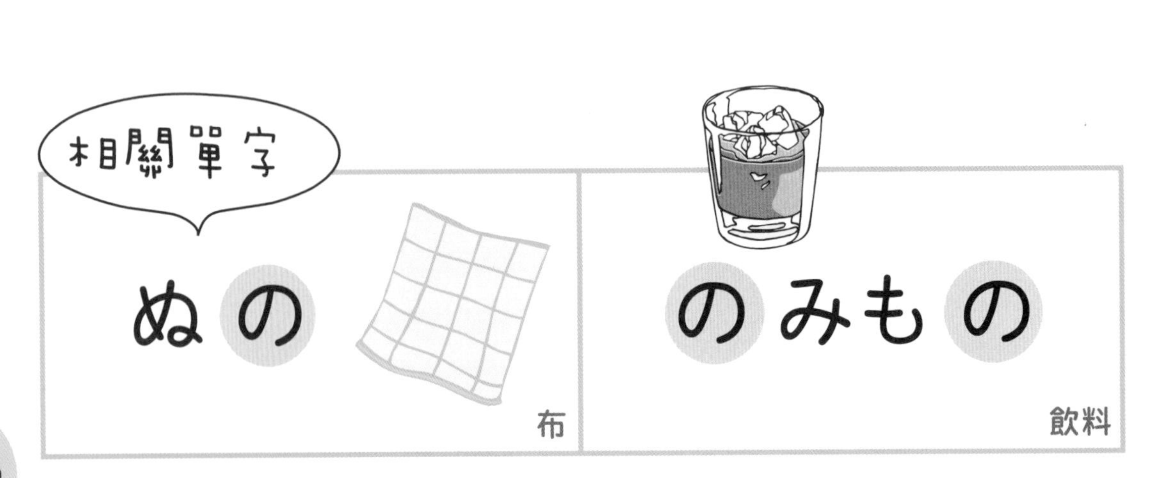
相關單字
ぬの
布
のみもの
飲料

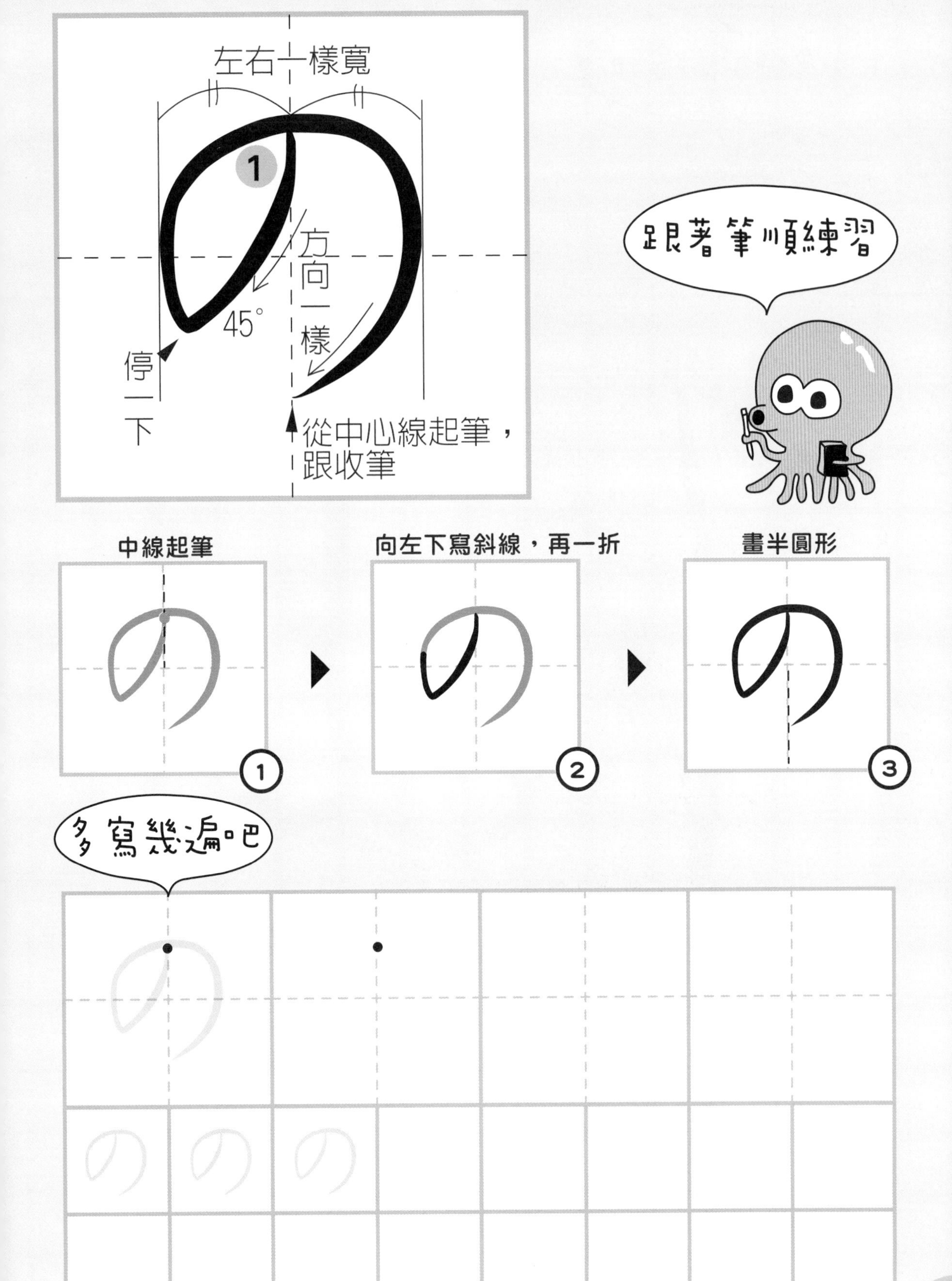
左右一樣寬
1
方向一樣
45°
停一下
從中心線起筆，跟收筆
跟著筆順練習
中線起筆
向左下寫斜線，再一折
畫半圓形
1
2
3
多寫幾遍吧

小動物歷險記

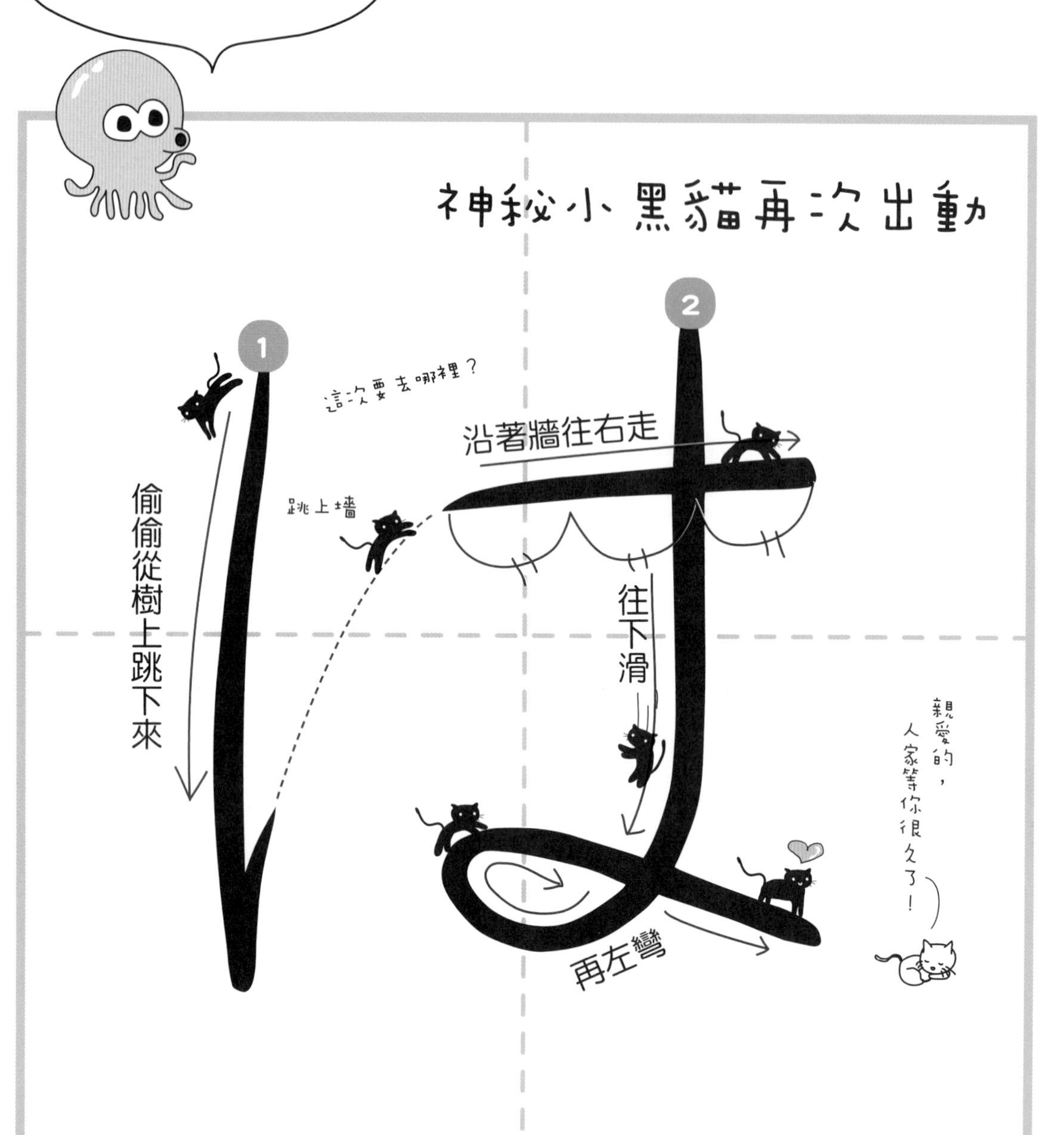
神秘小黑貓再次出動
1
2
這次要去哪裡？
沿著牆往右走
偷偷從樹上跳下來
跳上牆
往下滑
親愛的，人家等你很久了！
再左彎

相關單字

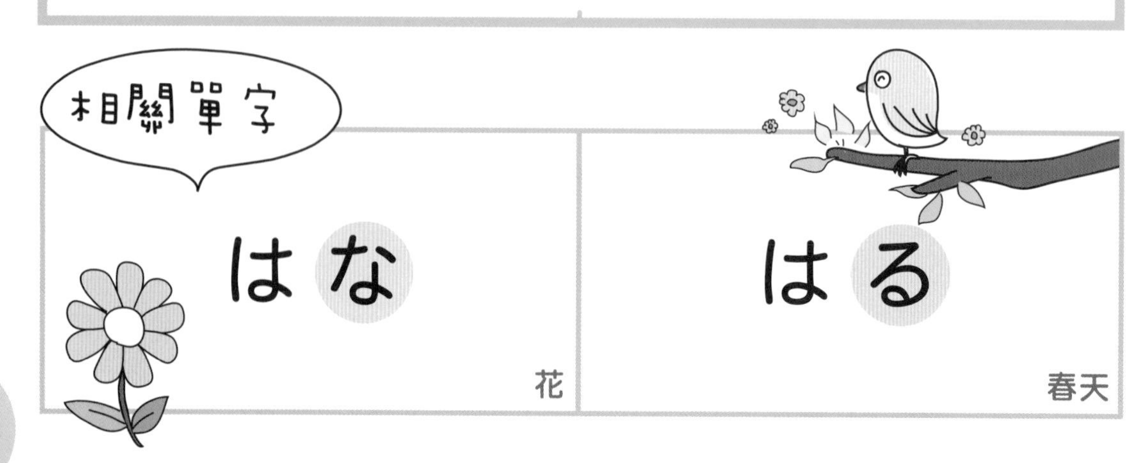
はな
花
はる
春天

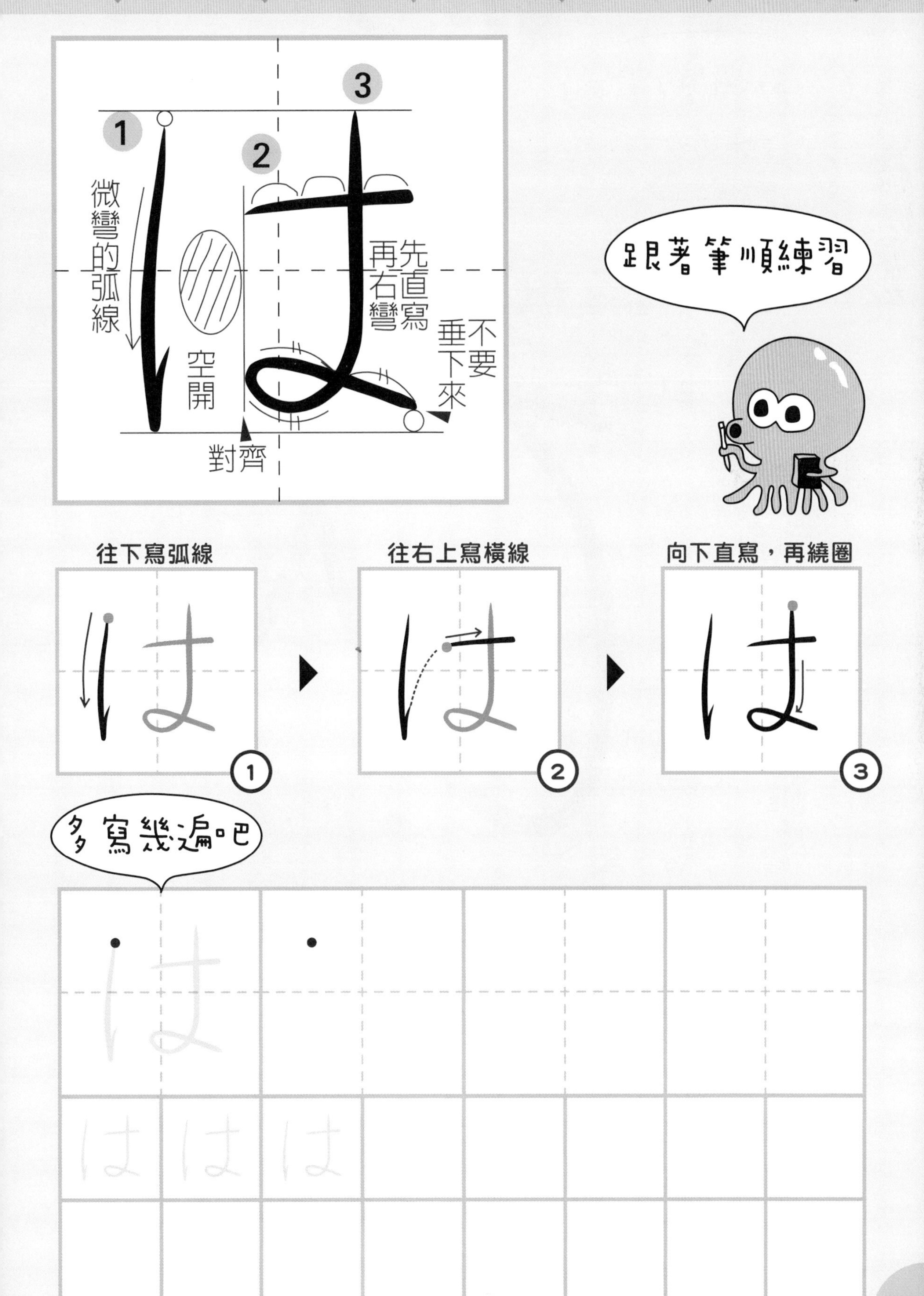
1
2
3
微彎的弧線
空開
對齊
先直寫再右彎
不要垂下來
跟著筆順練習
往下寫弧線
往右上寫橫線
向下直寫，再繞圈
多寫幾遍吧
は

小動物歷險記

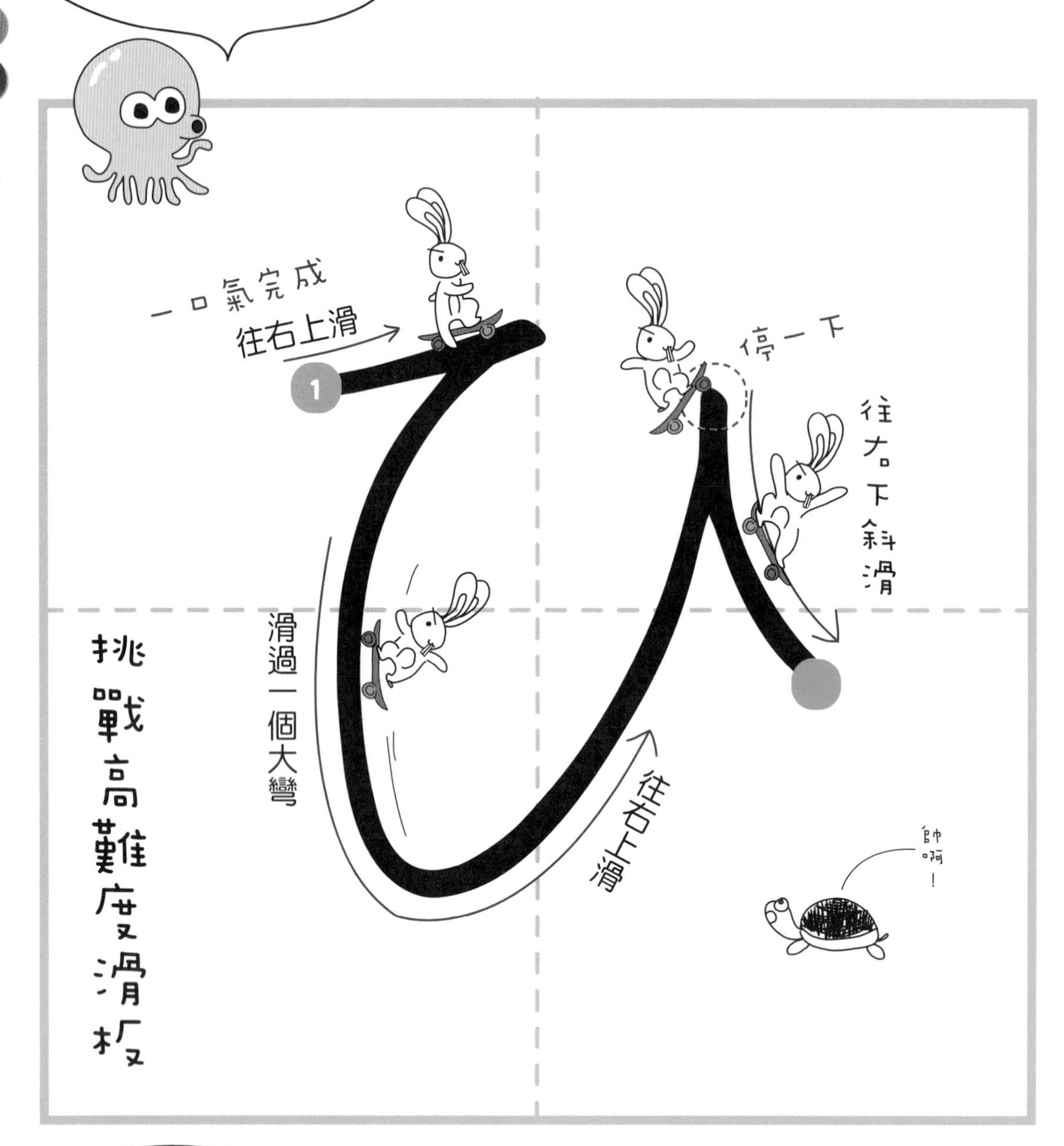

相關單字

ひだり	ひこうき
左邊	飛機

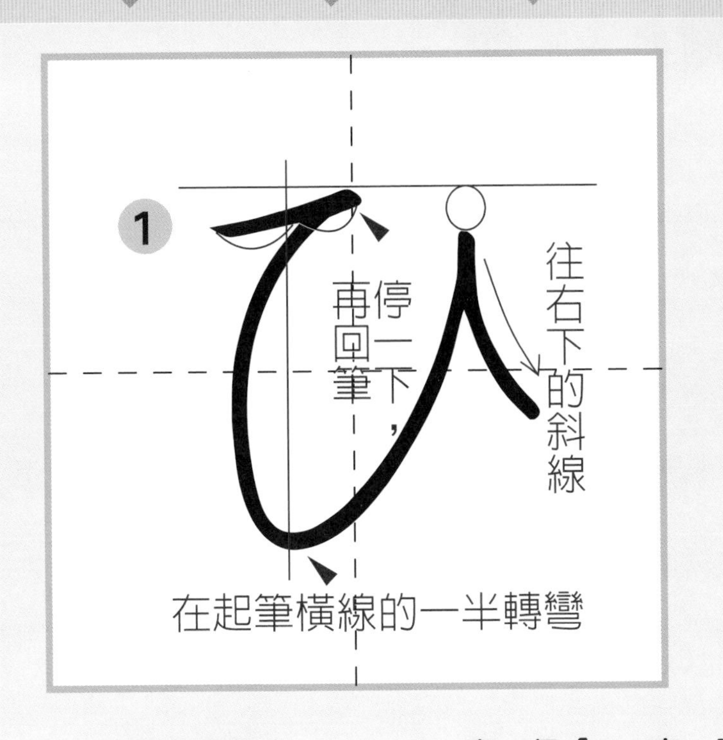

向右上寫橫線

畫一個「U」字，再往右下撇

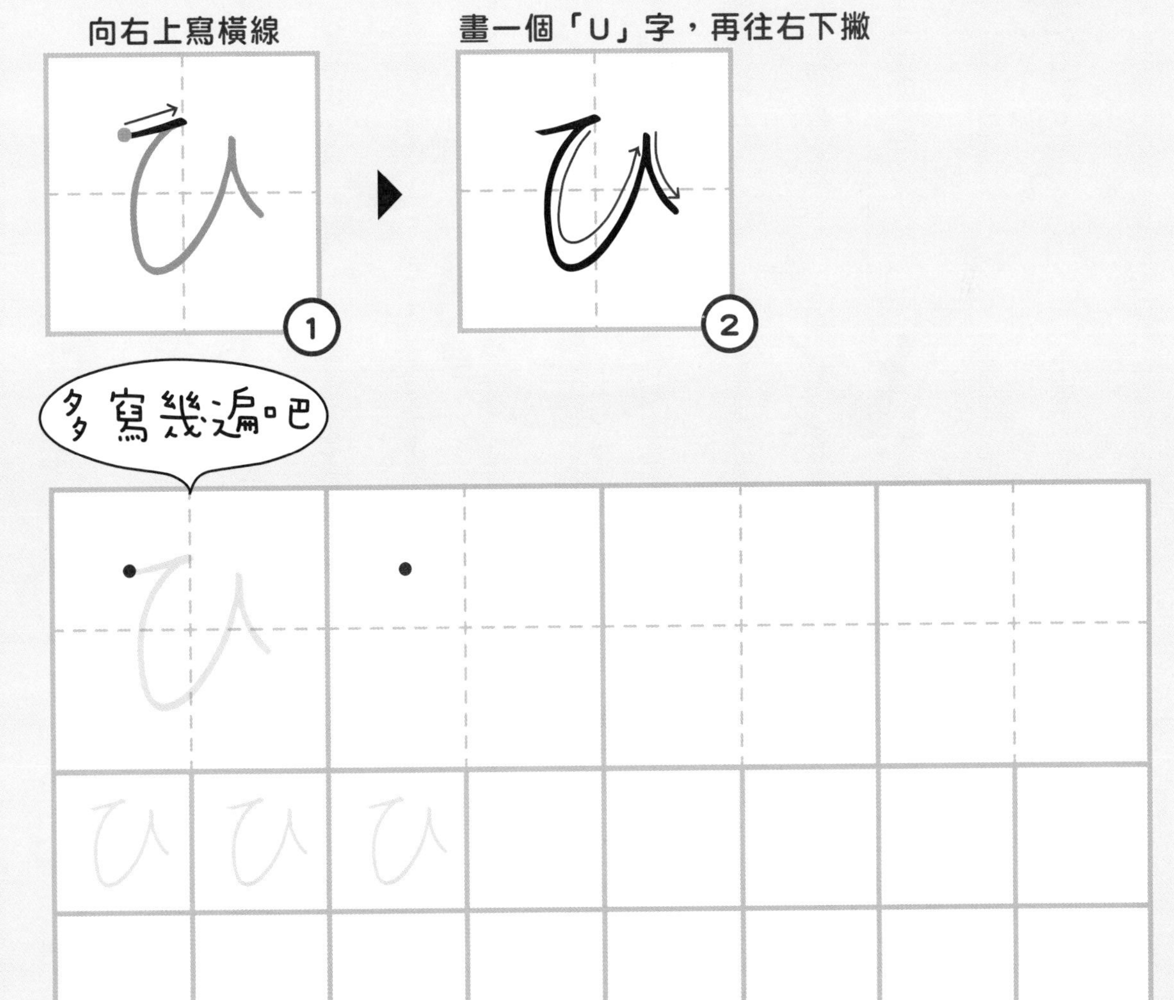

小動物歷險記

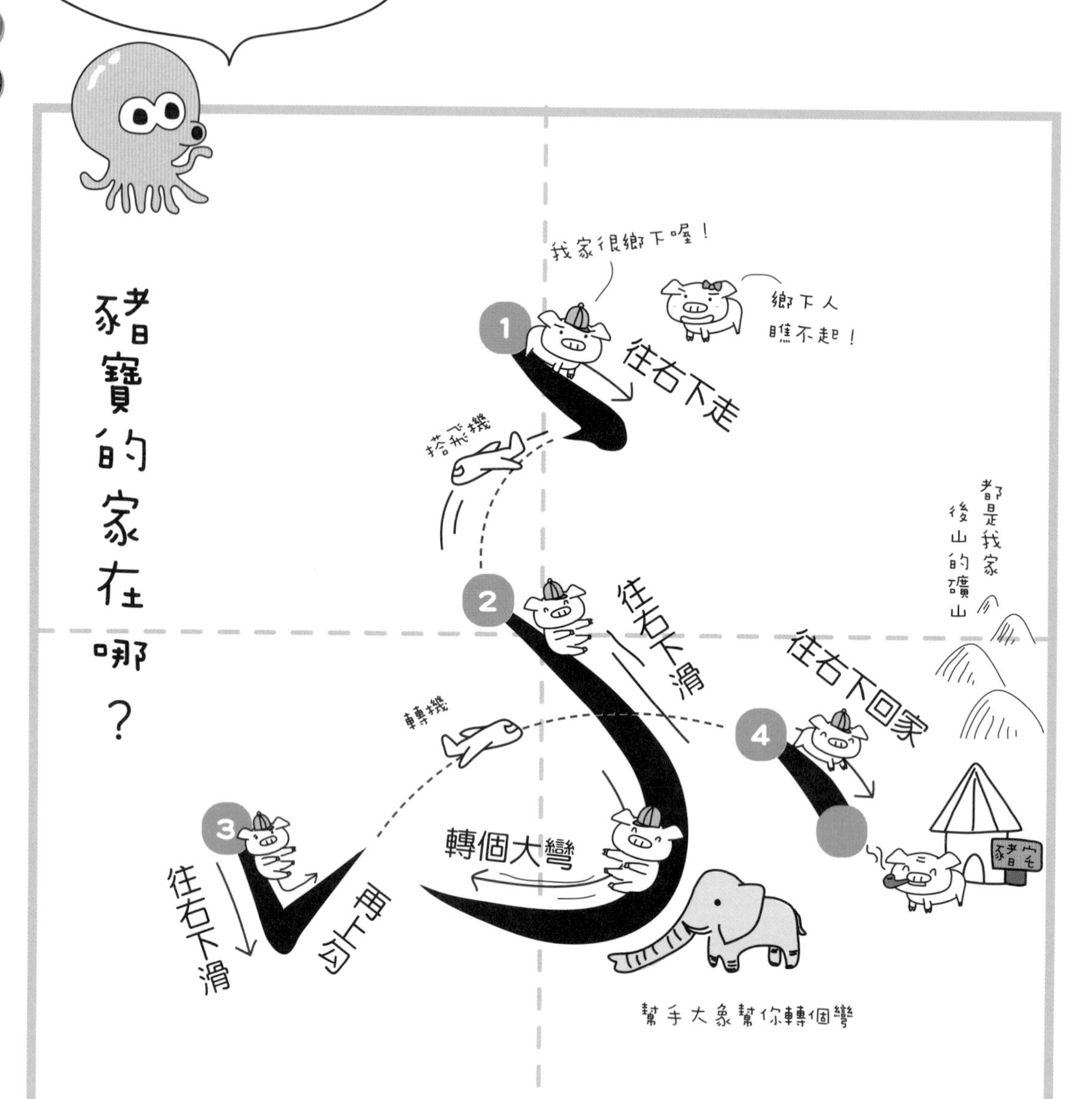

相關單字

ふゆ	ふろ
冬天	洗澡

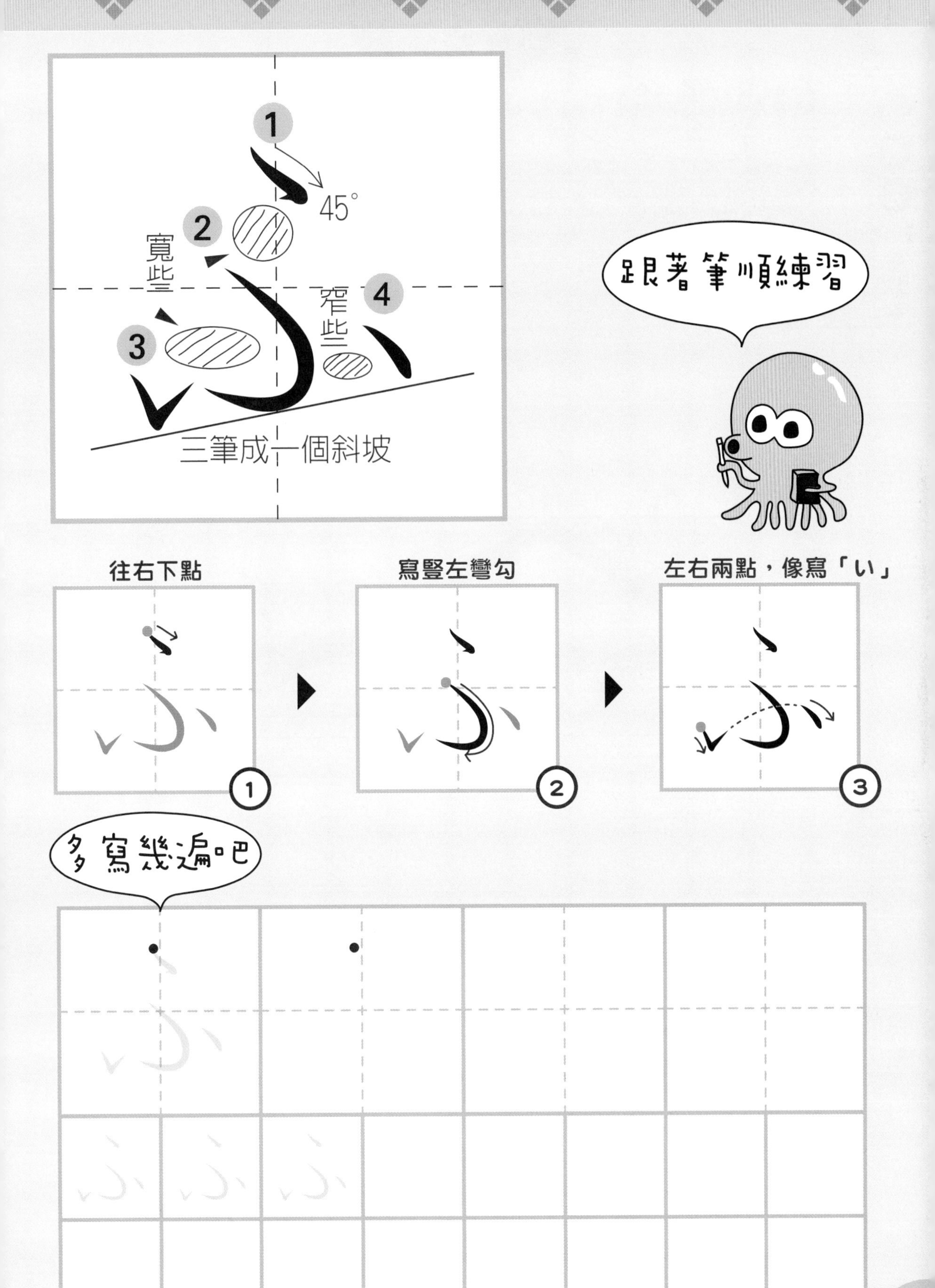
45°
寬些
窄些
三筆成一個斜坡
跟著筆順練習
往右下點
寫豎左彎勾
左右兩點，像寫「い」
多寫幾遍吧

兔毛基礎滑板教學

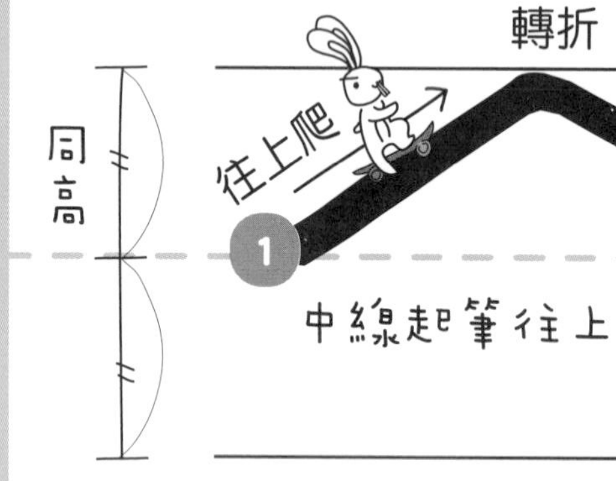

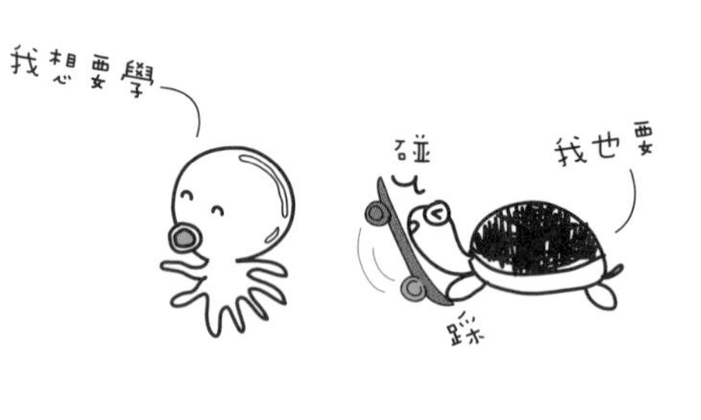

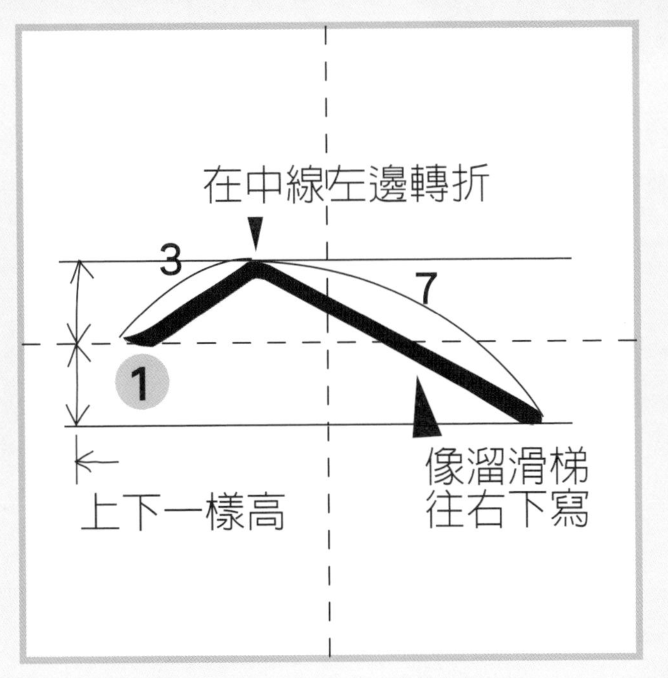

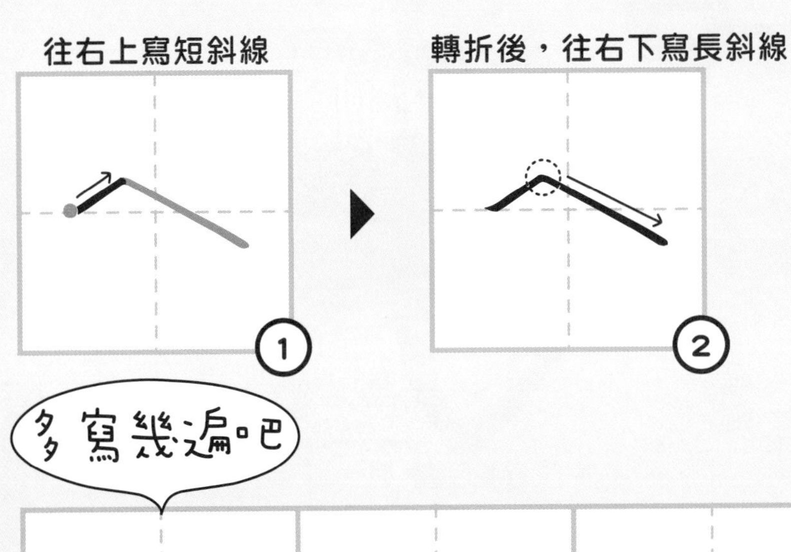

多寫幾遍吧

小動物歷險記

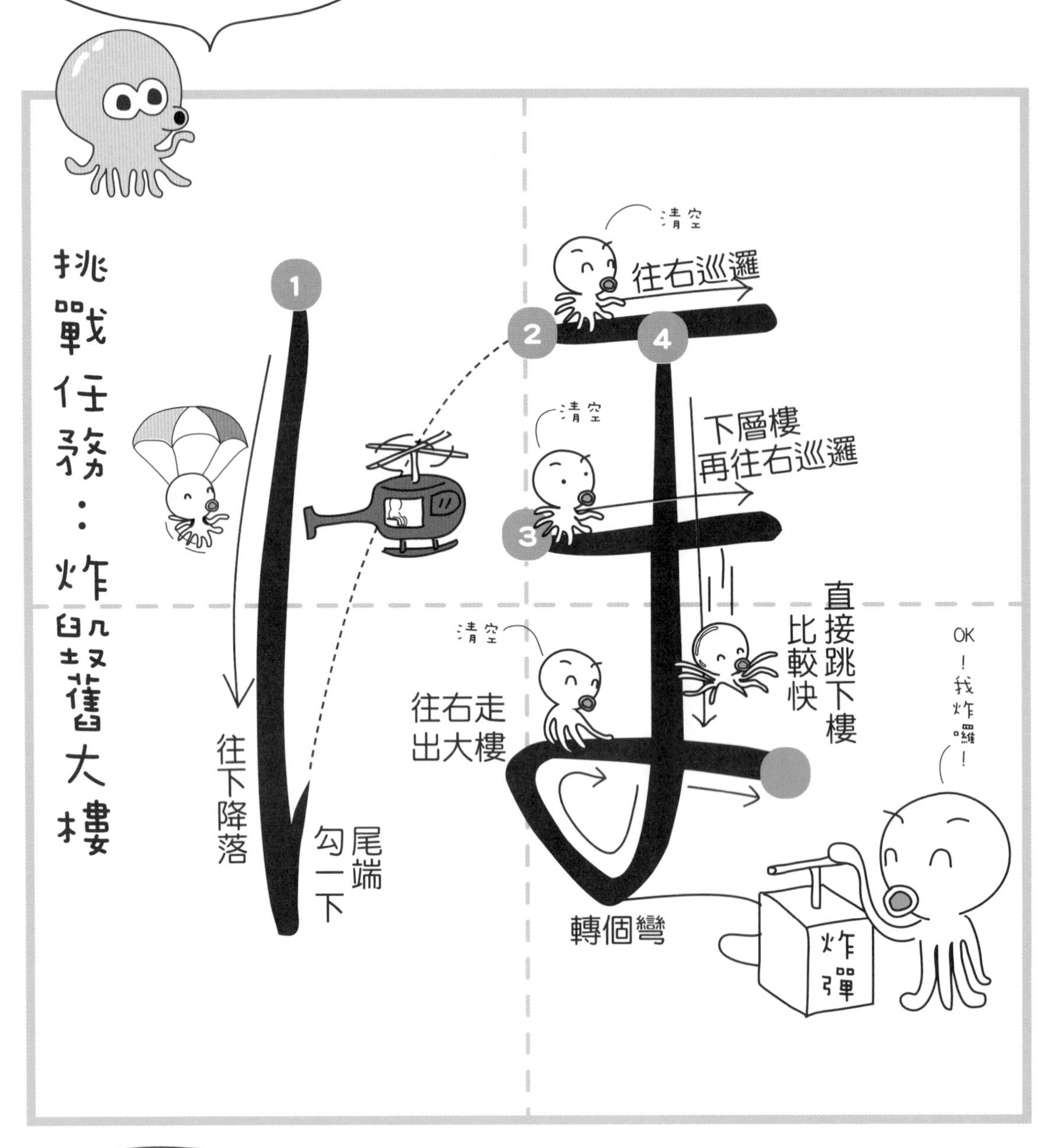

相關單字

ほん	ほし
書籍	星星

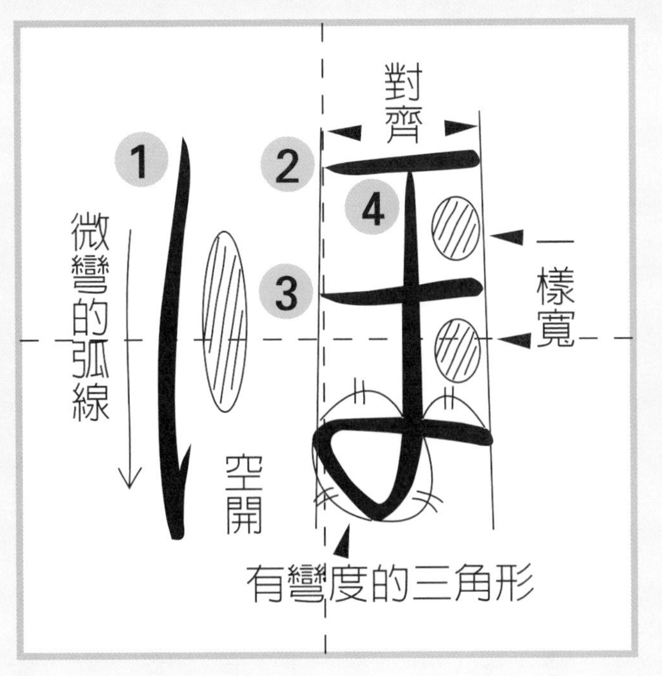

往下寫微彎弧線

往右寫兩條平行橫線

往下寫直線，再繞圈

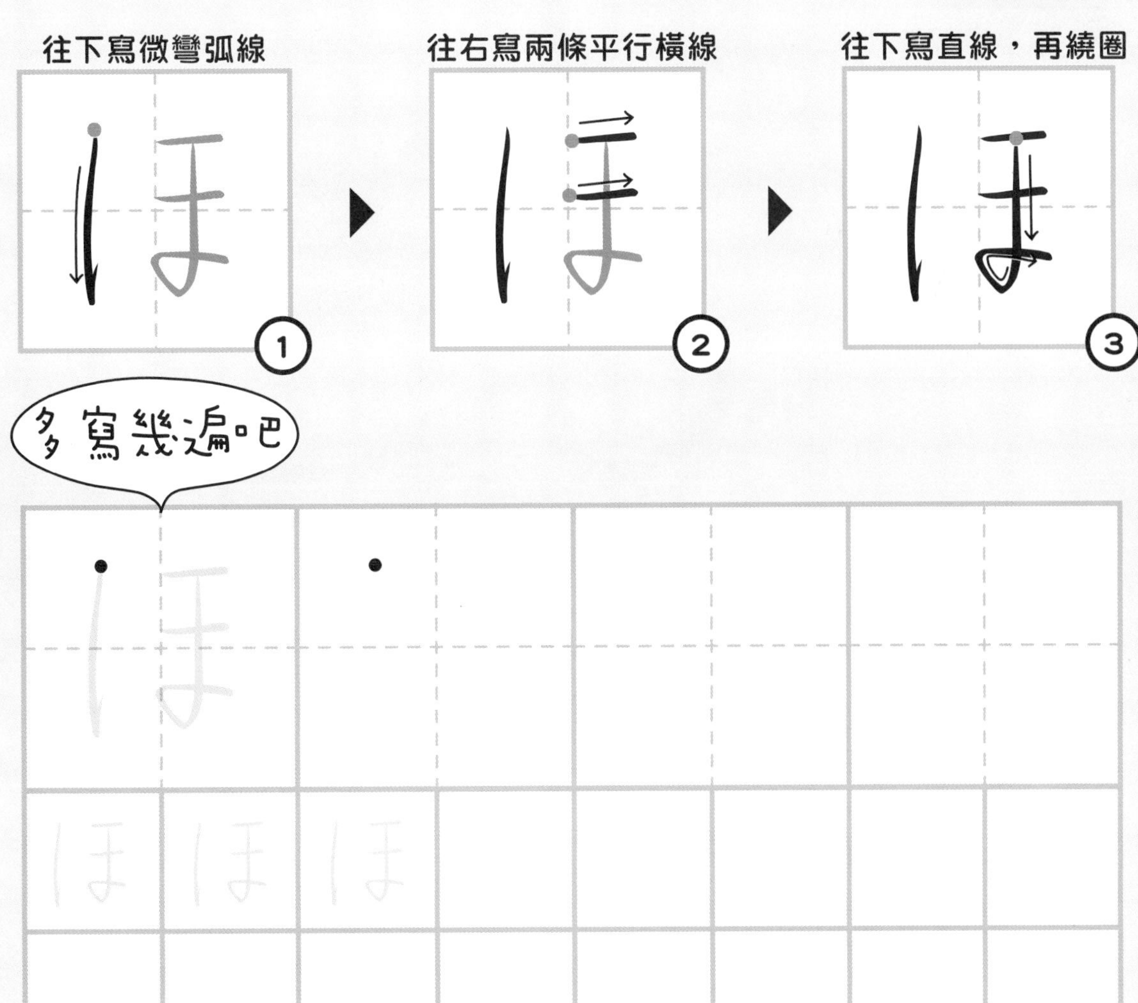

小動物歷險記

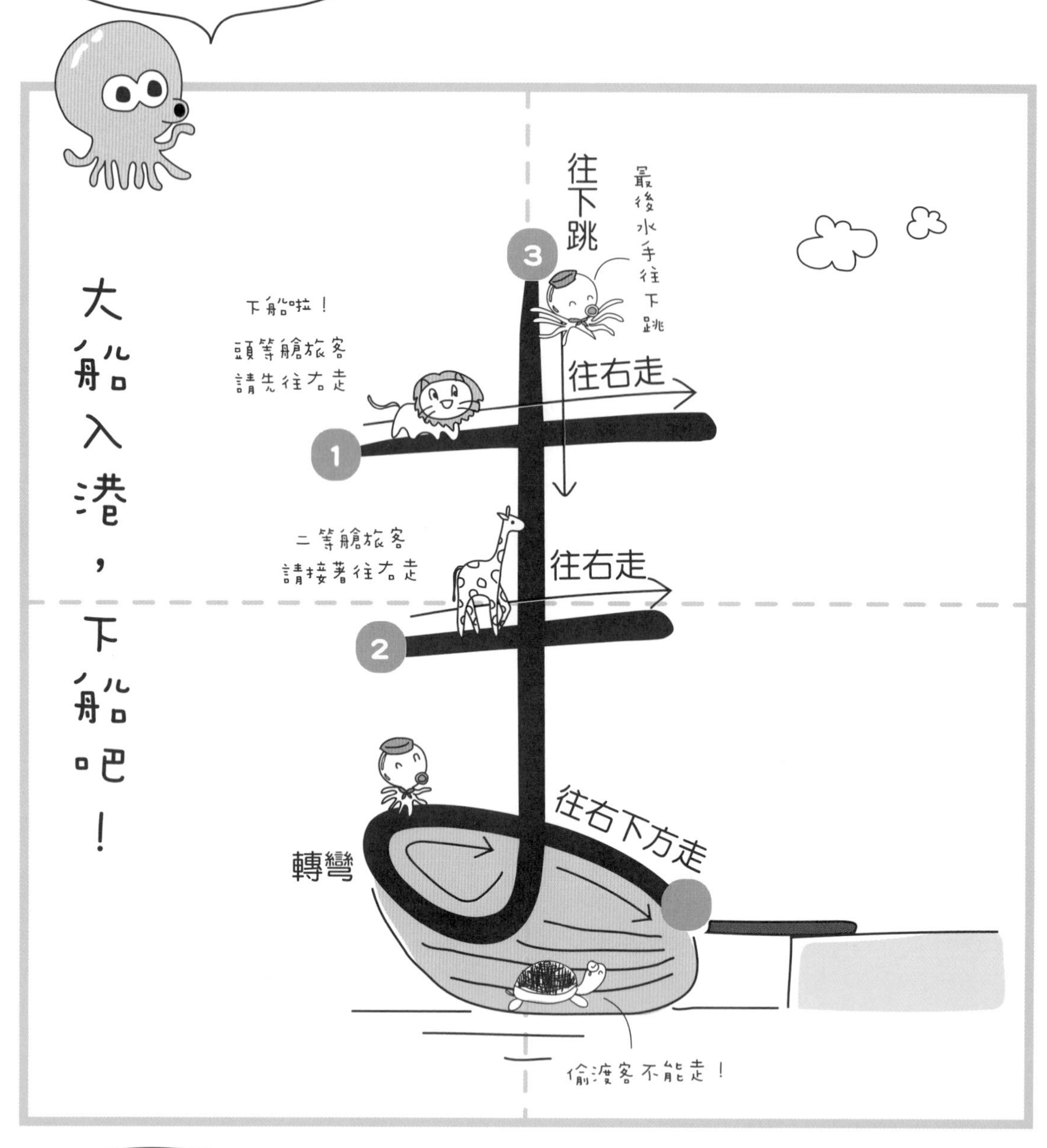
大船入港，下船吧！
下船啦！
頭等艙旅客
請先往右走
往右走
1
二等艙旅客
請接著往右走
往右走
2
往下跳
最後水手往下跳
3
轉彎
往右下方走
偷渡客不能走！

相關單字

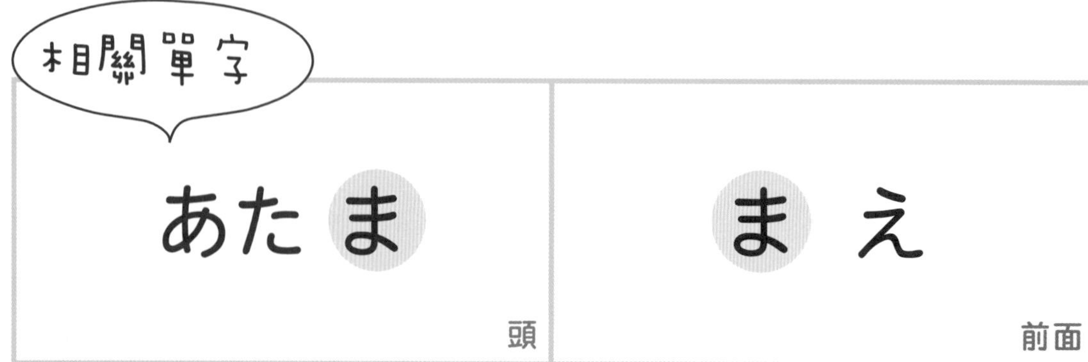
あたま
頭
まえ
前面

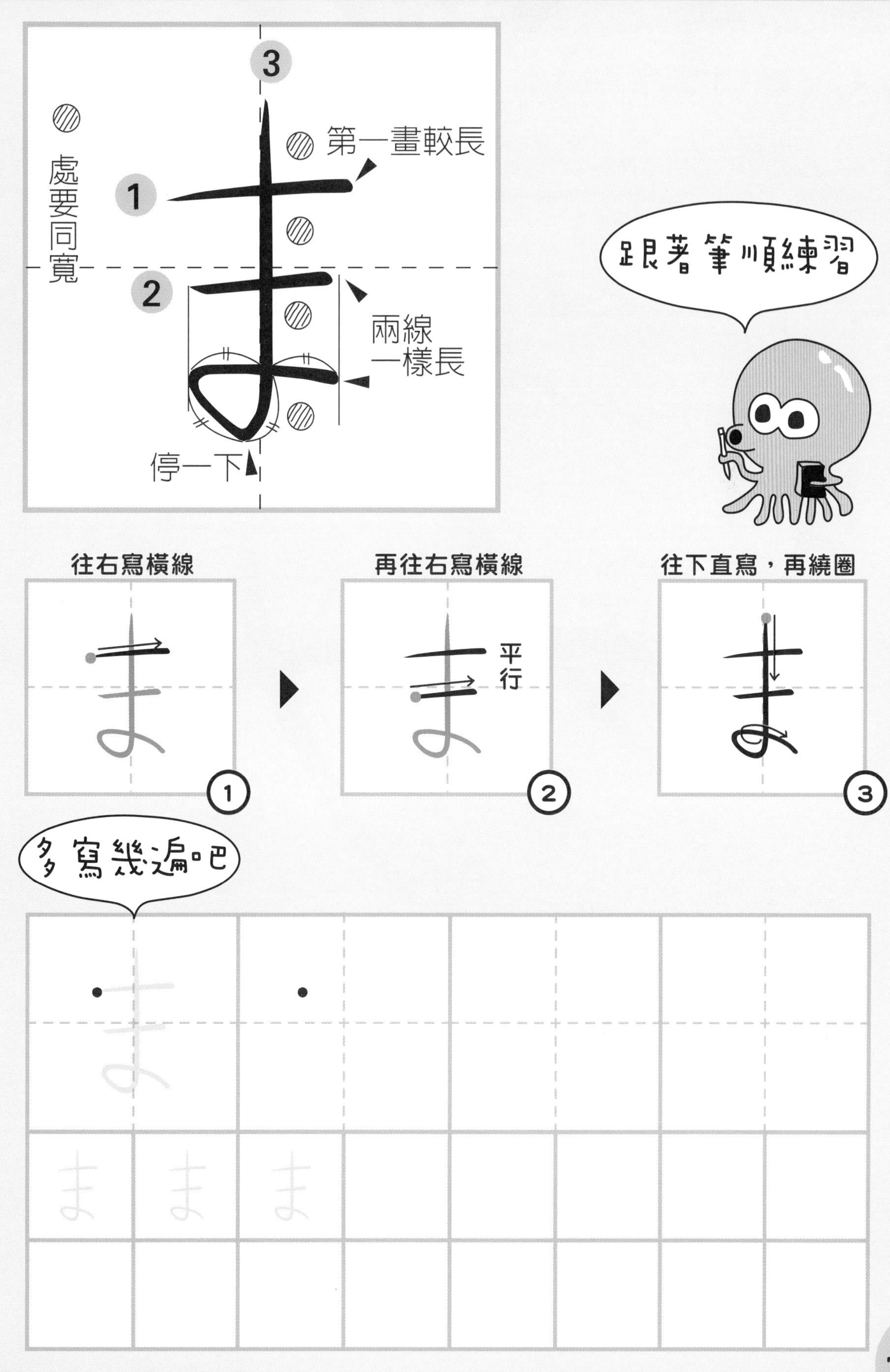
3
第一畫較長
處要同寬
1
2
兩線一樣長
停一下
跟著筆順練習
往右寫橫線
再往右寫橫線
平行
往下直寫，再繞圈
1
2
3
多寫幾遍吧

小動物歷險記

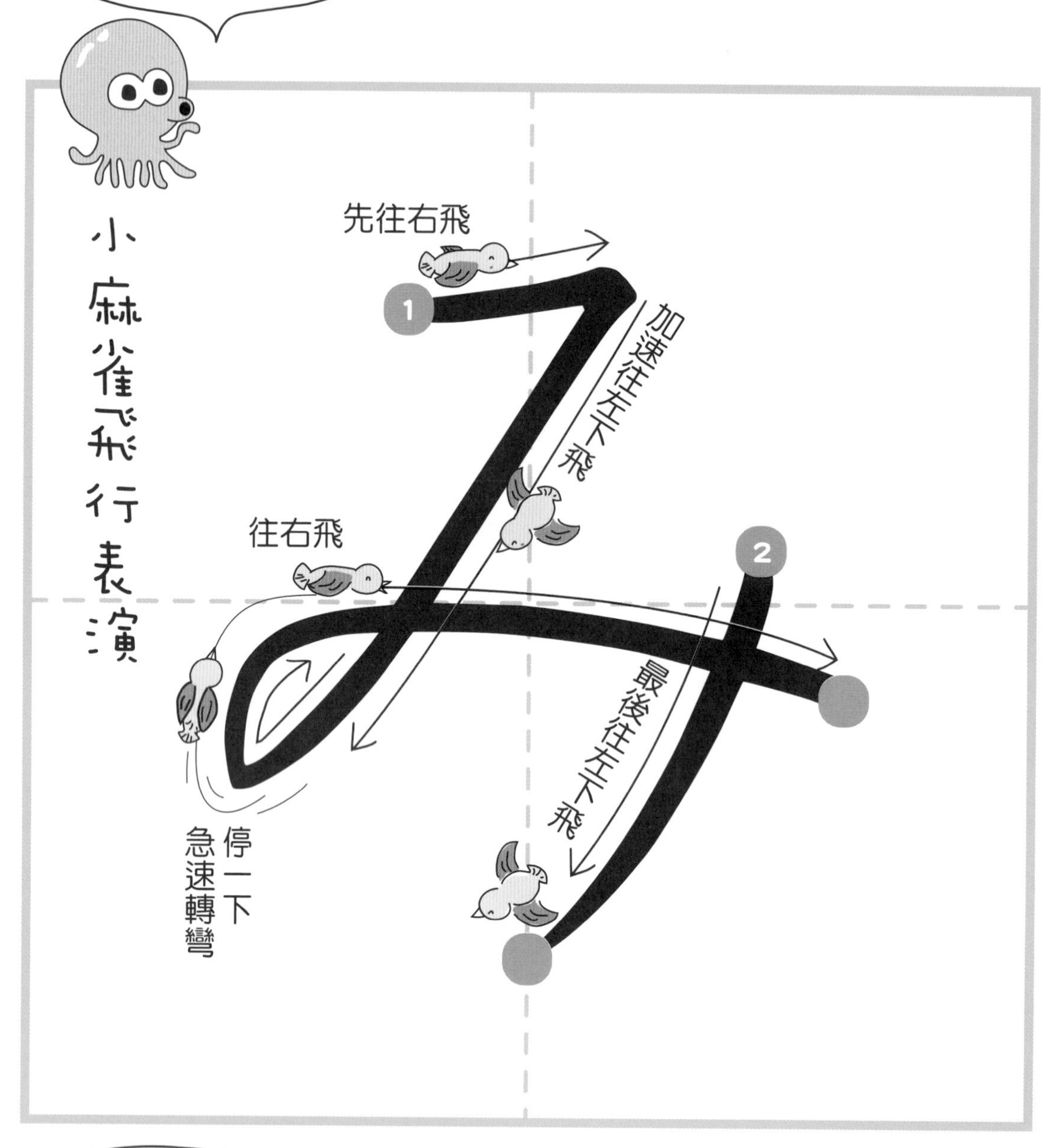

相關單字

みぎ	みなみ
右邊	南邊

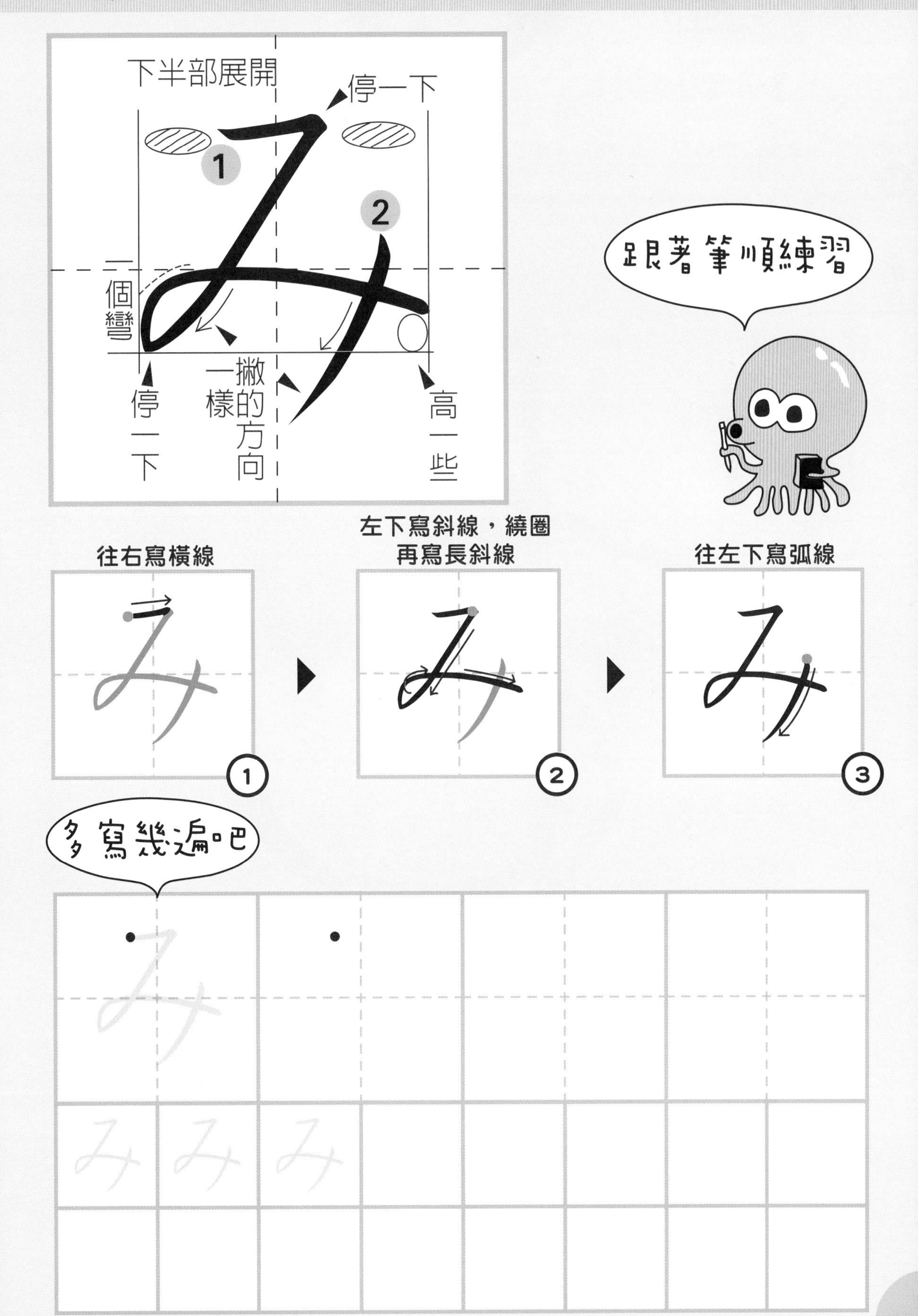

下半部展開
停一下
1
2
一個彎
停一下
一樣的
撇的方向
高一些
跟著筆順練習
往右寫橫線
左下寫斜線，繞圈
再寫長斜線
往左下寫弧線
1
2
3
多寫幾遍吧

小動物歷險記

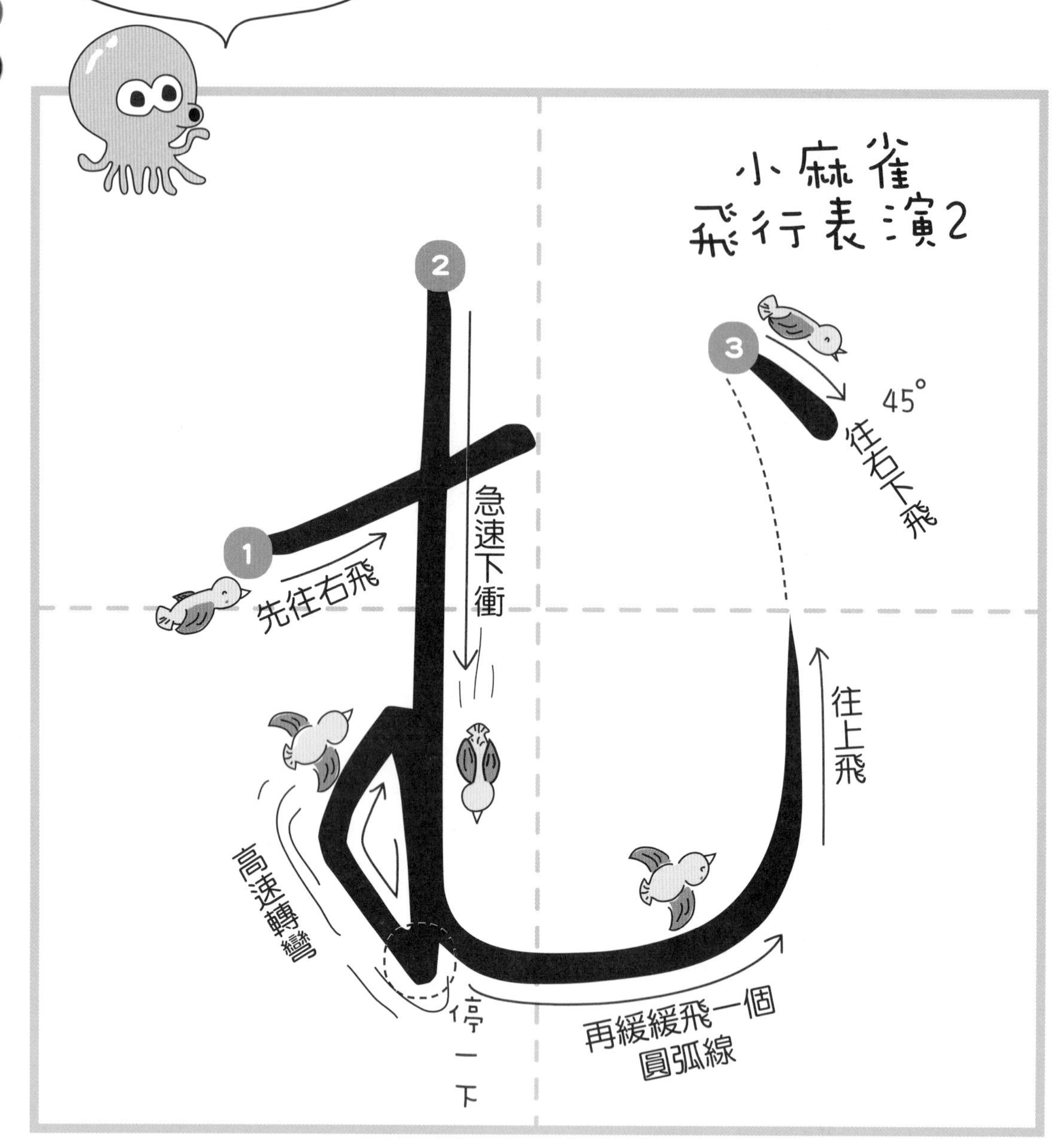

相關單字

むら	さむい
村子	寒冷

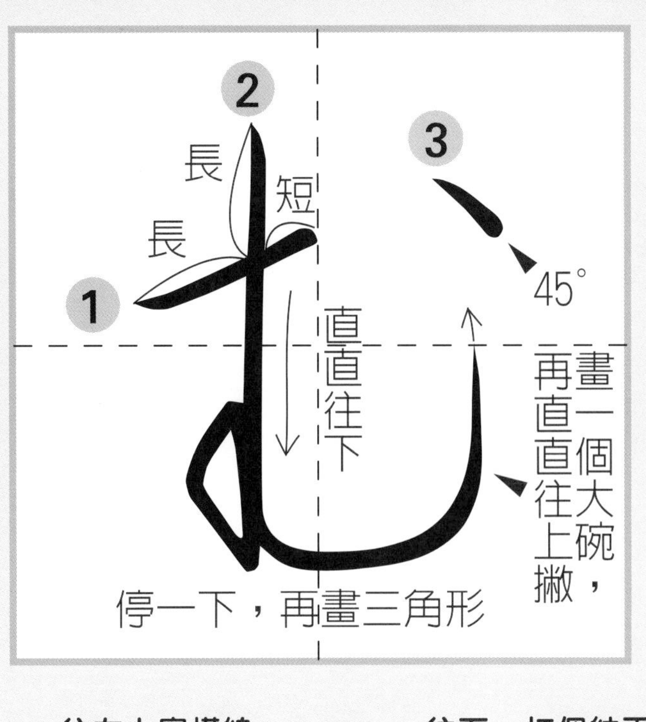

1
2
3
長
短
長
45°
直直往下
再畫一個大碗，直直往上撇
停一下，再畫三角形

跟著筆順練習

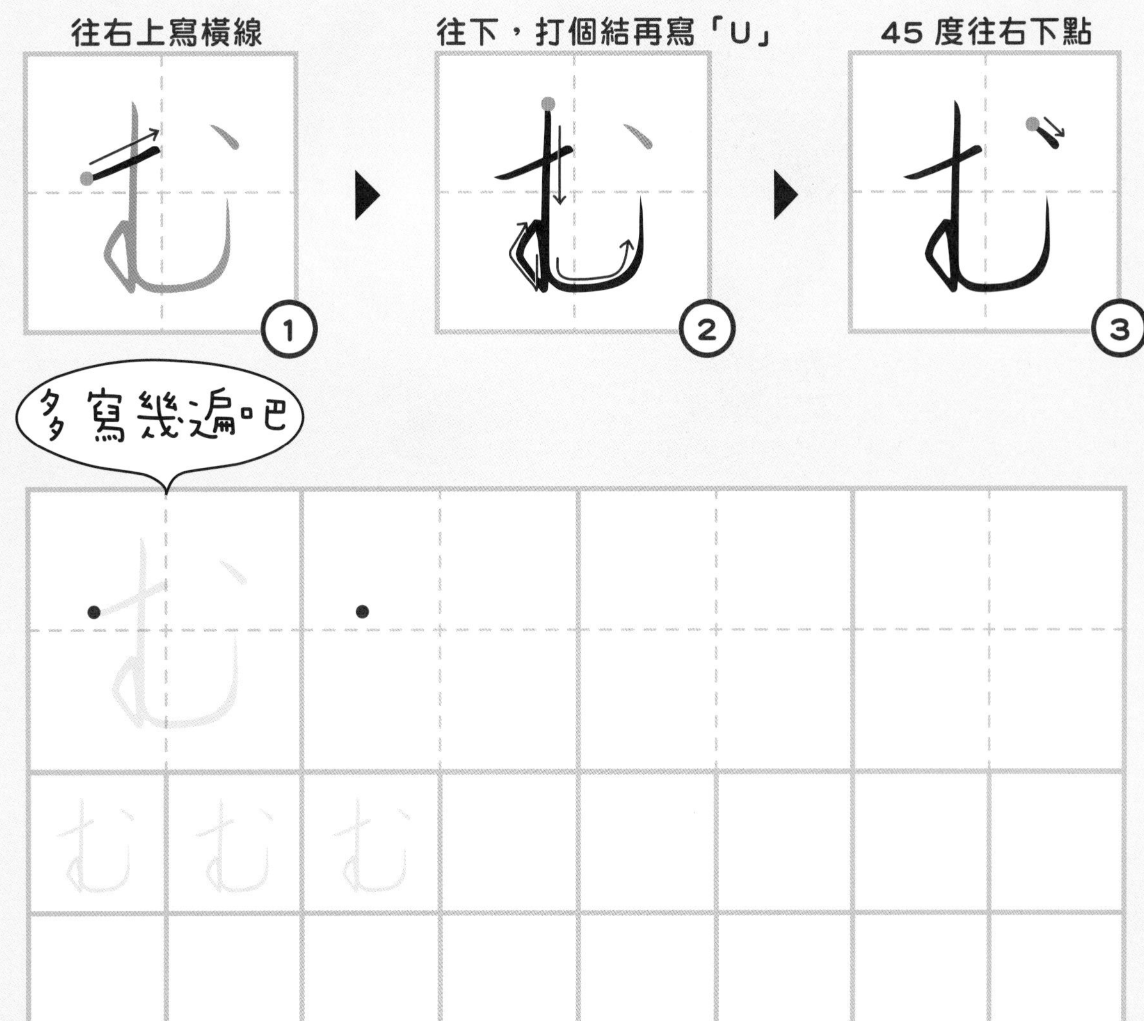

往右上寫橫線
往下，打個結再寫「U」
45 度往右下點
1
2
3
多寫幾遍吧

小動物歷險記

臥虎藏龜雲霄飛車

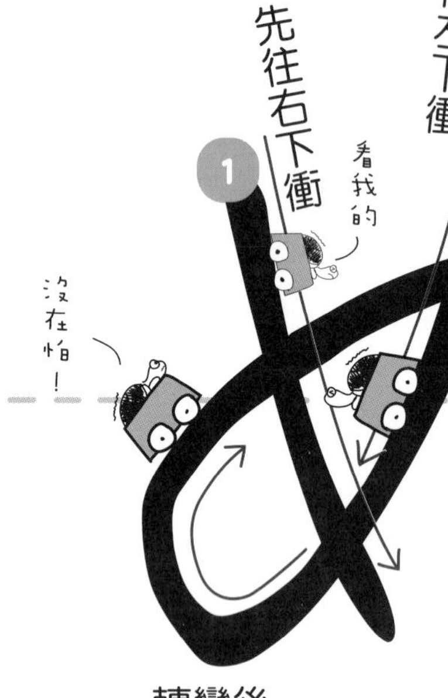

相關單字

め	あめ
眼睛	雨

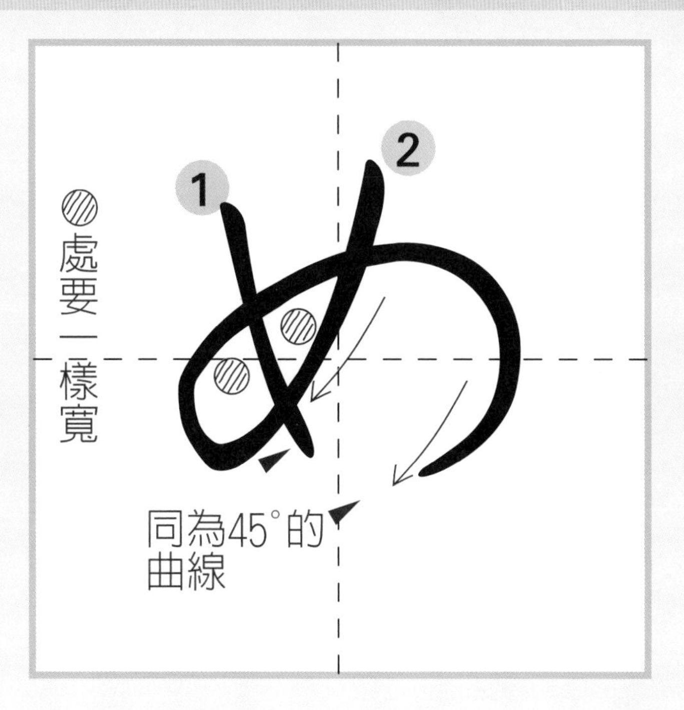

往右下寫弧線

往左下寫，轉兩折再寫「つ」

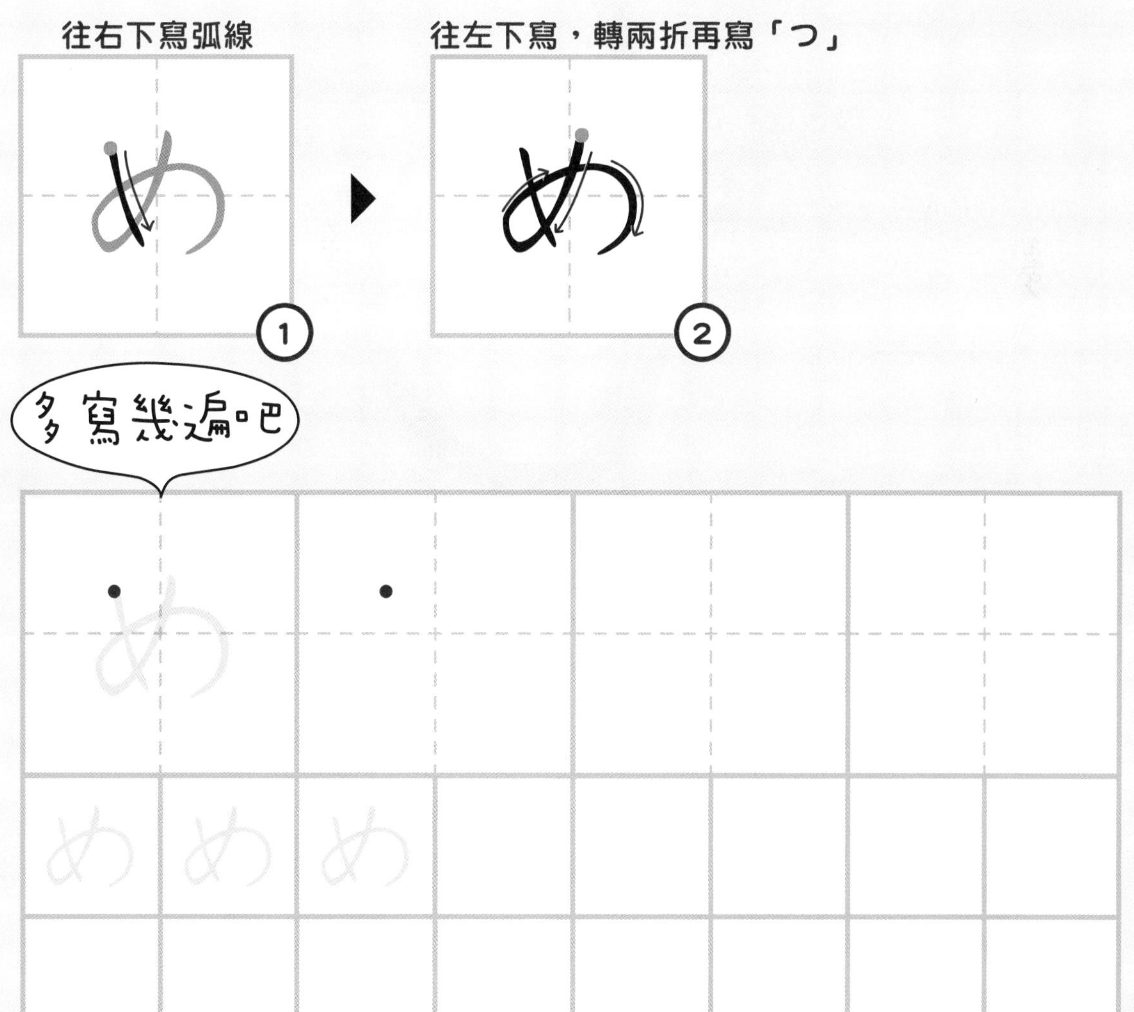

小動物歷險記

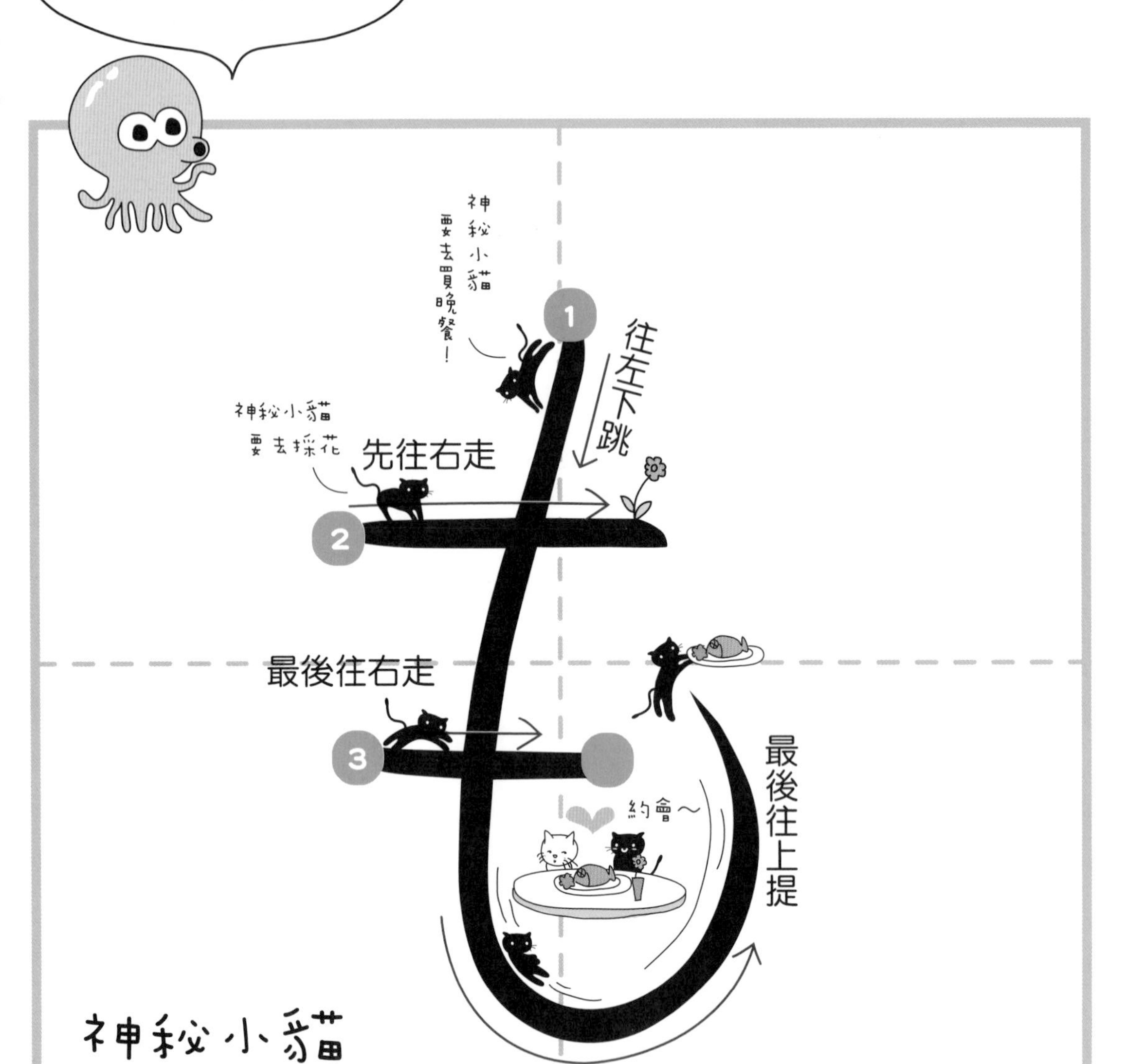

相關單字

もしもし	もん
（打電話）喂	門

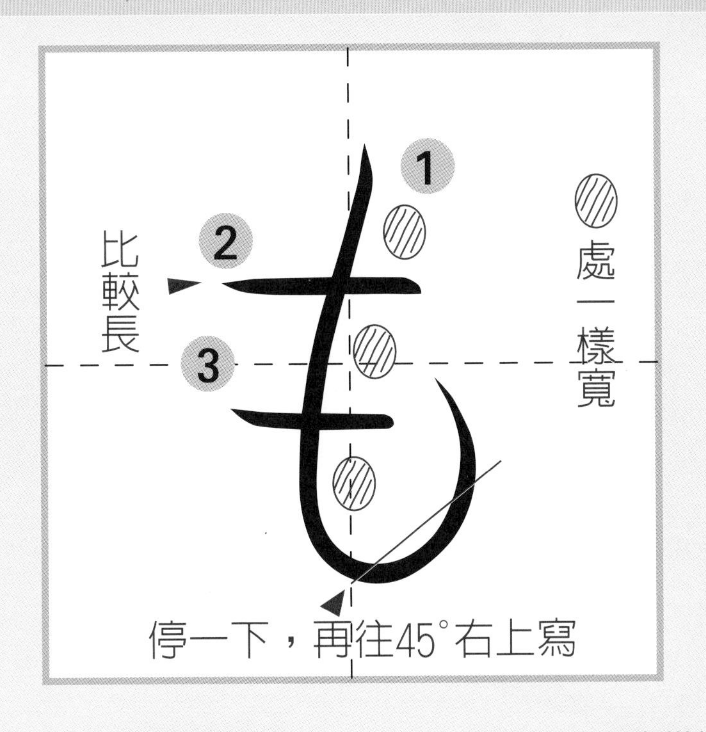

往右寫橫線

再平行往右寫橫線

左下直寫，再寫「し」

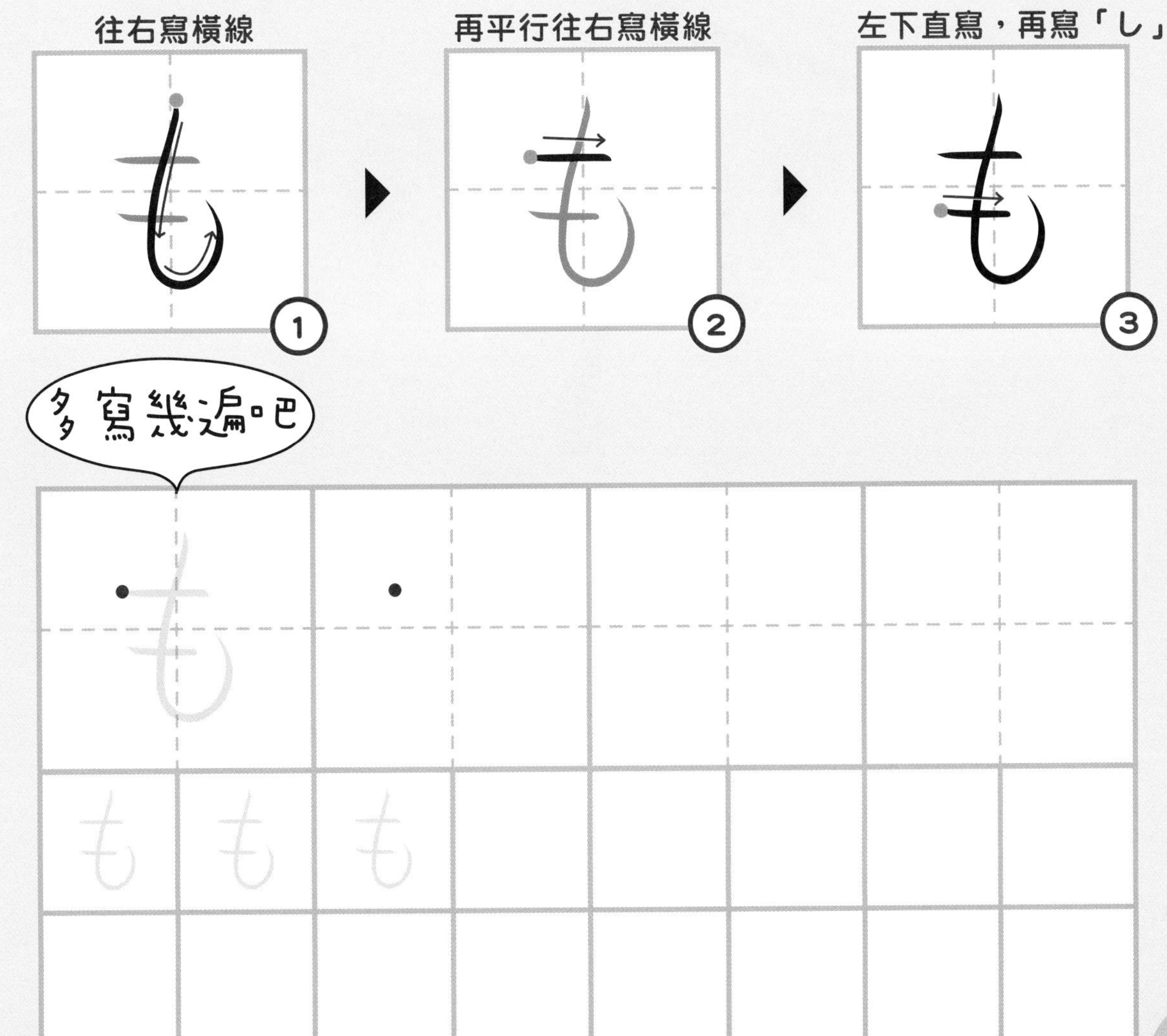

小動物歷險記

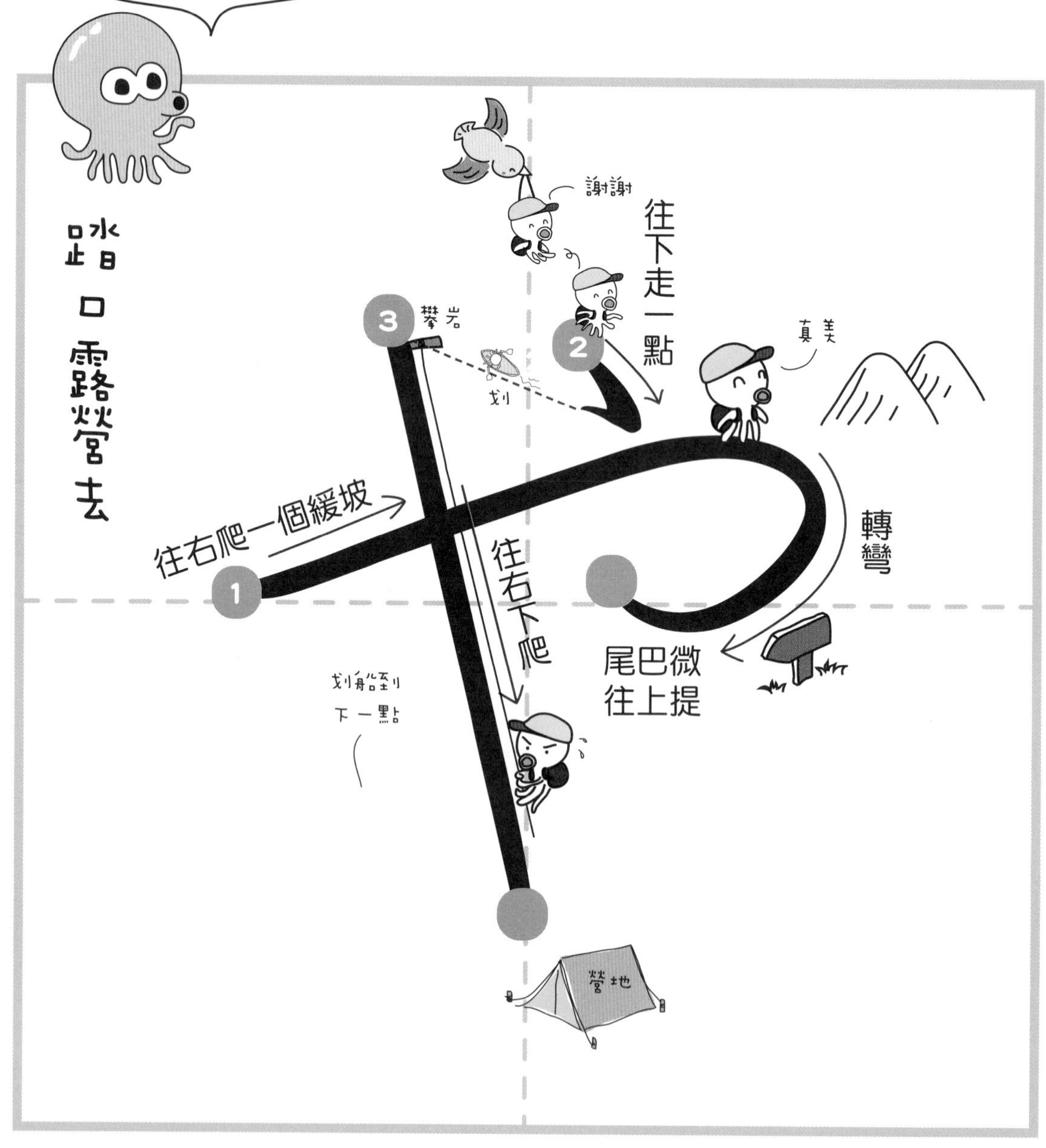

相關單字

やま	やすみ
山	休息

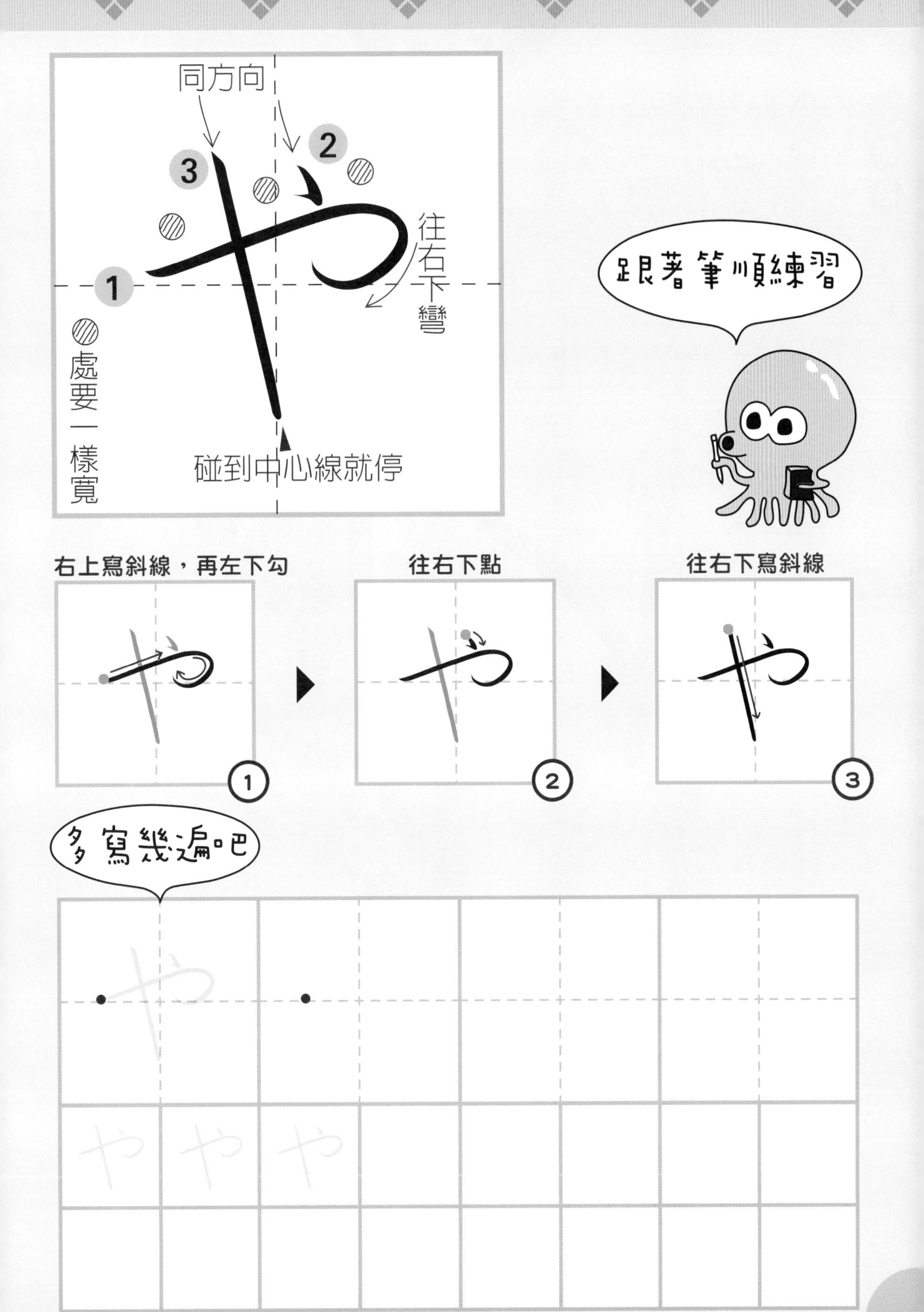

同方向
1
2
3
往右下彎
處要一樣寬
碰到中心線就停
跟著筆順練習
右上寫斜線，再左下勾
往右下點
往右下寫斜線
多寫幾遍吧

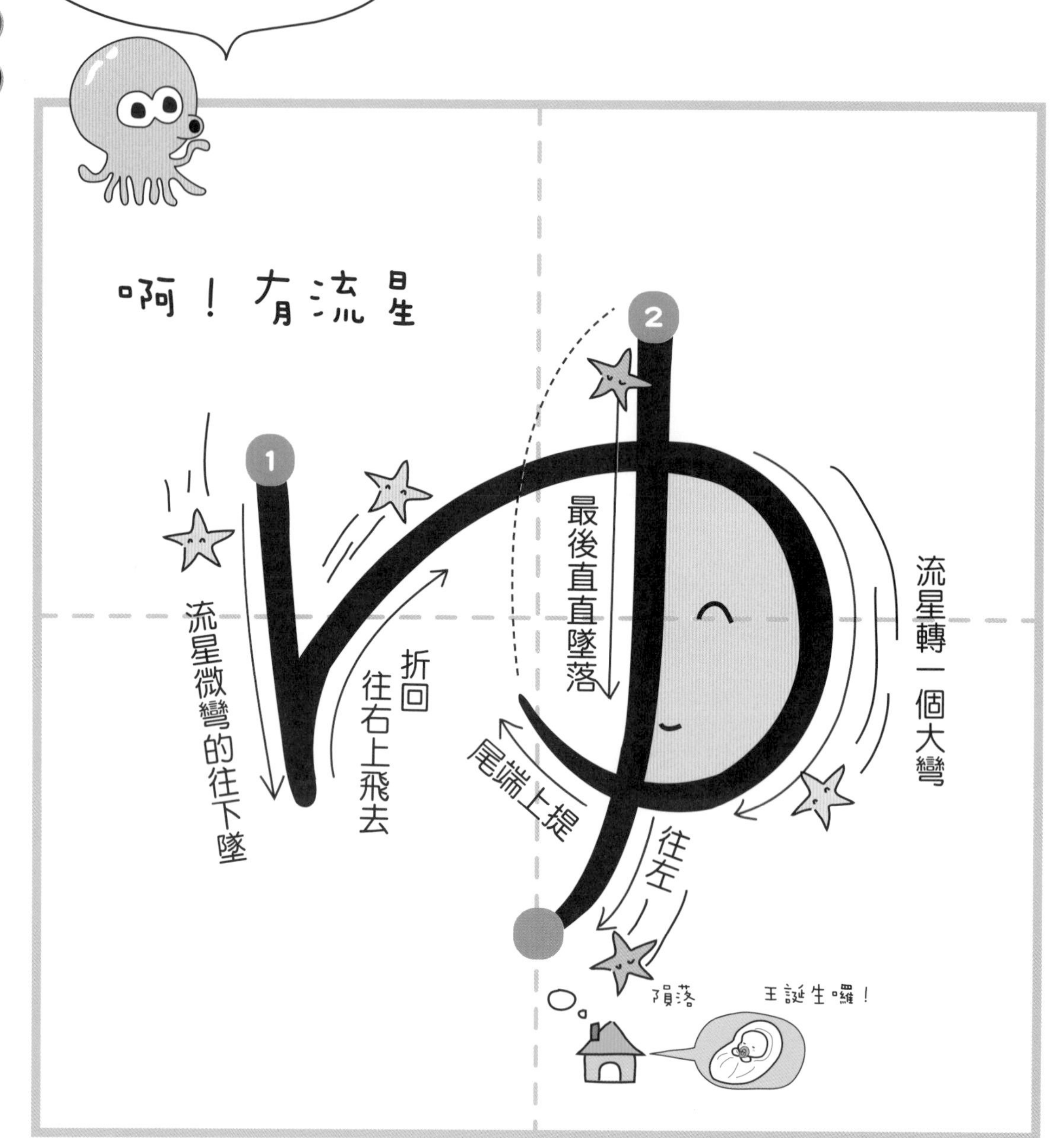

相關單字

ゆうがた	ゆめ
傍晚	夢想

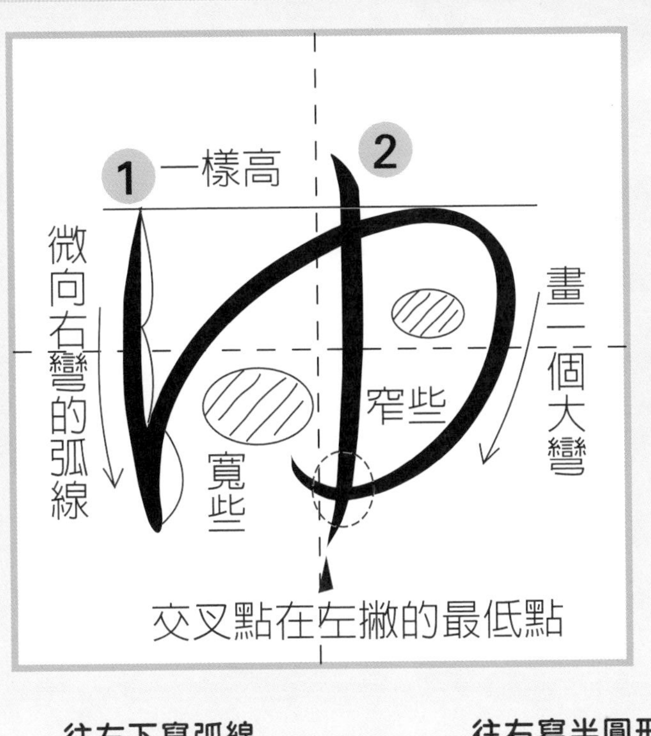

往右下寫弧線

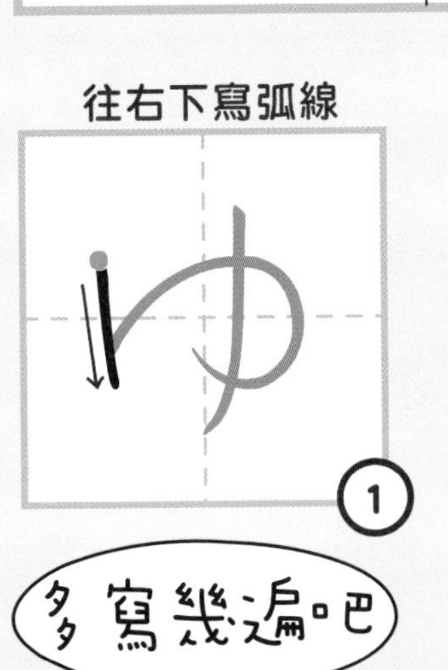

往右寫半圓形

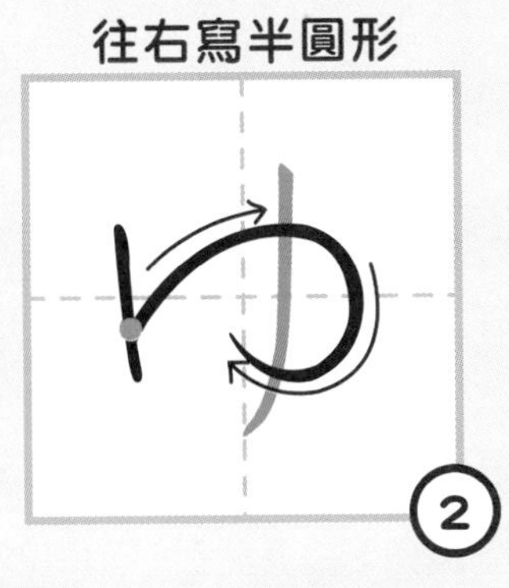

垂直往下，再左撇

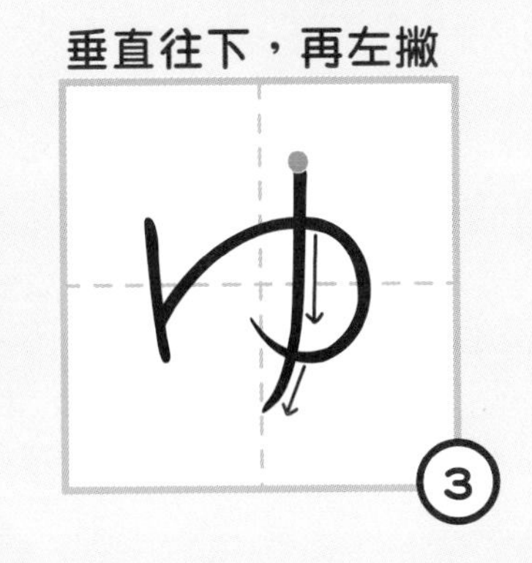

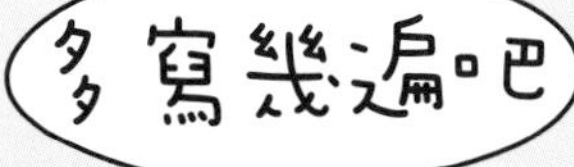

小動物歷險記

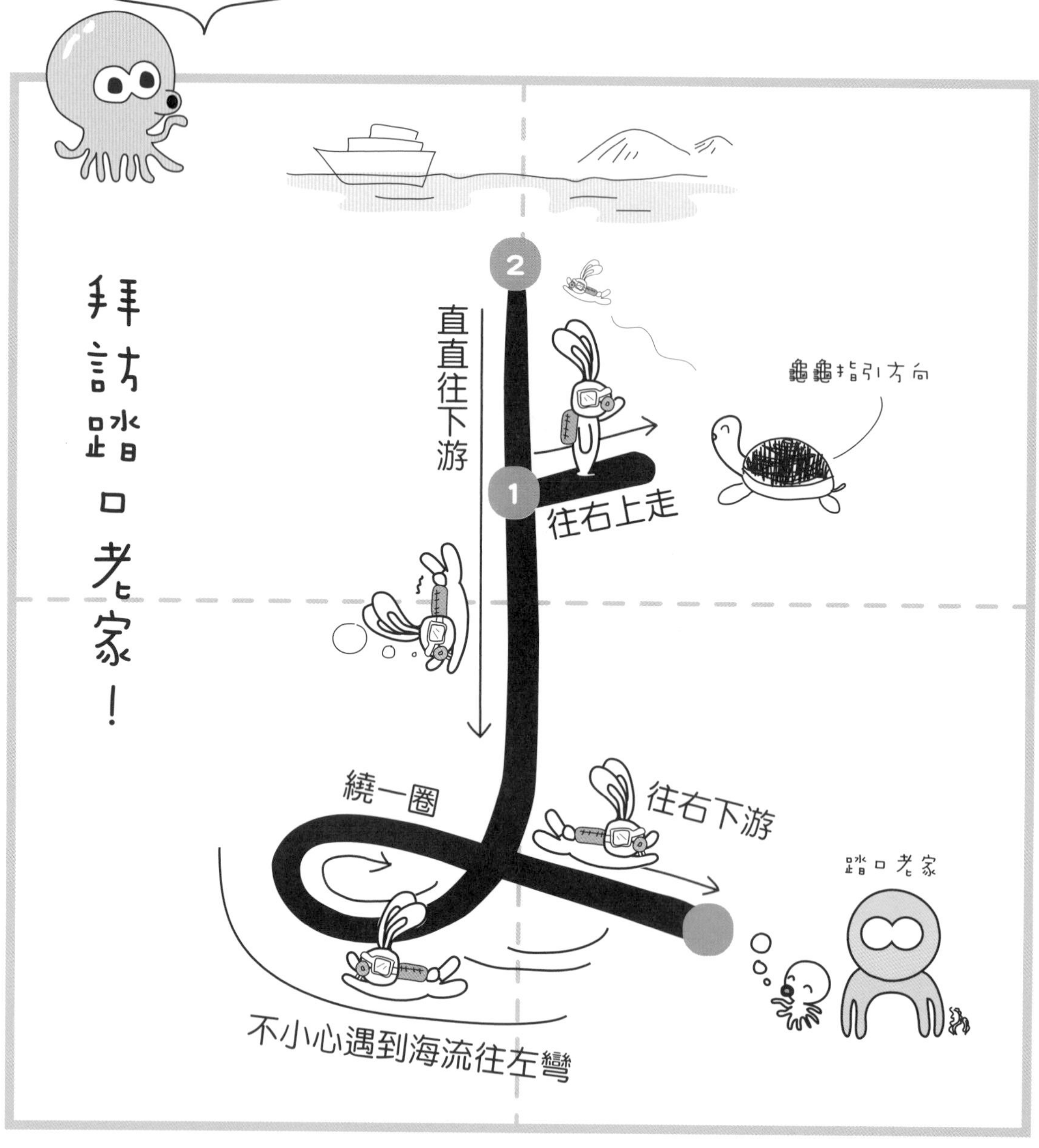

拜訪踏口老家！
2
直直往下游
1
往右上走
龜龜指引方向
繞一圈
往右下游
踏口老家
不小心遇到海流往左彎

相關單字

よこ
旁邊
よむ
閱讀

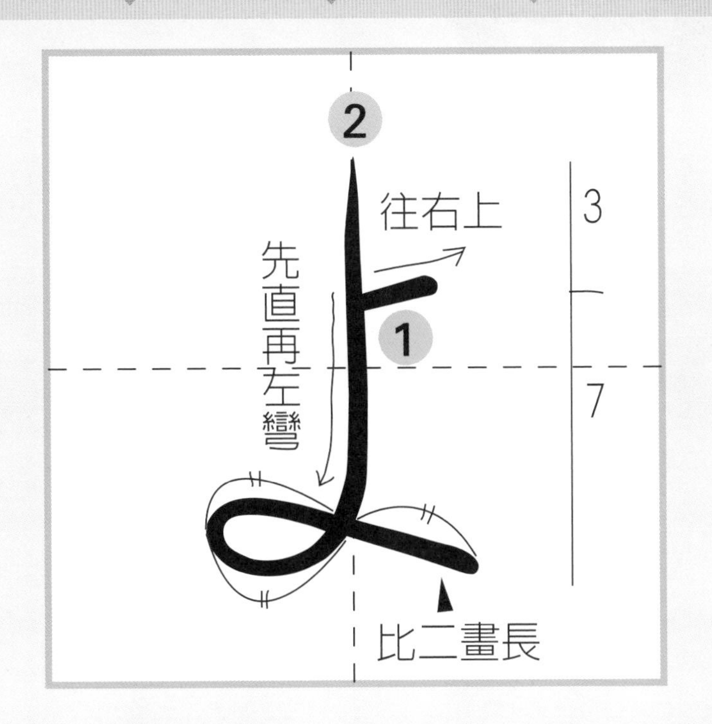

往右寫短橫線

先垂直往下，再繞圈

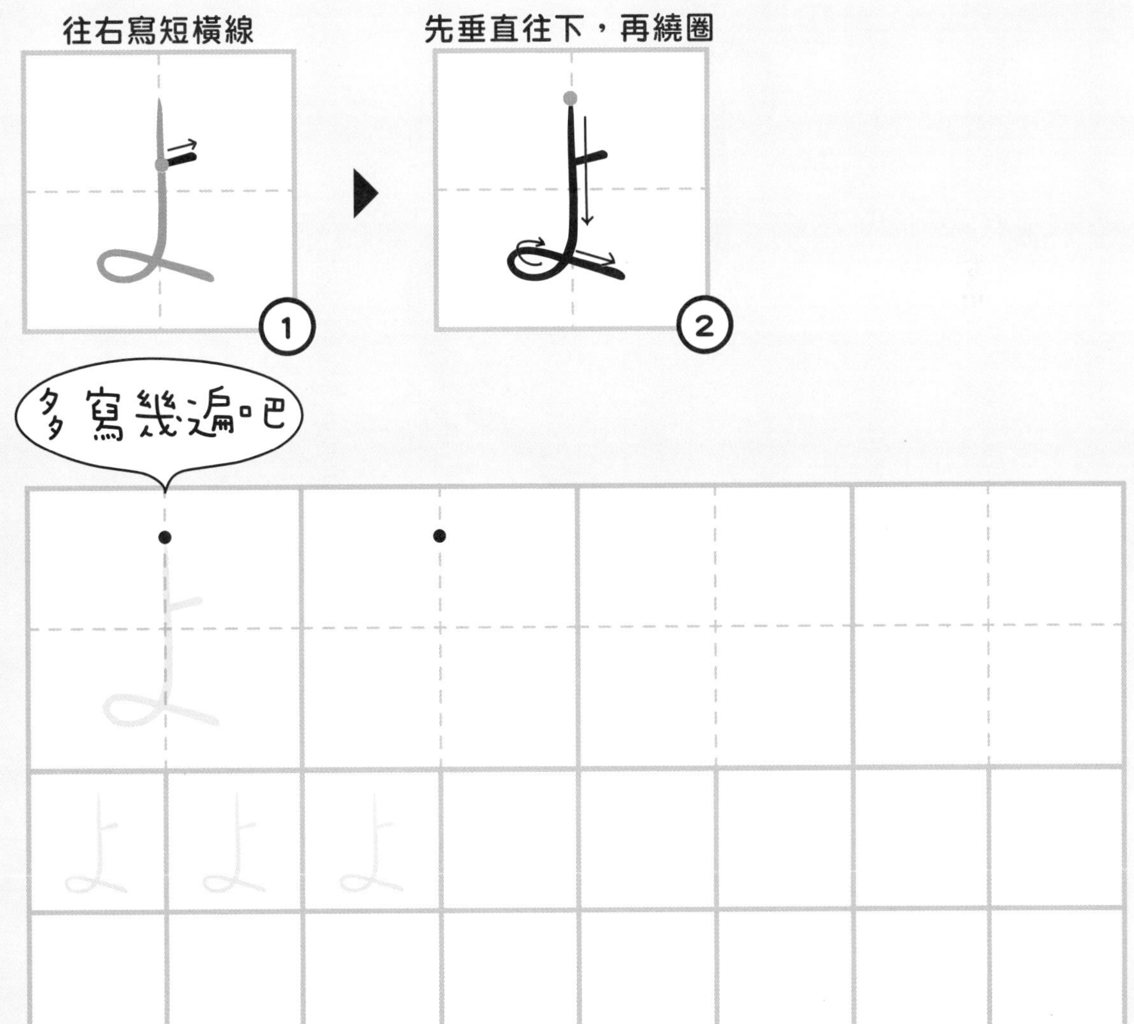

小動物歷險記

龜龜即刻救援2

降落！

① 往右點

輕勾

② 先往左爬一點 再往下直落

停一下

90°轉彎往右走

跟著圓弧往下滑落

咻

相關單字

さくら	らくだ
櫻花	駱駝

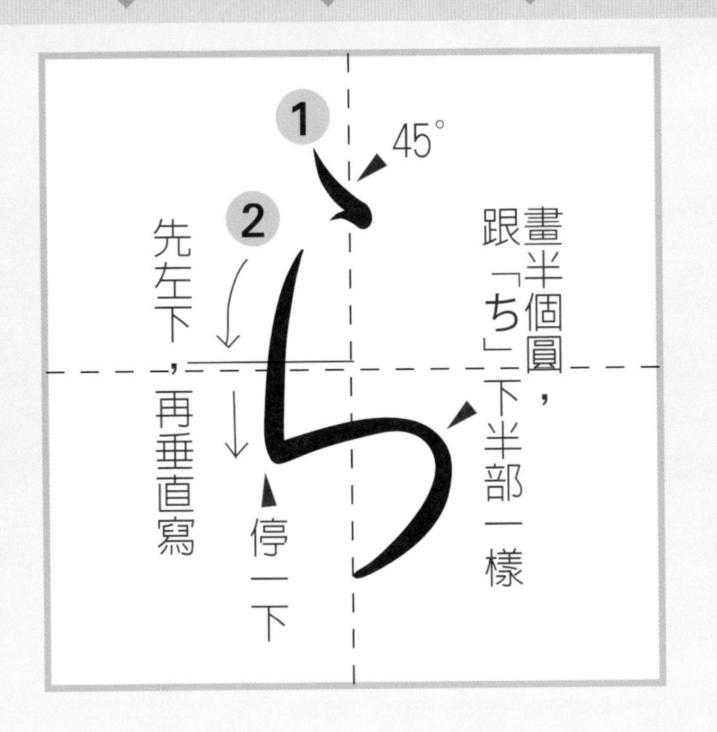

往右下點

垂直往下，再寫「つ」

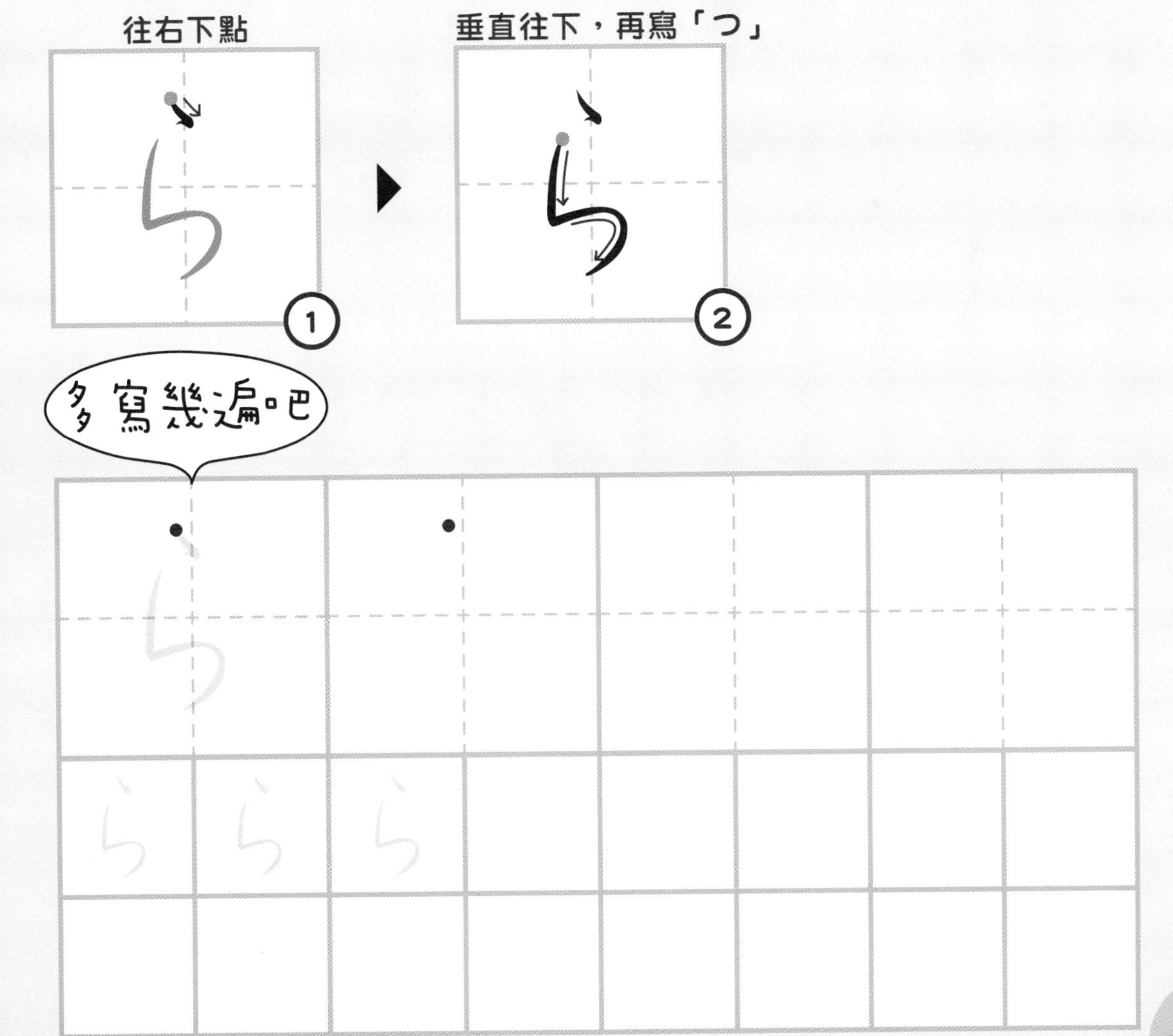

小動物歷險記

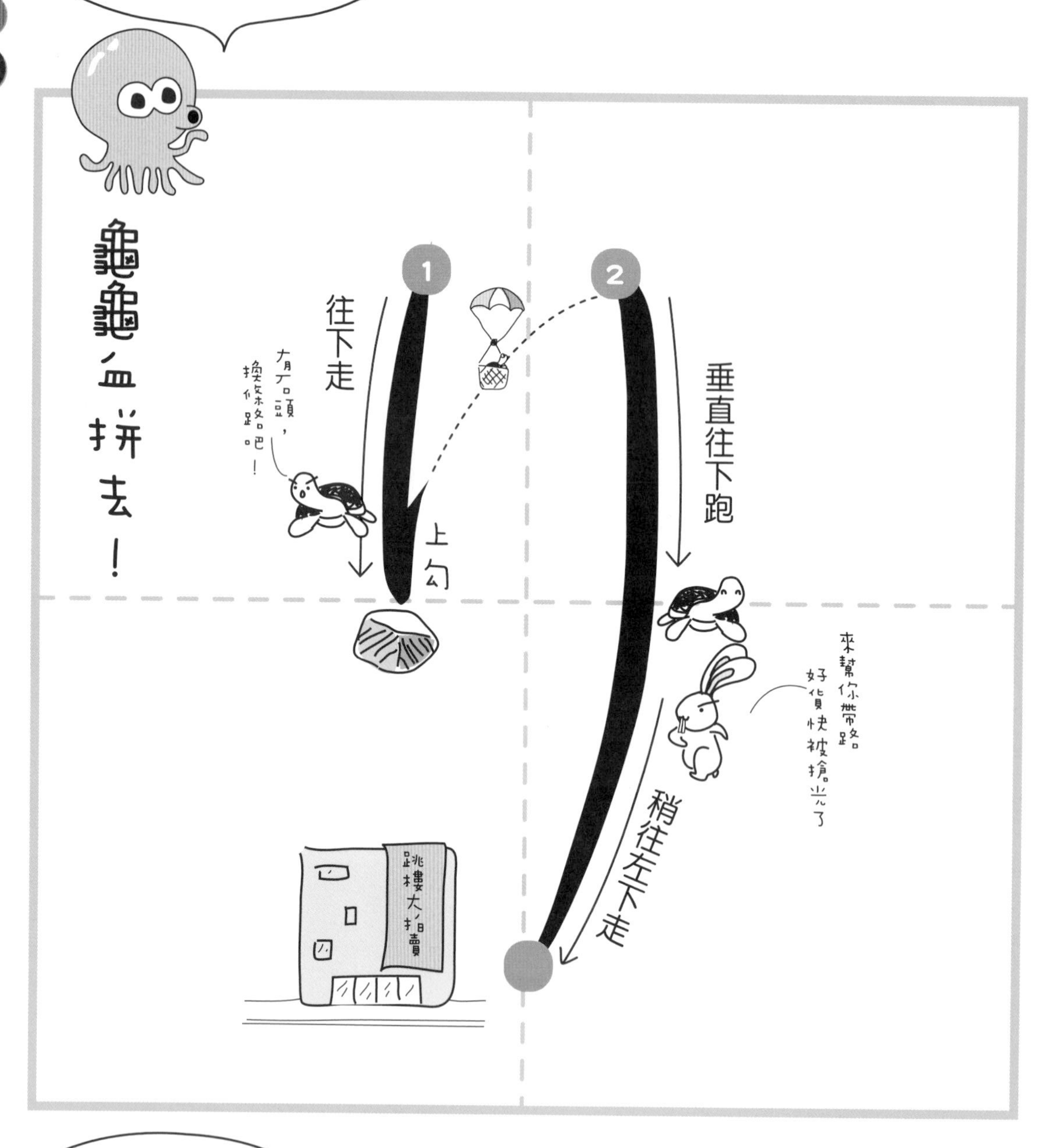

相關單字

りょこう	りゅうり
旅行	料理

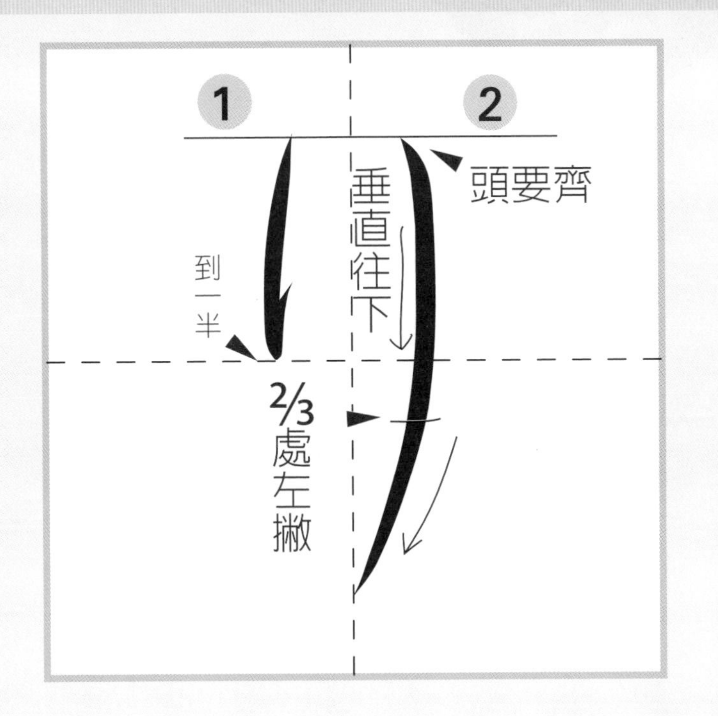

垂直往下，再右上勾

先往下寫，一半後左撇

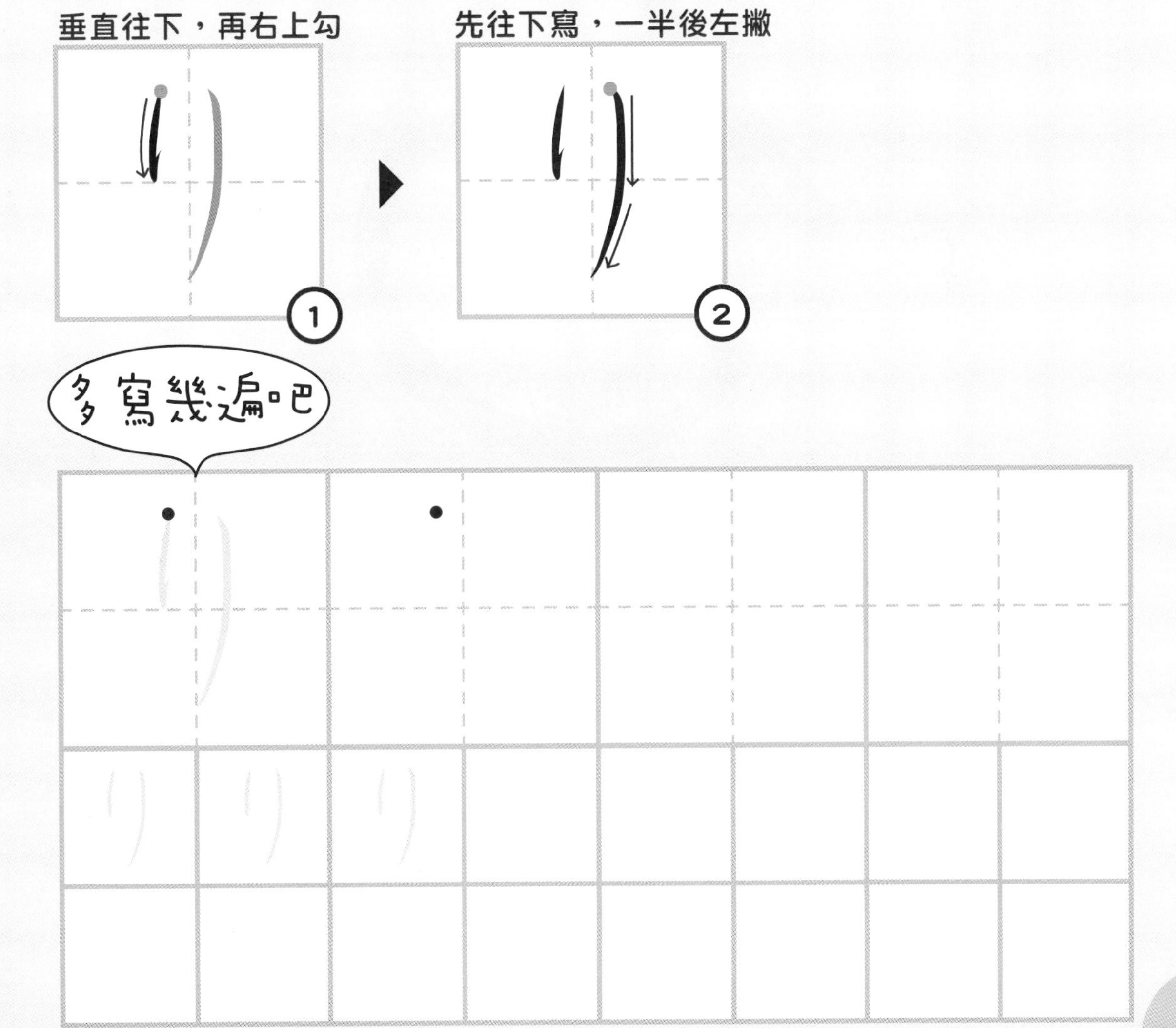

小動物歷險記

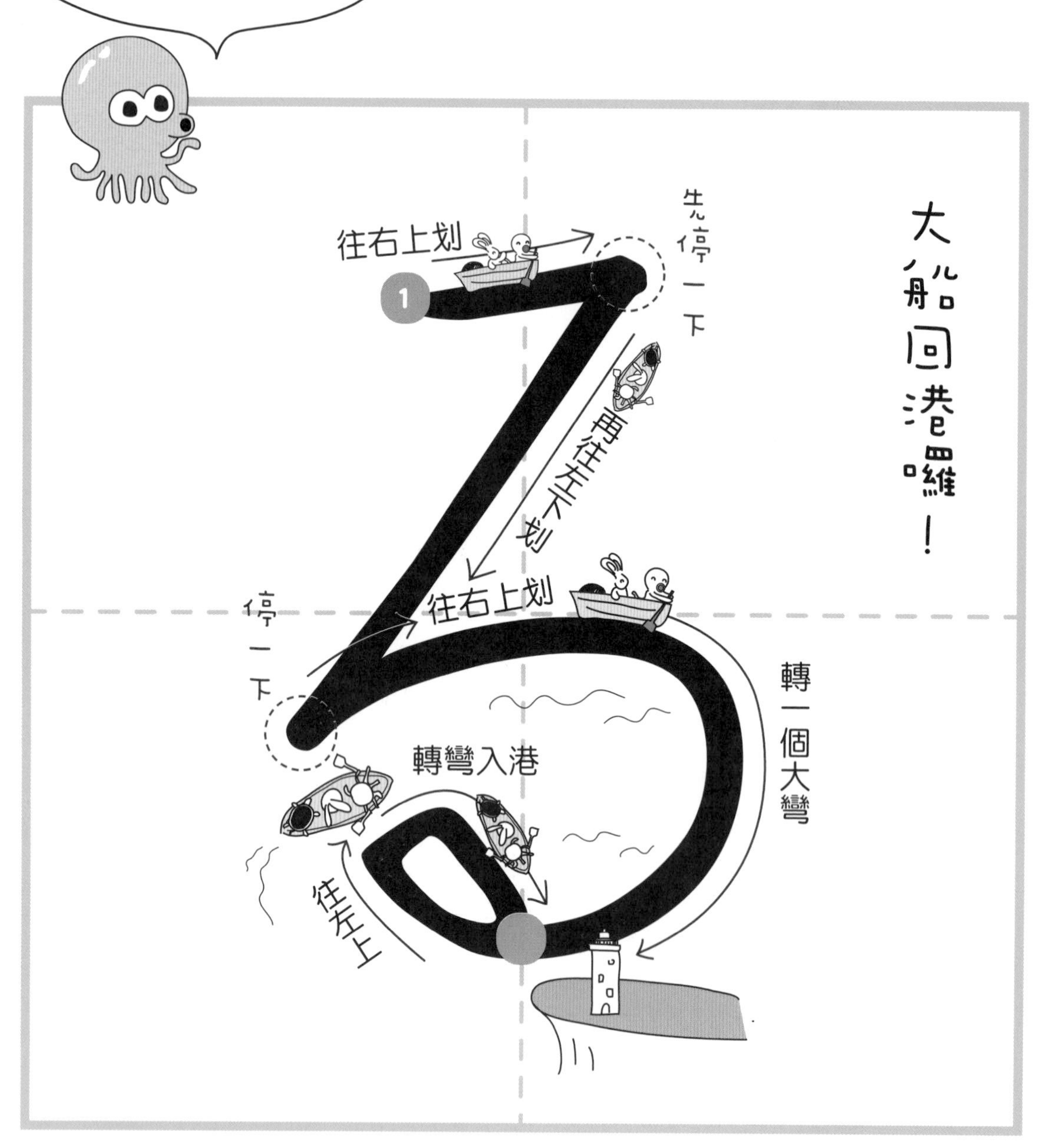

相關單字

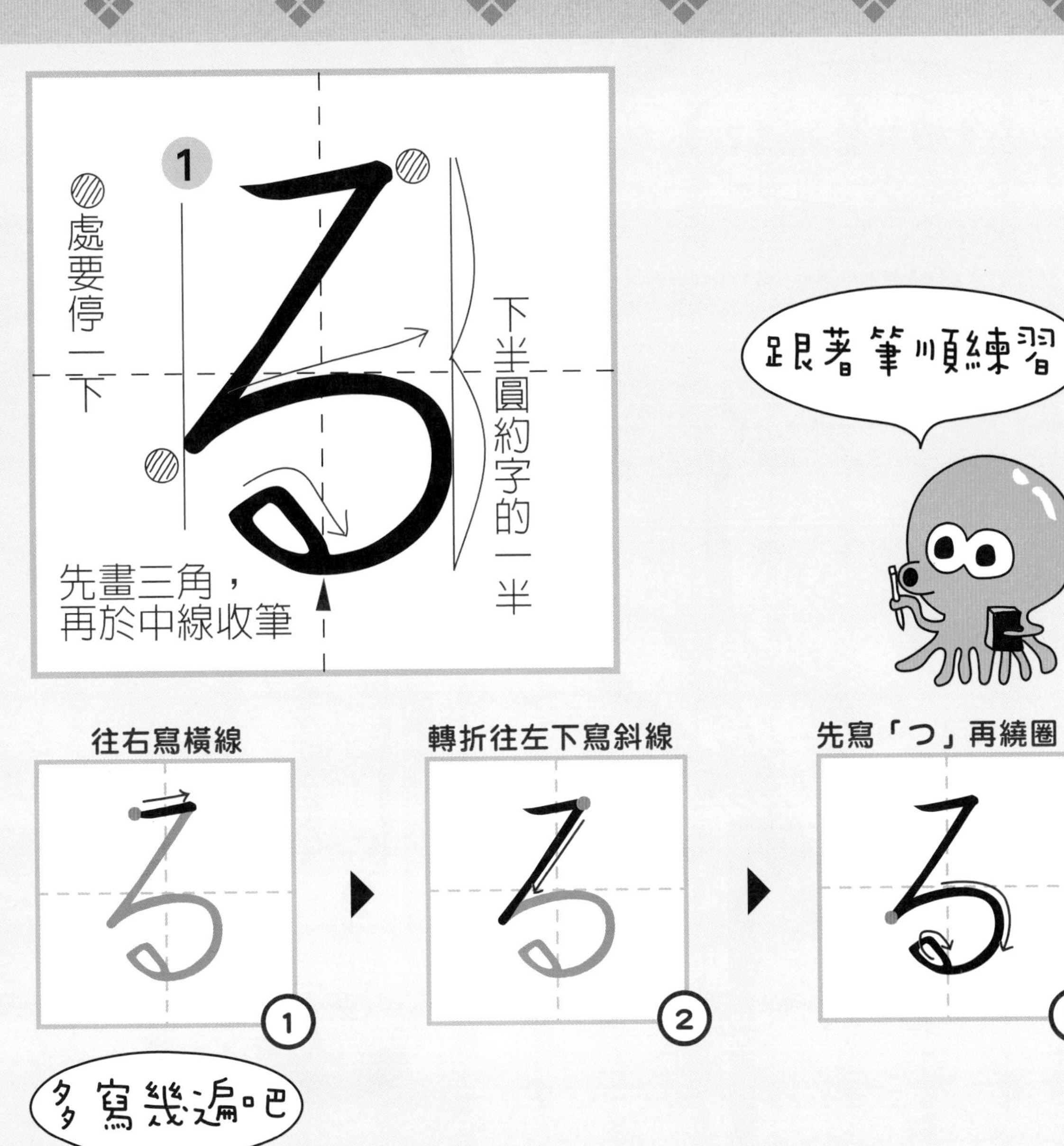

1
◎處要停一下
下半圓約字的一半
先畫三角，
再於中線收筆
跟著筆順練習
往右寫橫線
轉折往左下寫斜線
先寫「つ」再繞圈
①
②
③

多寫幾遍吧

小動物歷險記

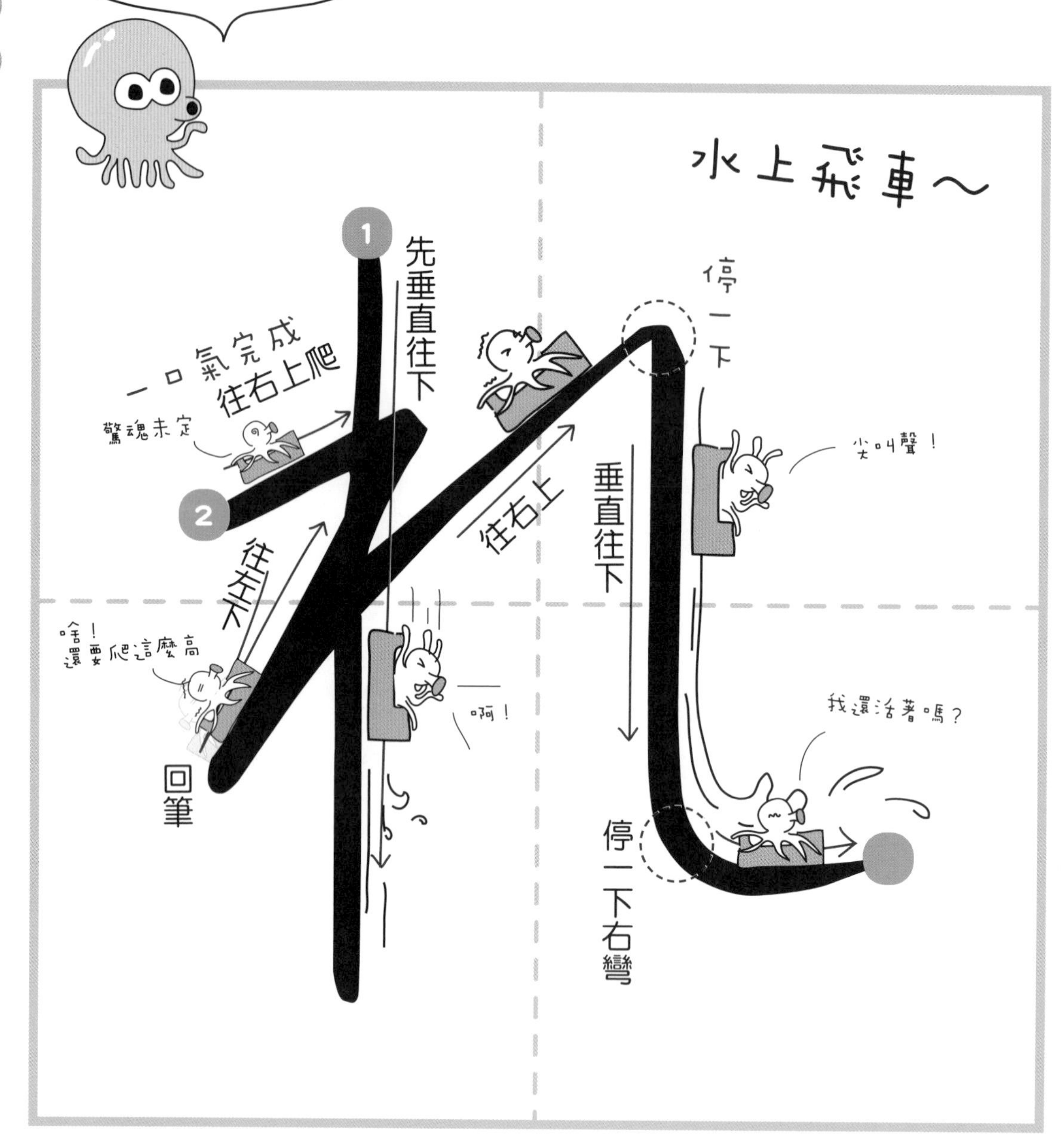

相關單字

れんらく	れきし
聯絡	歷史

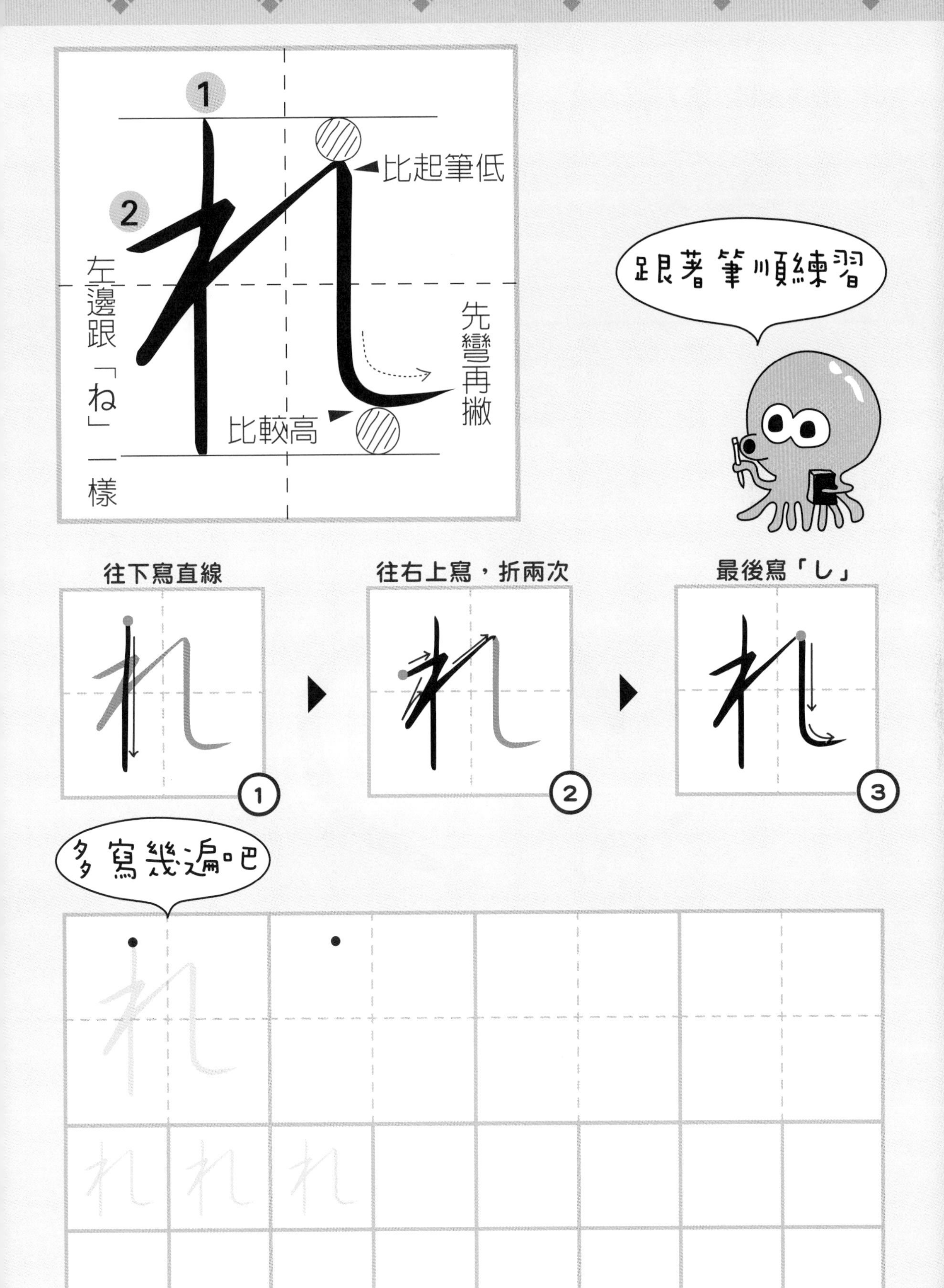
1
2
比起筆低
左邊跟「ね」一樣
先彎再撇
比較高
跟著筆順練習
往下寫直線
往右上寫，折兩次
最後寫「し」
1
2
3
多寫幾遍吧

小動物歷險記

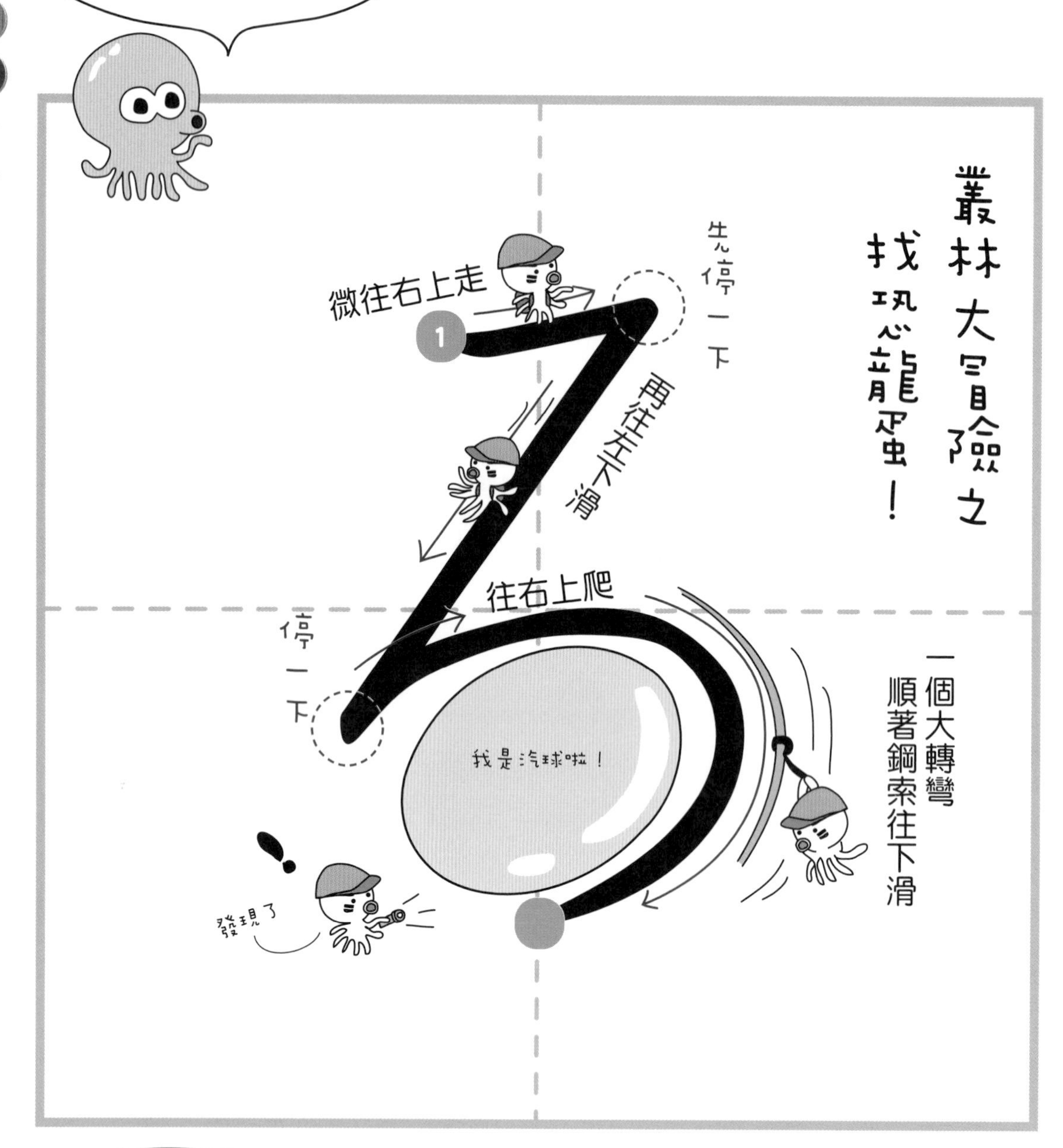
叢林大冒險之
找恐龍蛋！
微往右上走
先停一下
再往左下滑
往右上爬
停一下
我是汽球啦！
一個大轉彎
順著鋼索往下滑
發現了

相關單字

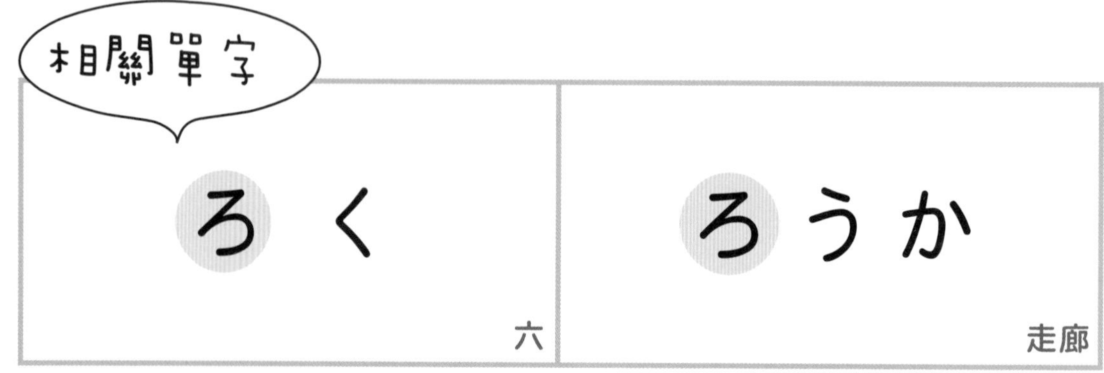
ろく
六
ろうか
走廊

往右寫橫線

轉折後，往左下寫斜線

最後再寫「つ」

①

②

③

多寫幾遍吧

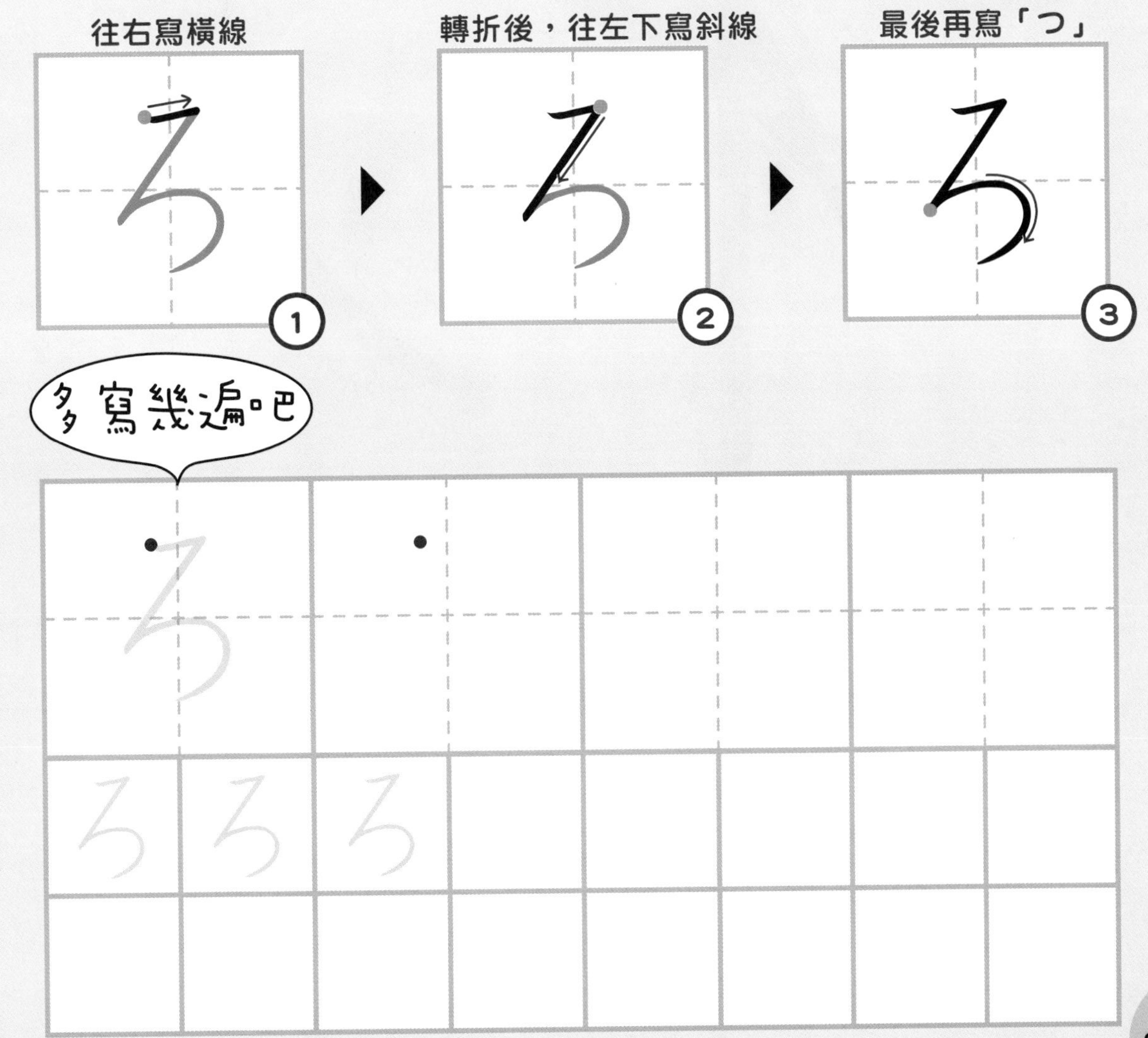

小動物歷險記

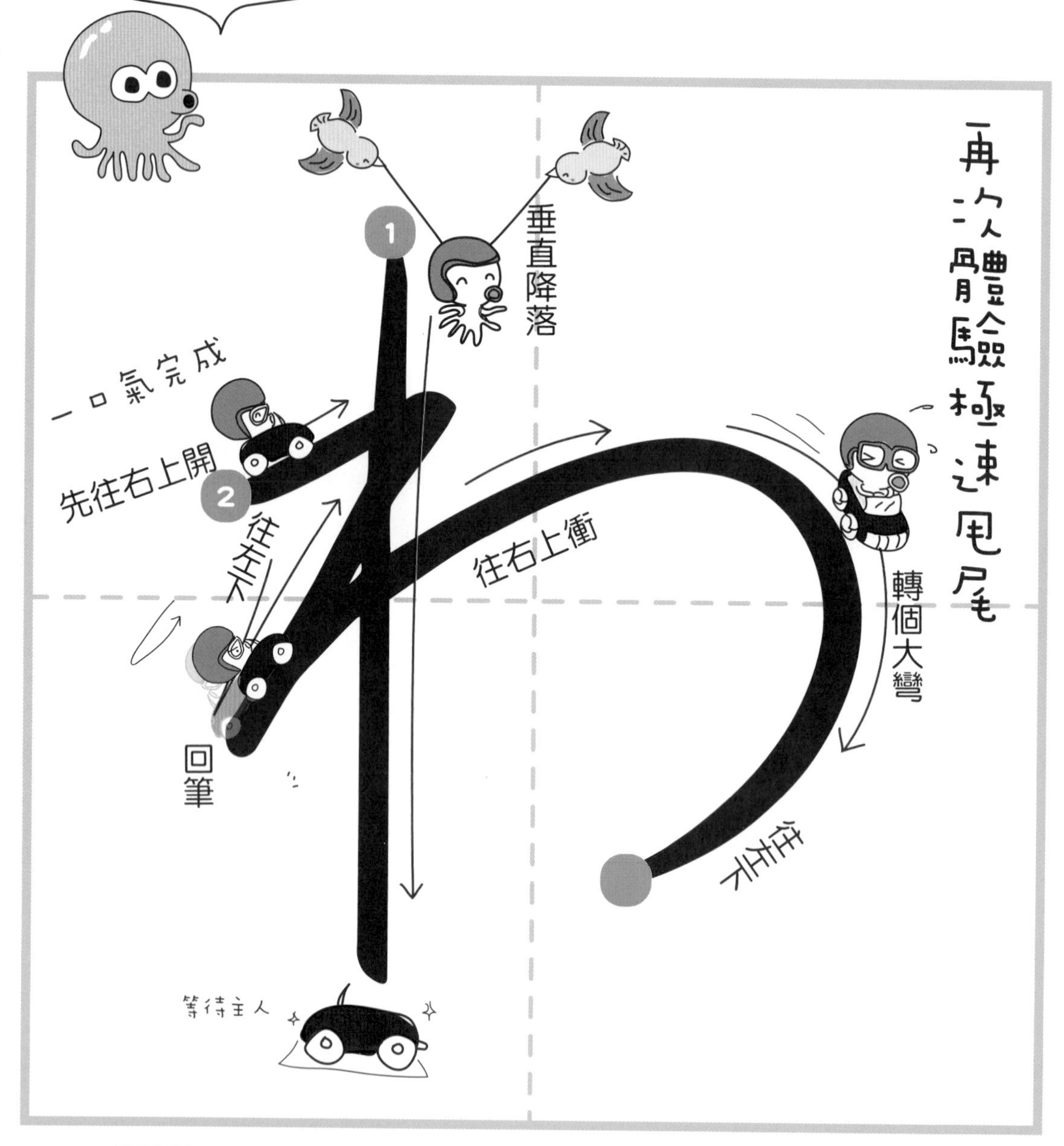

再次體驗極速甩尾
垂直降落
一口氣完成
先往右上開
往左下
往右上衝
轉個大彎
往左下
回筆
等待主人

相關單字

かわ
河川
わたし
我

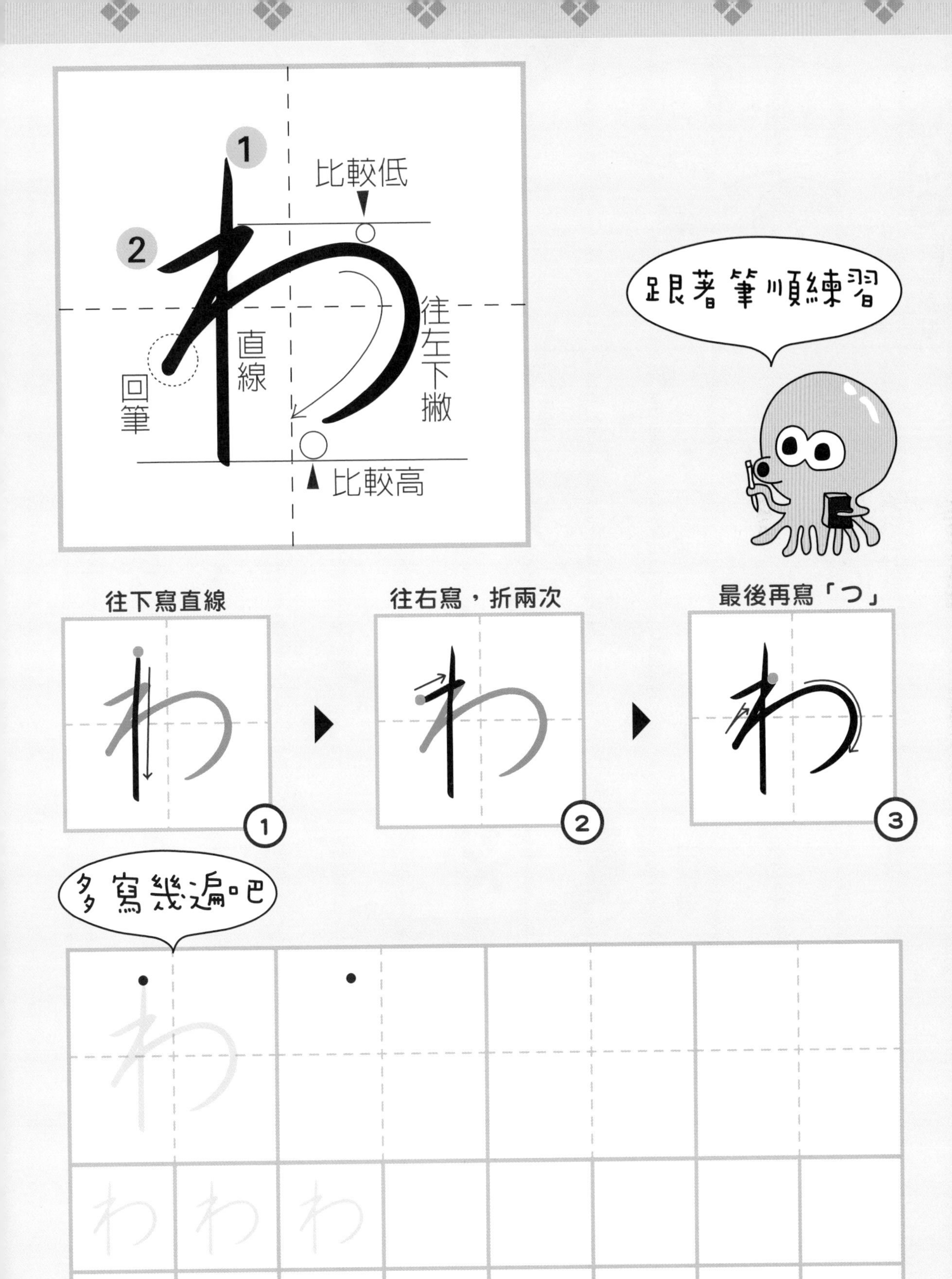
1
2
比較低
往左下撇
直線
回筆
比較高
跟著筆順練習
往下寫直線
往右寫，折兩次
最後再寫「つ」
多寫幾遍吧

小動物歷險記

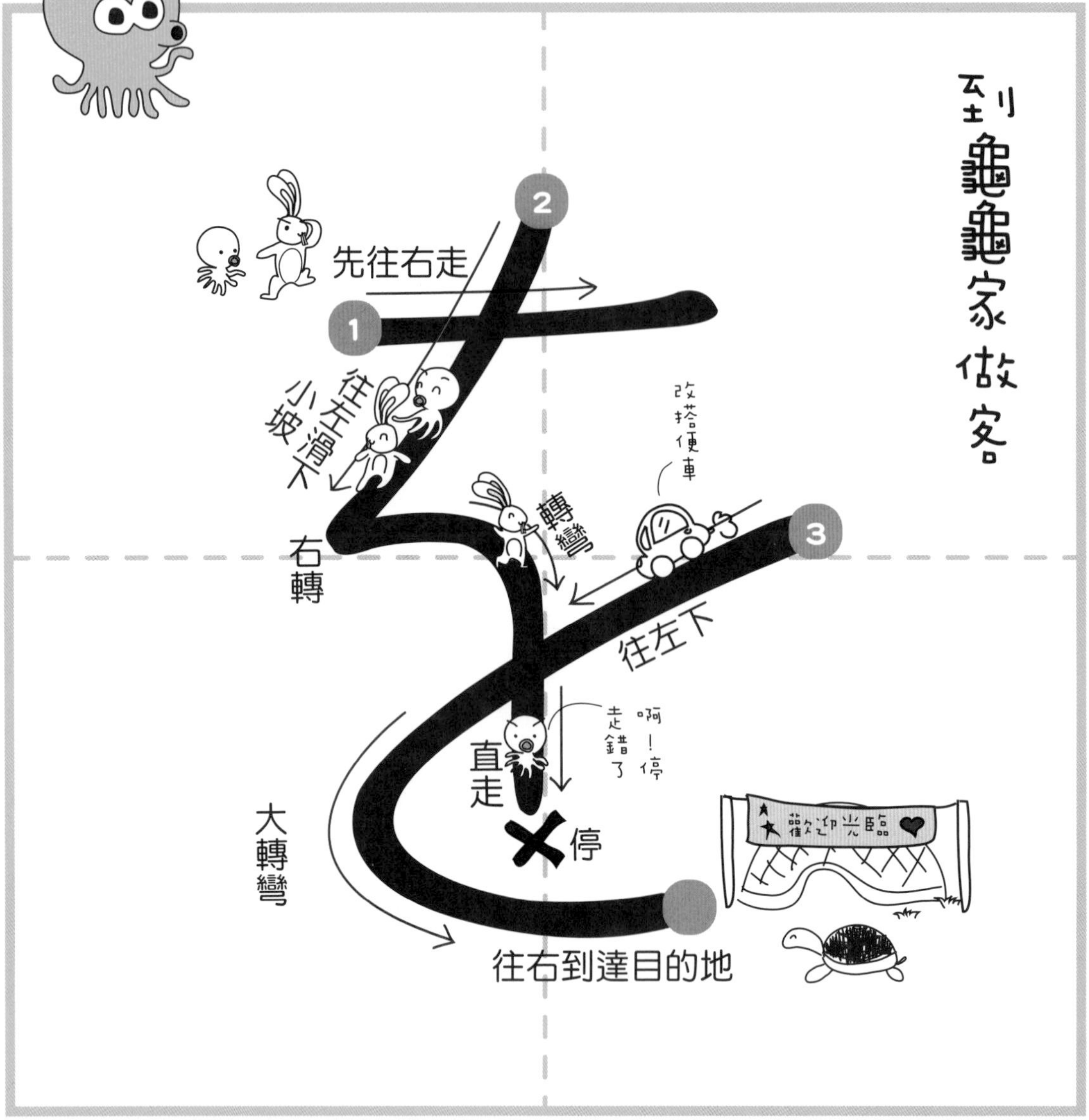

到龜龜家做客

先往右走

往左滑下小坡

右轉

轉彎

改搭便車

往左下

直走

啊！停 走錯了

停

大轉彎

往右到達目的地

歡迎光臨

相關單字

うたをうたいます。

唱歌

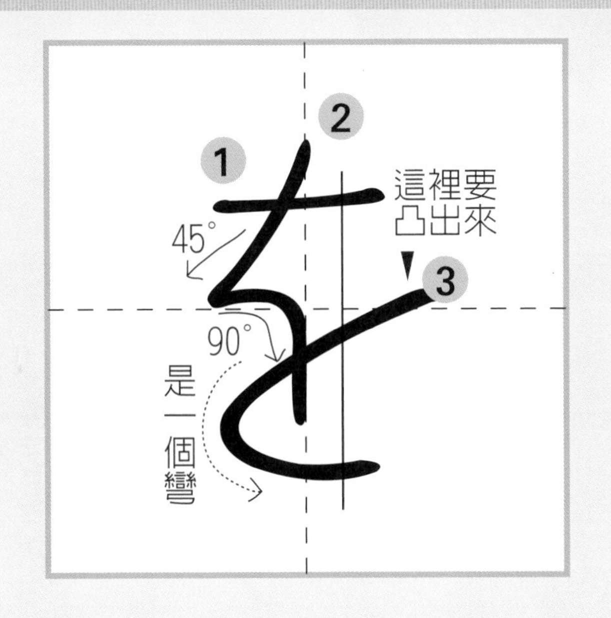
1
2
3
45°
90°
這裡要
凸出來
是一個彎

跟著筆順練習

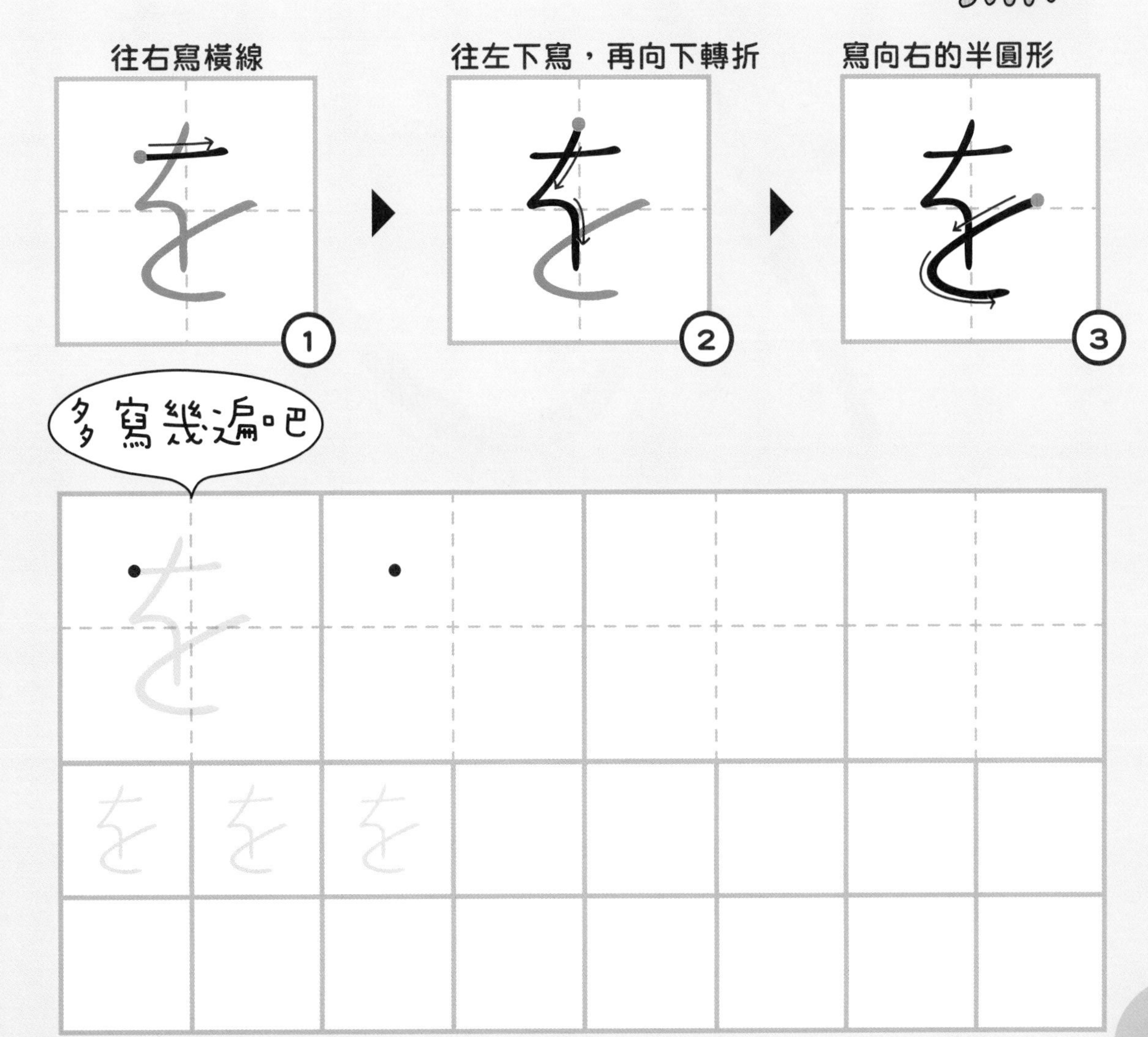
往右寫橫線
往左下寫，再向下轉折
寫向右的半圓形
1
2
3
多寫幾遍吧

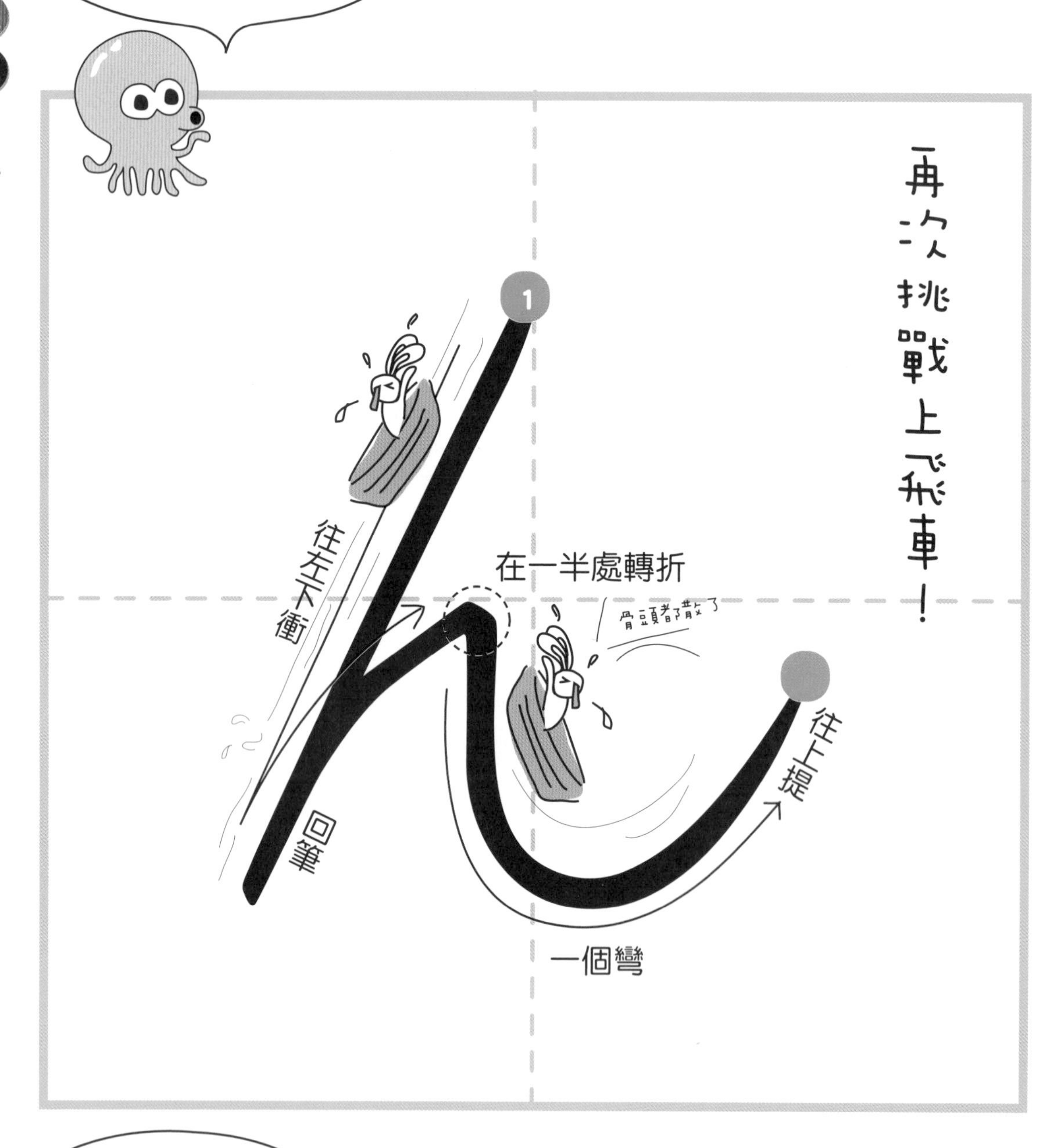

相關單字

べんり	きん
方便	黃金、K金

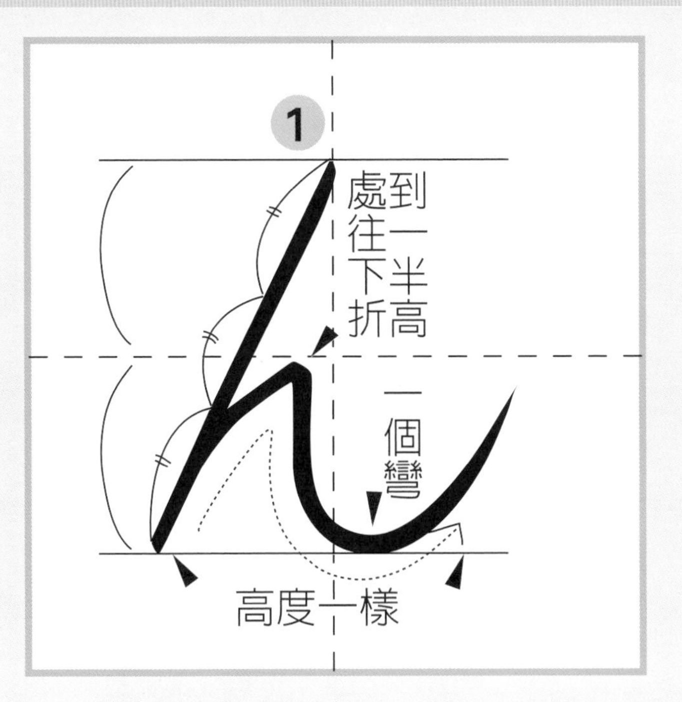

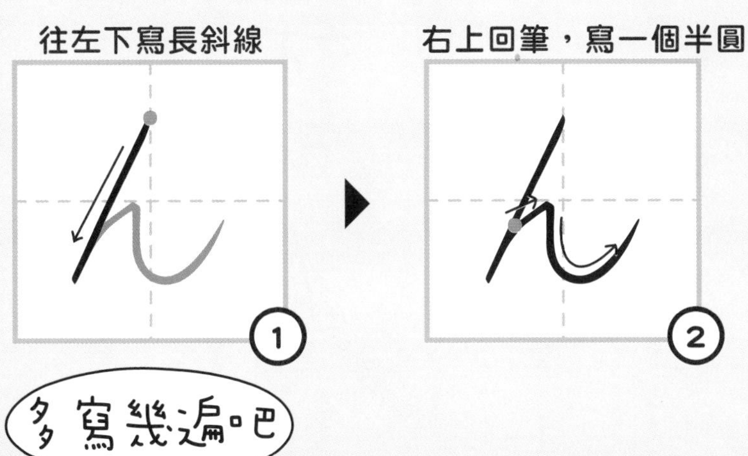

多寫幾遍吧

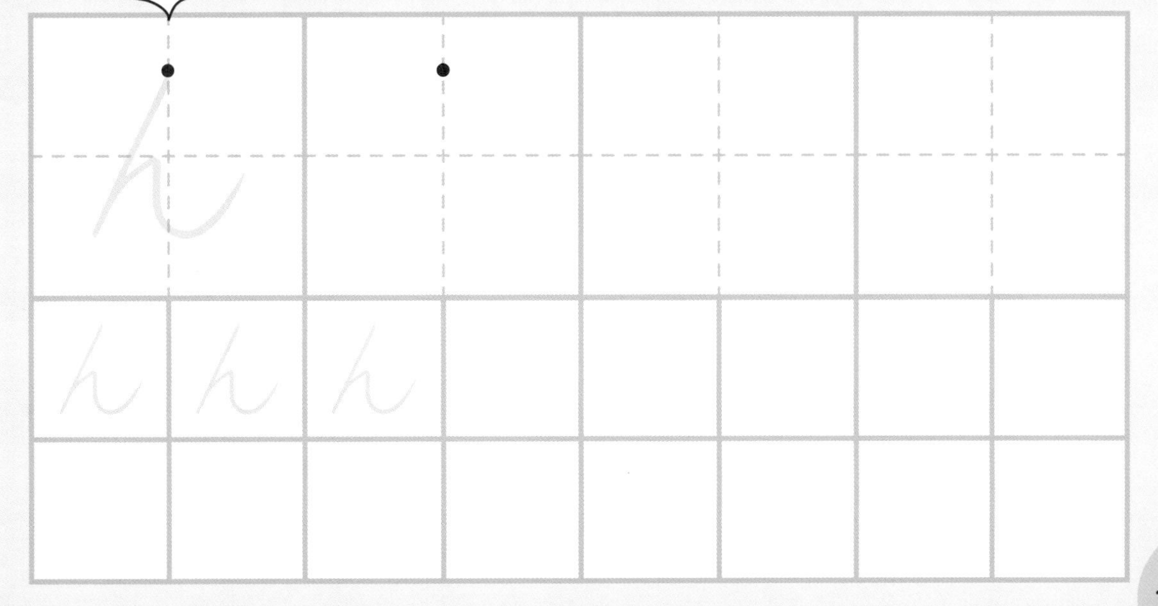

哪裡不一樣呢？

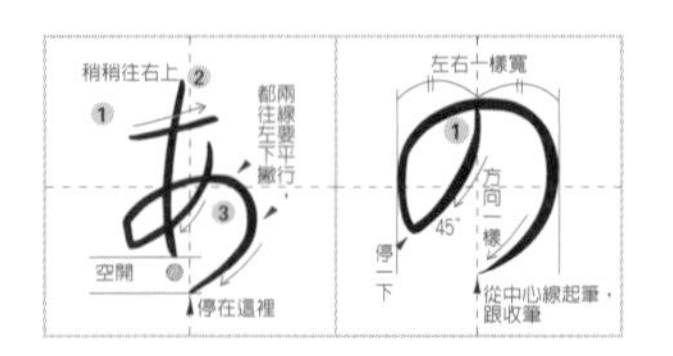
稍稍往右上
兩線都要往左下撇行，
空開
停在這裡
左右一樣寬
方向一樣
45°
停一下
從中心線起筆，跟收筆

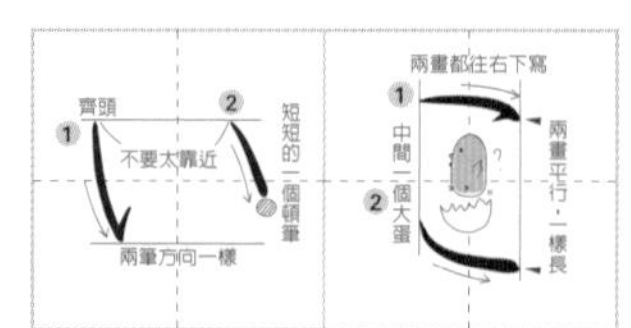
齊頭
不要太靠近
短短的一個鉤筆
兩筆方向一樣
兩畫都往右下寫
中間一個大蛋
兩畫平行，一樣長

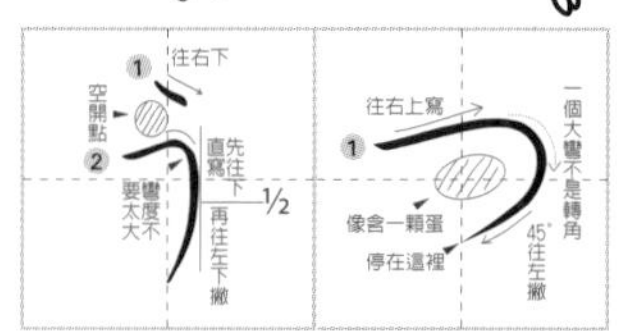
往右下
空開點
彎度不要太大
先往下直寫
再往左下撇
1/2
往右上寫
像含一顆蛋
停在這裡
一個大彎不是轉角
45°往左撇

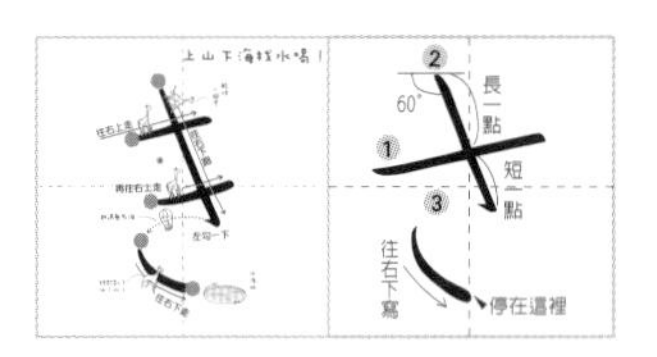
60°
長一點
短一點
往右下寫
停在這裡

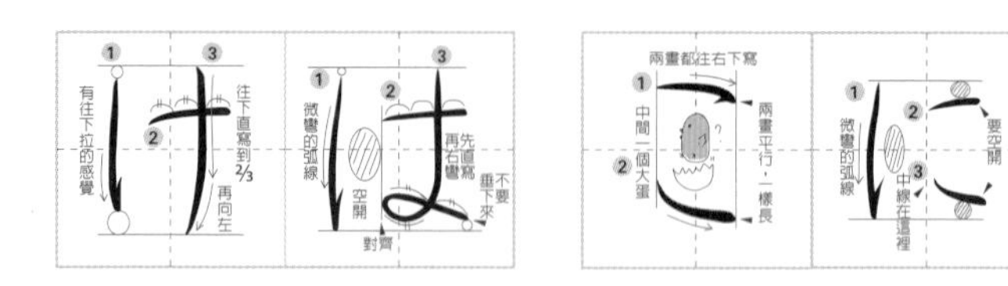
有往下拉的感覺
往下直寫到2/3
再向左
微彎的弧線
空開
對齊
先直寫再右彎
不要垂下來
兩畫都往右下寫
中間一個大蛋
兩畫平行，一樣長

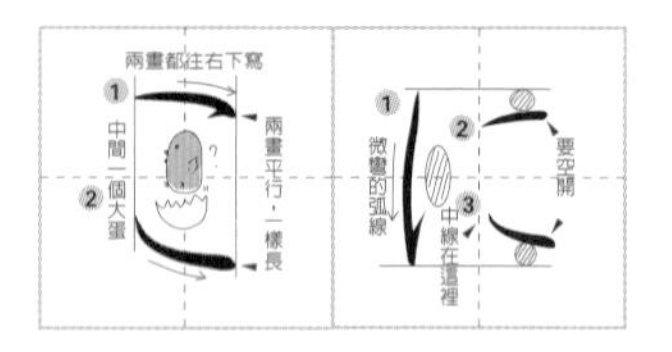
微彎的弧線
要空開
中線在這裡

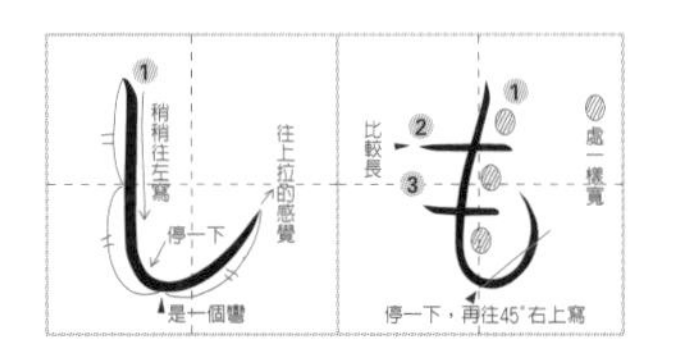
稍稍往左寫
停一下
往上拉的感覺
是一個彎
比較長
一樣寬
停一下，再往45°右上寫

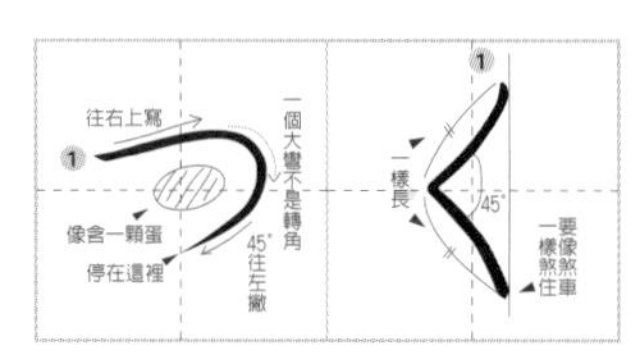
往右上寫
像含一顆蛋
停在這裡
一個大彎不是轉角
45°往左撇
一樣長
45°
一樣要像煞住車

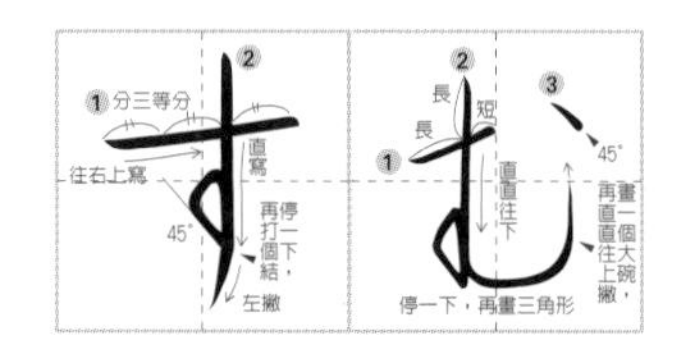
分三等分
往右上寫
45°
直寫
停一下，再打個結
左撇
長
短
直直往下
45°
再畫一個大碗，直直往上撇
停一下，再畫三角形

下面的橫線要長
要折回來
最胖的地方在中線
下半部跟「て」一樣
往右上寫
先停一下，再折回去
肚子最大的地方在中線
比較短

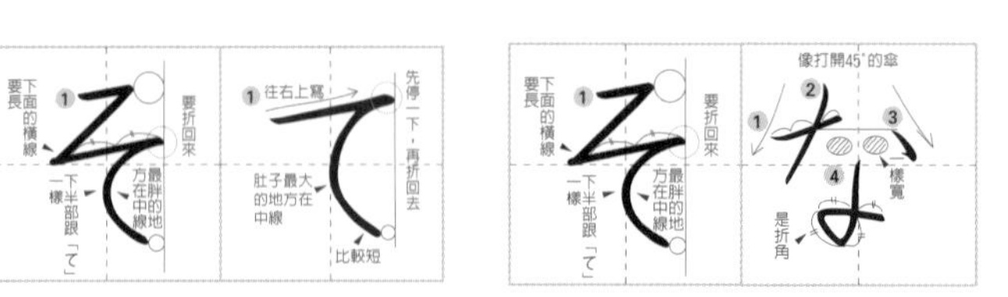
下面的橫線要長
要折回來
最胖的地方在中線
下半部跟「て」一樣
像打開45°的傘
一樣寬
是折角

都往右上寫
下半部像小的「つ」
45°
先左下，再垂直寫
畫半個圓，跟「ち」下半部一樣
停一下

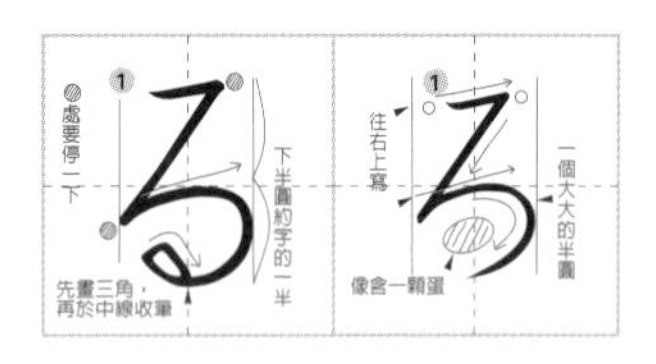
處要停一下
下半圓約字的一半
先畫三角，再於中線收筆
往右上寫
一個大大的半圓
像含一顆蛋

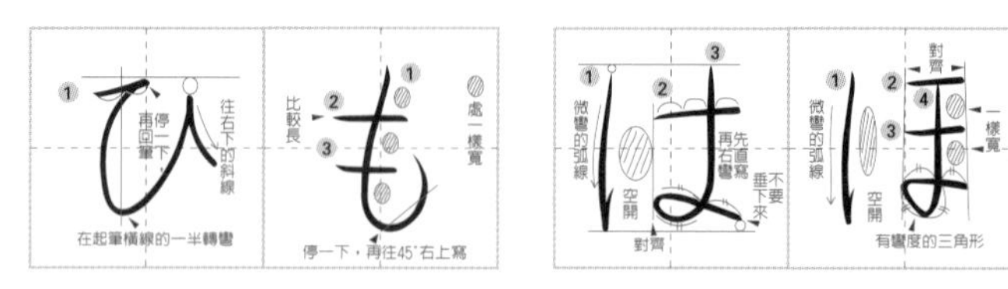
再回筆一下
往右下的斜線
在起筆橫線的一半轉彎
比較長
處一樣寬
停一下，再往45°右上寫
微彎的弧線
空開
對齊
先直寫再右彎
不要垂下來

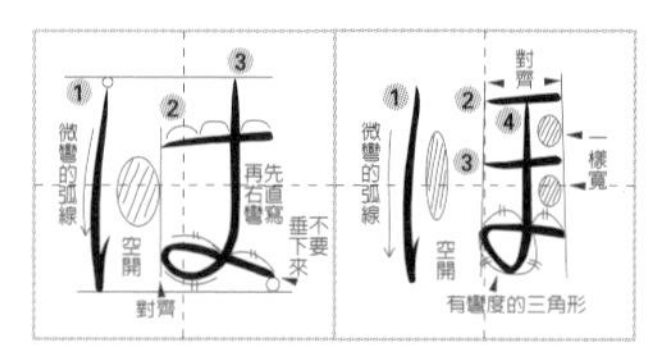
對齊
微彎的弧線
一樣寬
空開
有彎度的三角形

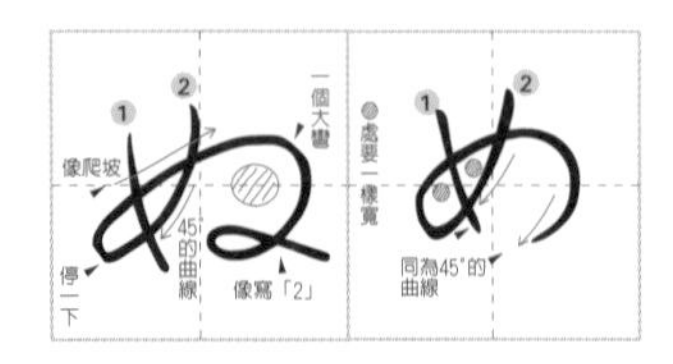
像爬坡
停一下
一個大彎
45°的曲線
像寫「2」
處要一樣寬
同為45°的曲線

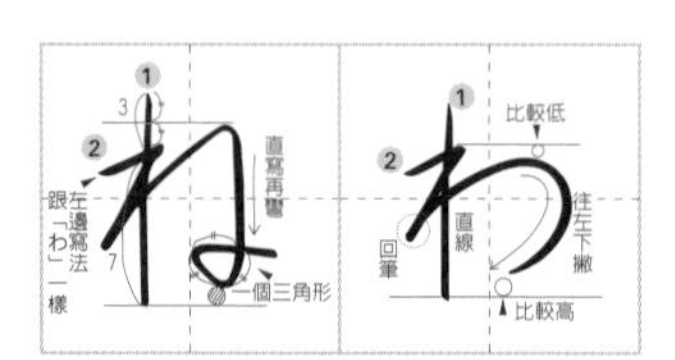
直寫再彎
跟「わ」寫法一樣
一個三角形
比較低
回筆
直線
往左下撇
比較高

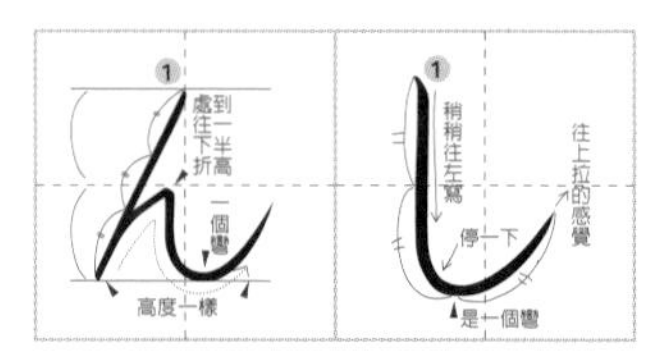
到一半高處往下折
一個彎
高度一樣
稍稍往左寫
停一下
往上拉的感覺
是一個彎

片假名練習

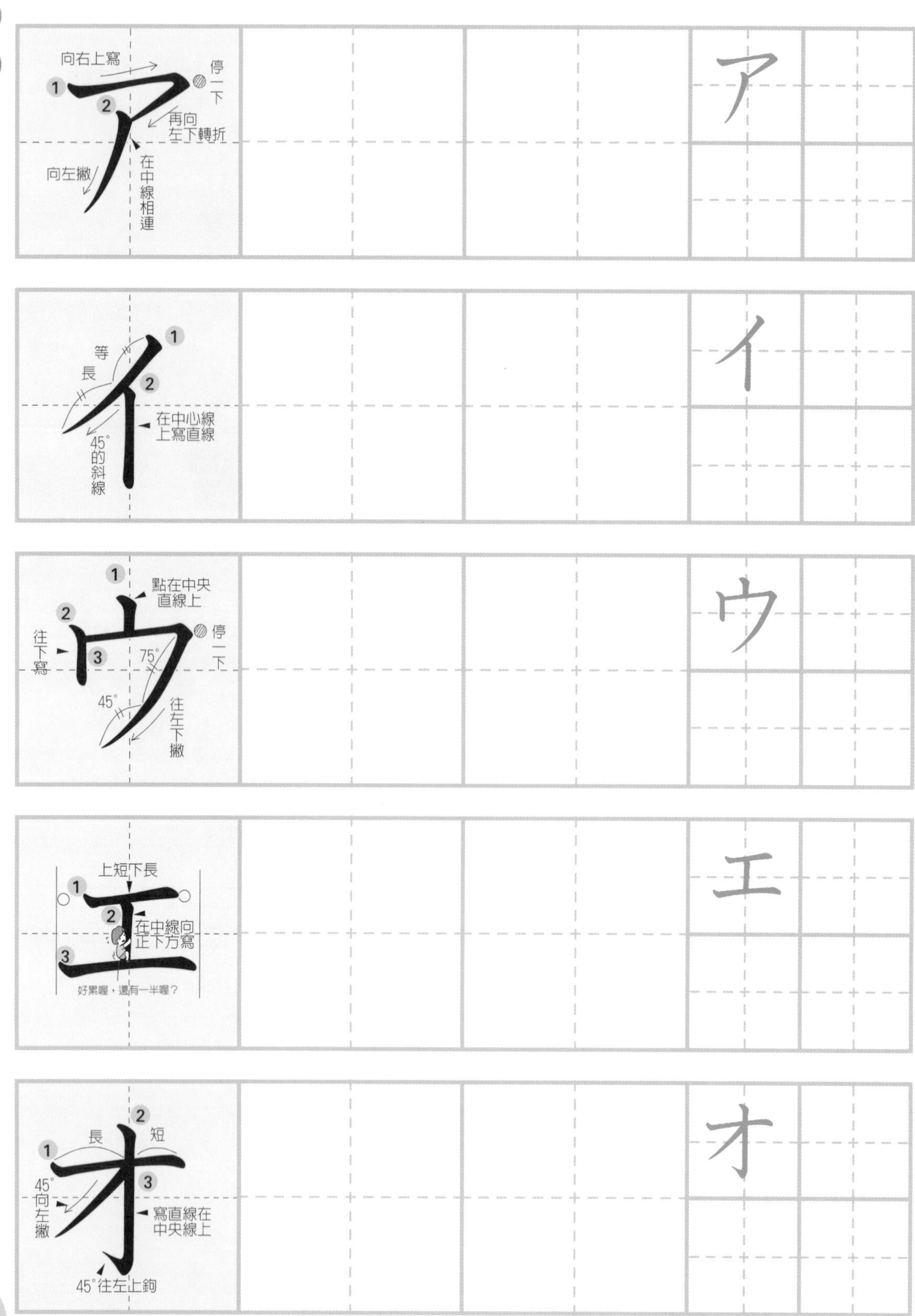
向右上寫
停一下
再向左下轉折
向左撇
在中線相連
ア
等長
在中心線上寫直線
45°的斜線
イ
點在中央直線上
往下寫
停一下
75°
45°
往左下撇
ウ
上短下長
在中線向正下方寫
好累喔，還有一半喔？
エ
長
短
45°向左撇
寫直線在中央線上
45°往左上鉤
オ

カ
1
2
同往左下寫
轉折接近直角
45°往左上鉤
キ
3
1
2
在中線偏左起筆
平行向右上寫
75°
ク
1
2
兩線平行
同往左下撇
向左下方轉折
ケ
1
2
3
等長
兩筆平行
往左下寫斜線
コ
1
2
這隻魚好大，
才拉到一半就快拉不動了！
兩線平行
一個近90°的直角
要相連
下面橫線略短

中間稍長些
上下段一樣長
從此向左撇
サ
平行
下面比較開
往右上撇
第二畫比一、三畫要偏左
シ
停一下
45°
45°
相接在中心點
ス
往右上寫
上下一樣長
一個45°的轉折
45°
一個直角轉折
セ
一、二畫一樣高
45°往右下點
約45°往左下撇
ソ

兩線要平行
45°
90°
同往左下撇
45°
不可超出
タ
的比斜45°線還平
我重一點點
橫線比上面長
先直寫
再左撇
チ
兩點平行
往左下撇
ツ
兩線平行
比筆畫二短
往左下撇
從中線
テ
向右下45°寫短線
長直線
比中線稍偏左
ト

ナ行

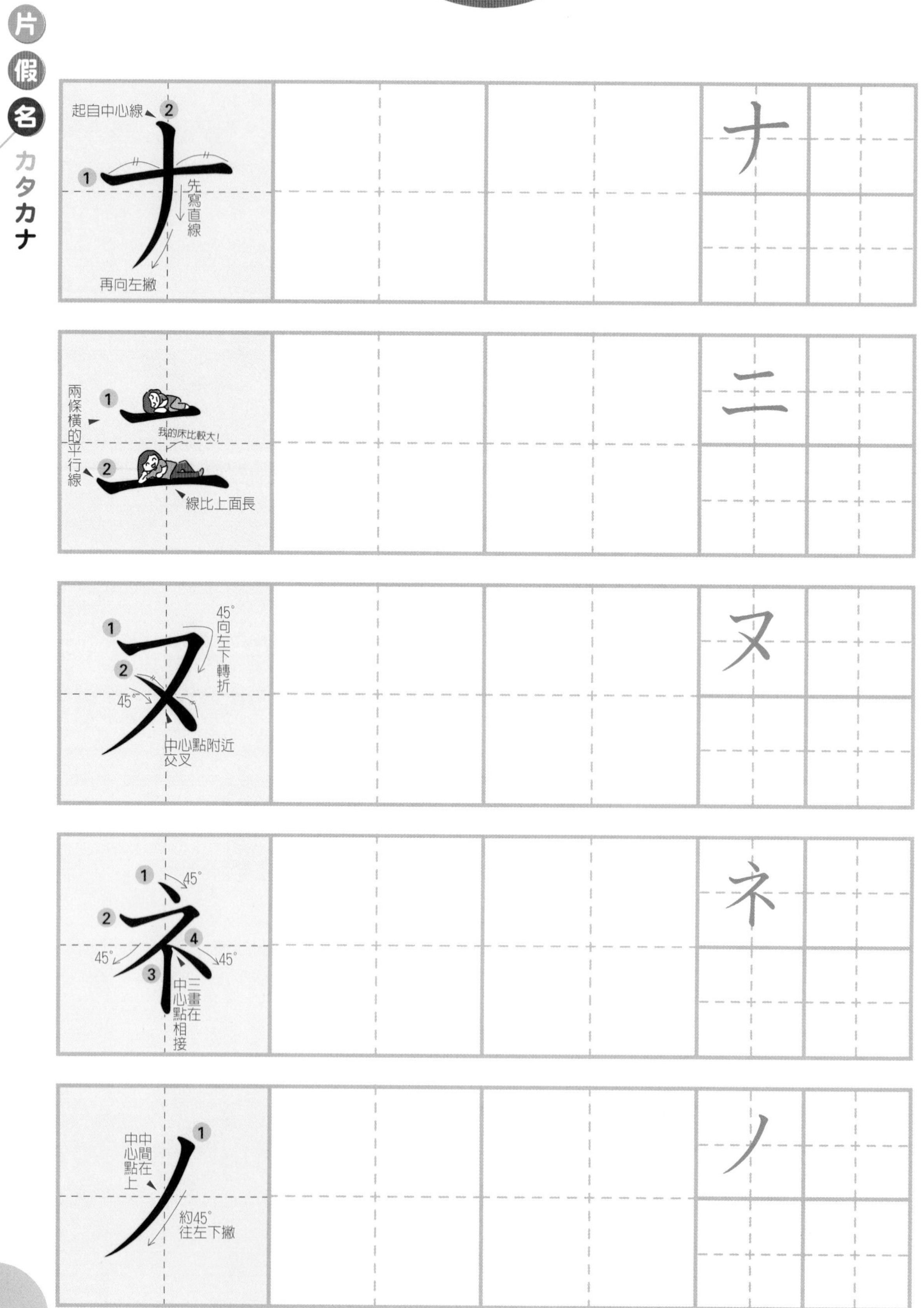
起自中心線
先寫直線
再向左撇
ナ
兩條橫的平行線
我的床比較大！
線比上面長
ニ
45°向左下轉折
45°
中心點附近交叉
ヌ
45°
45°
45°
中三畫在心點相接
ネ
中間在中心點上
約45°往左下撇
ノ

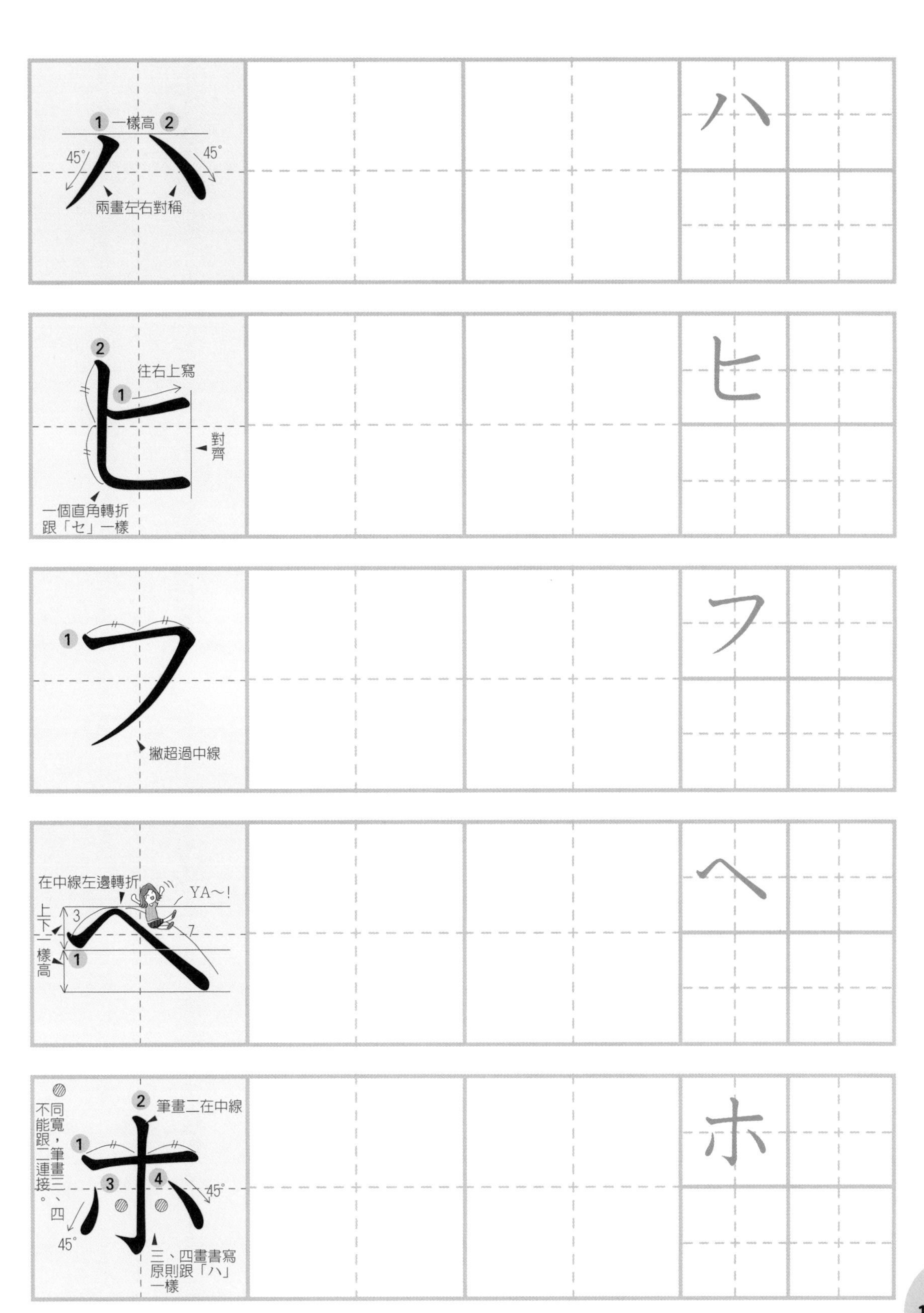

1 一樣高 2
45°
45°
兩畫左右對稱
ハ
2
往右上寫
1
對齊
一個直角轉折
跟「セ」一樣
ヒ
1
撇超過中線
フ
在中線左邊轉折
YA～!
上下一樣高
3
7
1
ヘ
不能跟筆畫三、四連接。
同寬，二
2 筆畫二在中線
1
3
4
45°
45°
三、四畫書寫原則跟「ハ」一樣
ホ

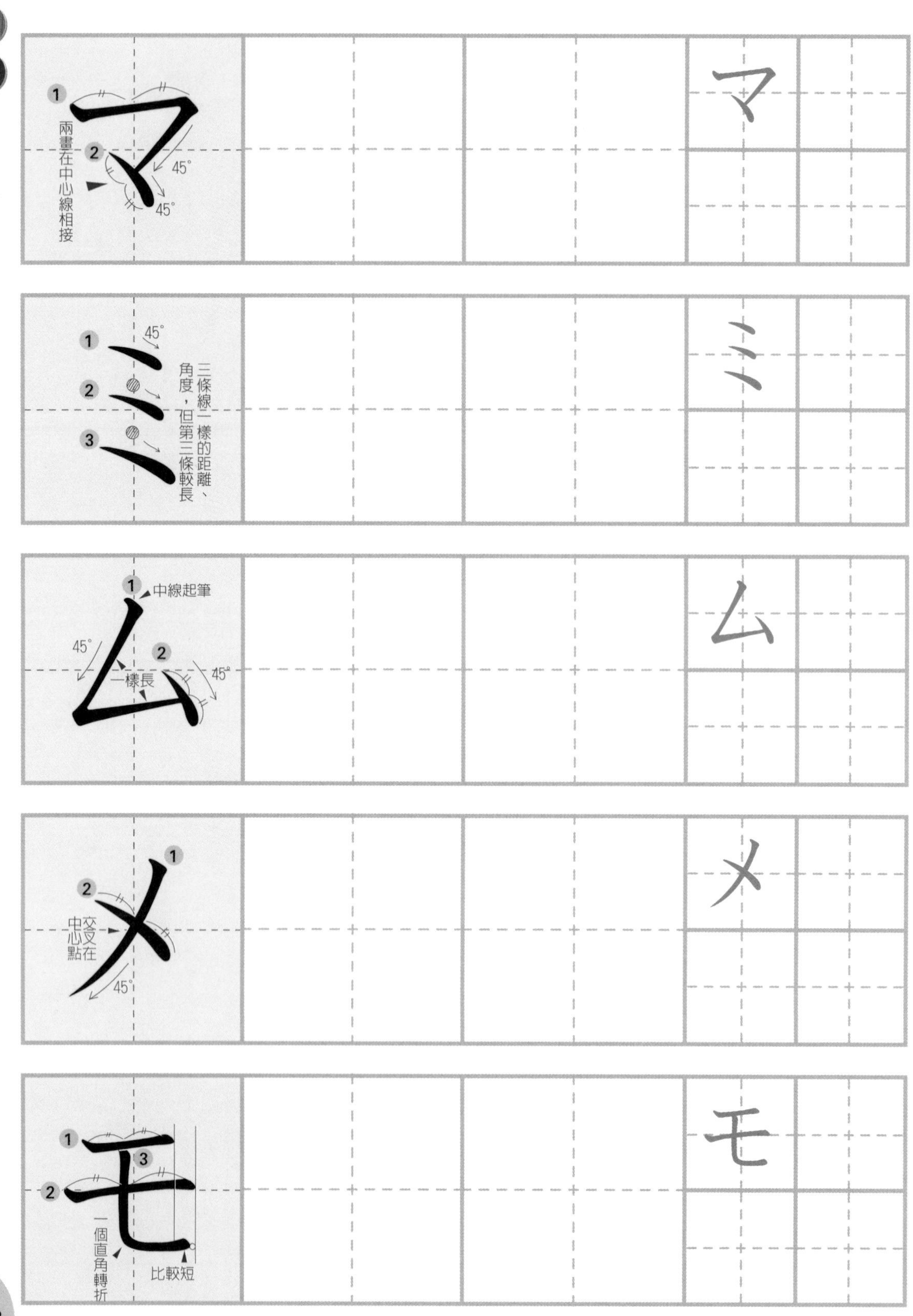
兩畫在中心線相接
45°
45°
マ
45°
三條線一樣的距離、角度，但第三條較長
ミ
中線起筆
45°
一樣長
45°
ム
交叉在中心點
45°
メ
一個直角轉折
比較短
モ

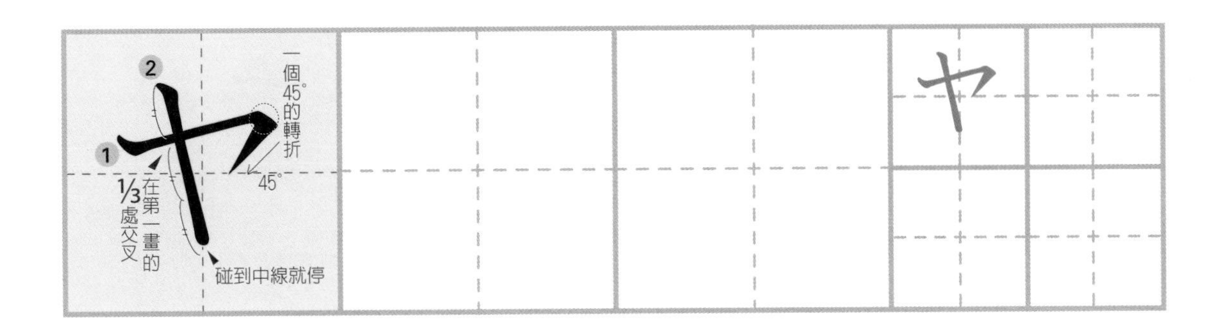
1
2
一個45°的轉折
45°
在第一畫的1/3處交叉
碰到中線就停
ヤ

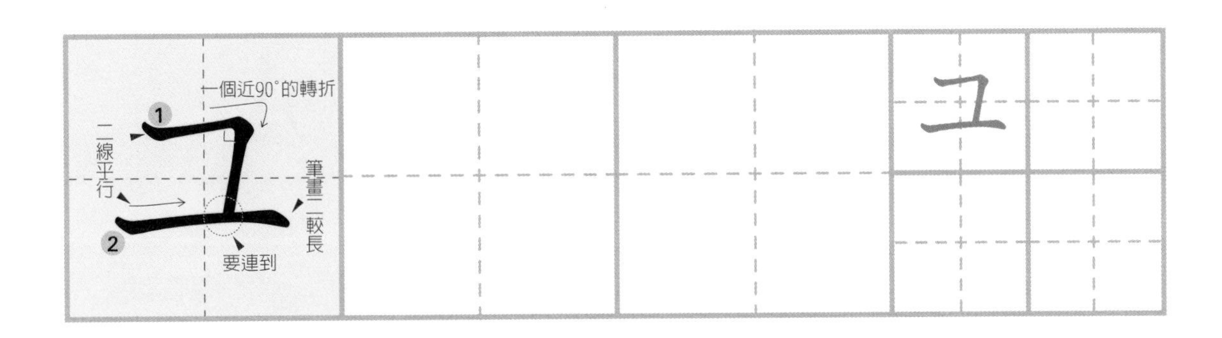
1
2
一個近90°的轉折
二線平行
筆畫二較長
要連到
ユ

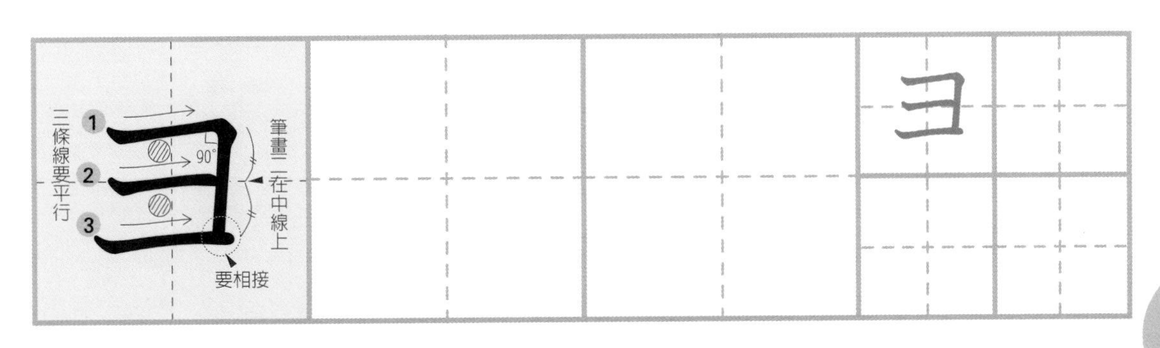
1
2
3
90°
三條線要平行
筆畫二在中線上
要相接
ヨ

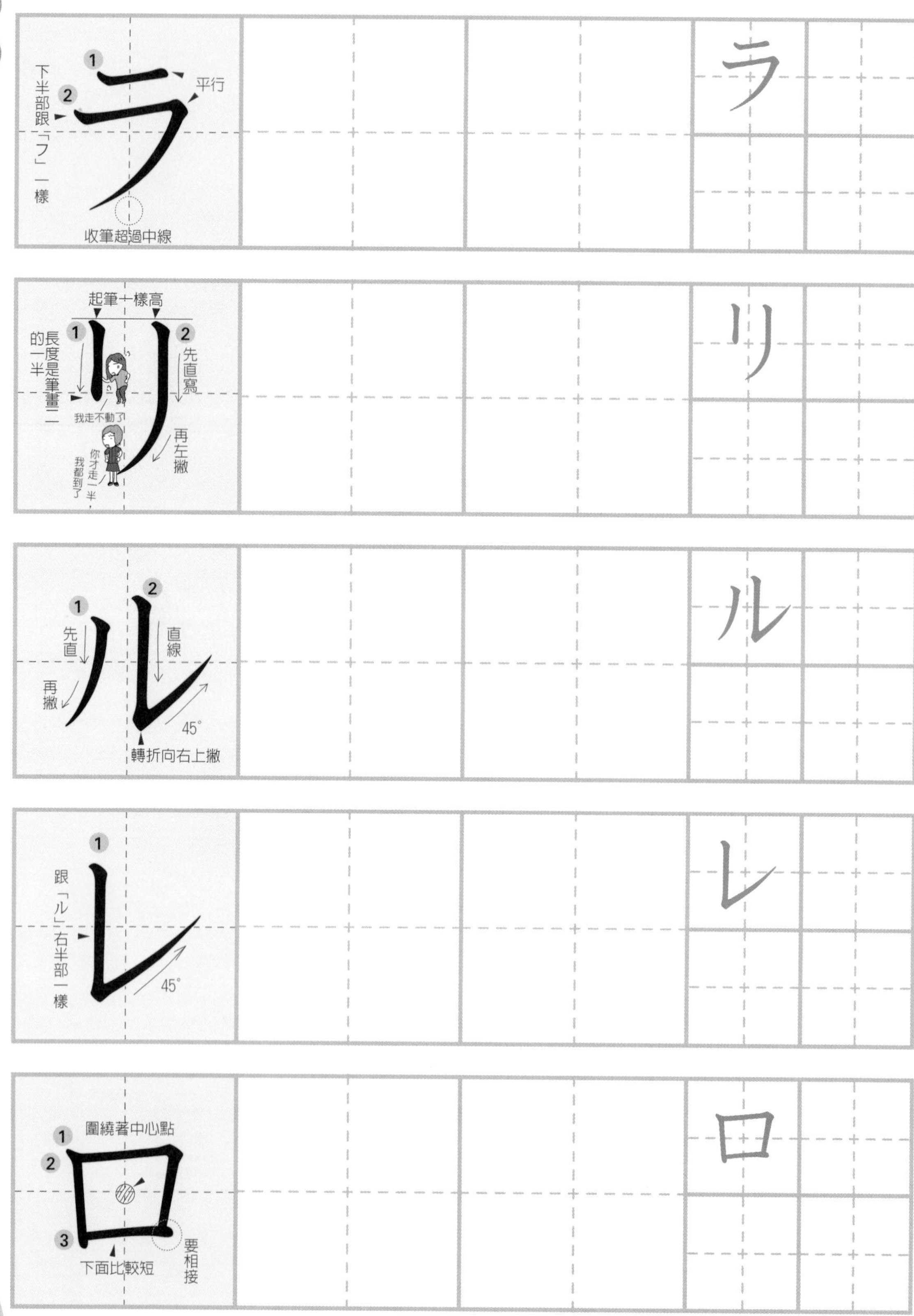

下半部跟「フ」一樣
平行
收筆超過中線
ラ
起筆一樣高
的長度是筆畫二一半
先直寫
再左撇
我走不動了
你才走一半，我都到了
リ
先直
再撇
直線
45°
轉折向右上撇
ル
跟「ル」右半部一樣
45°
レ
圍繞著中心點
下面比較短
要相接
ロ

ワ行

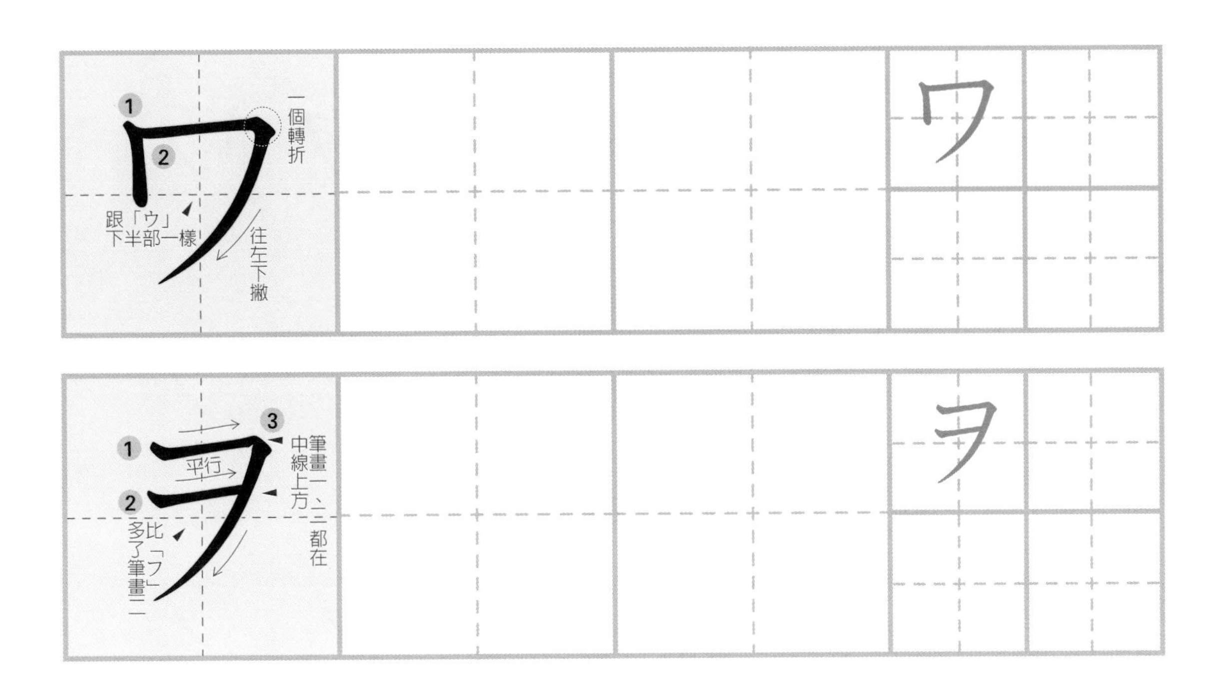

1
2
一個轉折
跟「ウ」下半部一樣
往左下撇
ワ
1
3
2
平行
筆畫一、二都在中線上方
比「フ」多了筆畫二
ヲ

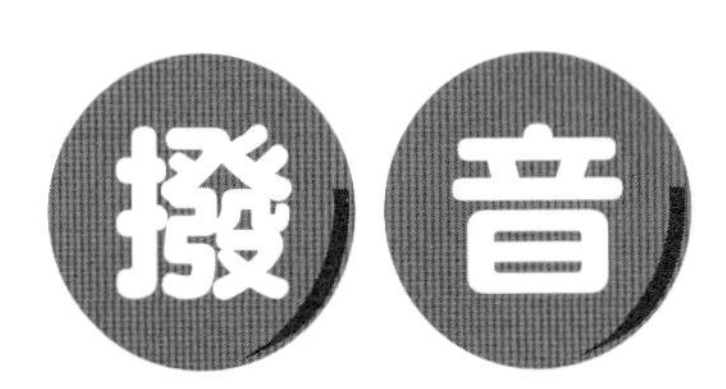

撥音

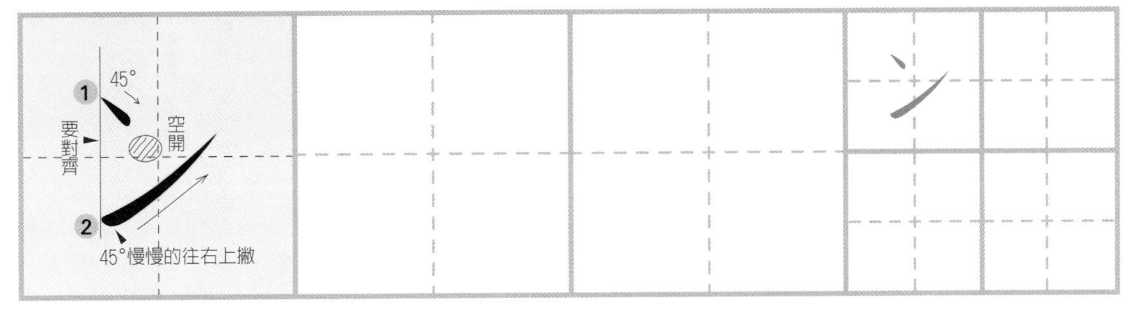

1
45°
要對齊
空開
2
45°慢慢的往右上撇
ン

哪裡不一樣呢？

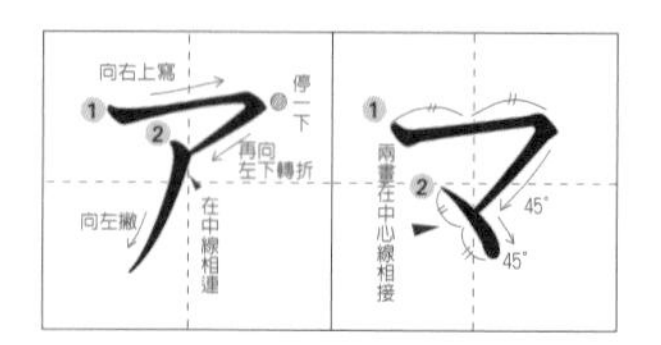

向右上寫
停一下
再向左下轉折
向左撇
在中線相連
兩畫在中心線相接
45°

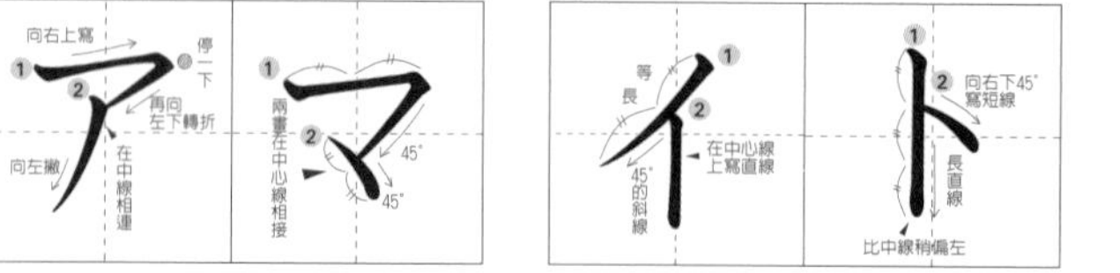

等長
45°的斜線
在中心線上寫直線
向右下45°寫短線
長直線
比中線稍偏左

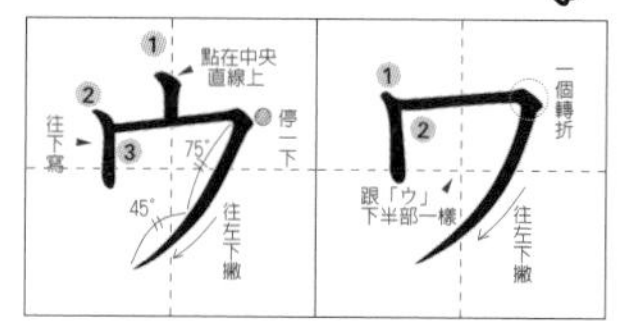

點在中央直線上
往下寫
停一下
75°
45°
往左下撇
一個轉折
跟「ウ」下半部一樣
往左下撇

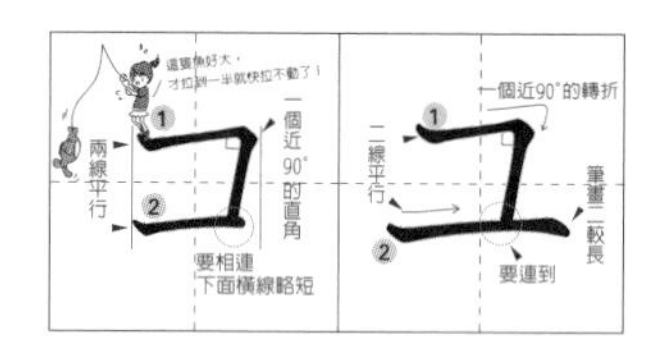

兩線平行
一個近90°的直角
要相連
下面橫線略短
二線平行
一個近90°的轉折
筆畫二較長
要連到

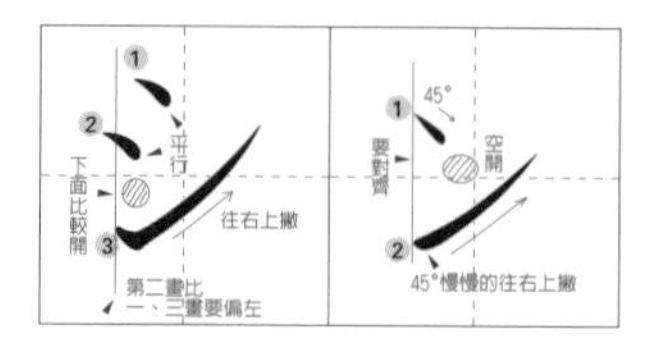

平行
下面比較開
往右上撇
第二畫比一、三畫要偏左
要對齊
空開
45°慢慢的往右上撇

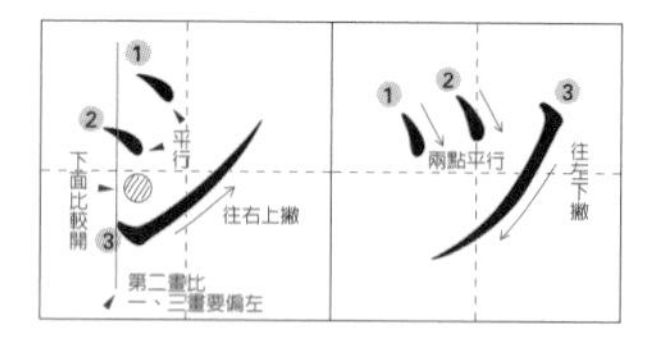

平行
下面比較開
往右上撇
第二畫比一、三畫要偏左
兩點平行
往左下撇

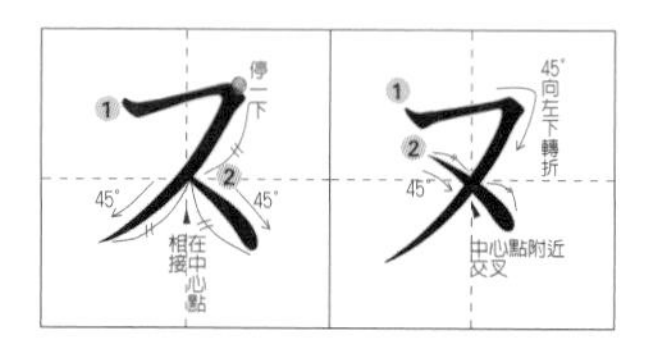

停一下
45°
相接在中心點
45°向左下轉折
中心點附近交叉

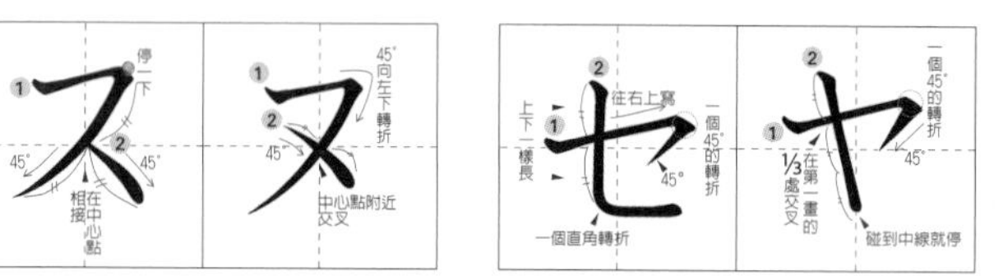

往右上寫
上下一樣長
一個直角轉折
45°
一個45°的轉折
在第一畫的1/3處交叉
碰到中線就停

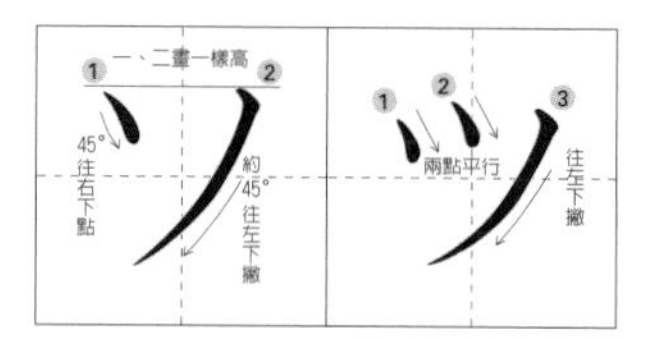

一、二畫一樣高
45°往右下點
約45°往左下撇
兩點平行
往左下撇

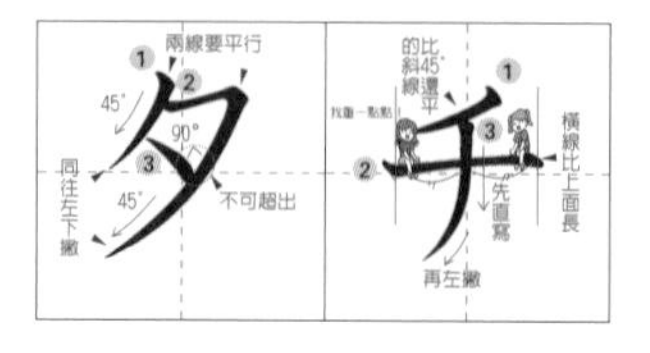

兩線要平行
45°
90°
不可超出
向往左下撇
先直寫
再左撇
橫線比上面長

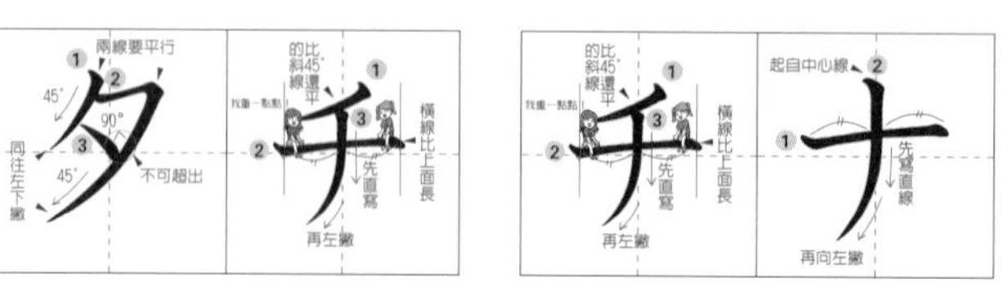

先直寫
再左撇
橫線比上面長
起自中心線
先寫直線
再向左撇

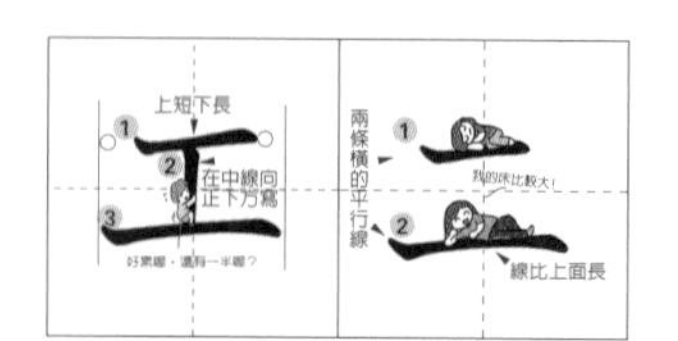

上短下長
在中線向正下方寫
兩條橫的平行線
線比上面長

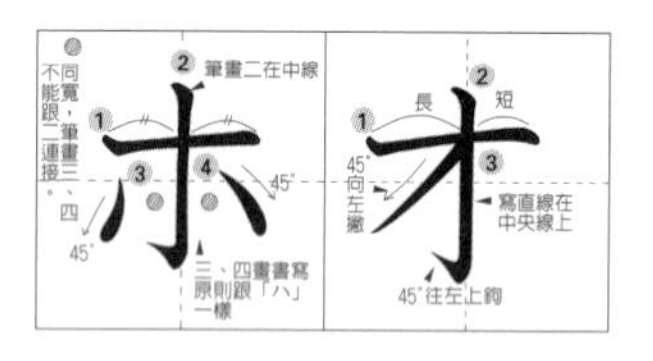

筆畫二在中線
不同寬，筆畫三、四不能跟二連接
45°
三、四畫書寫原則跟「ハ」一樣
長
短
45°向左撇
寫直線在中央線上
45°往左上鉤

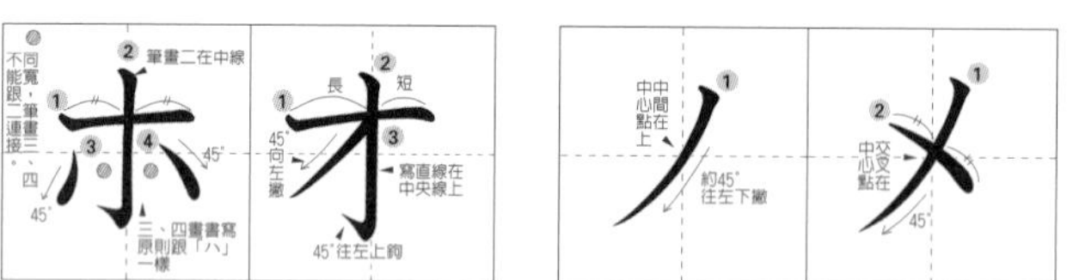

中間點在中心上
約45°往左下撇
交點在中心
45°
先直
再撇
直線
轉折向右上撇
45°
跟「ル」右半部一樣

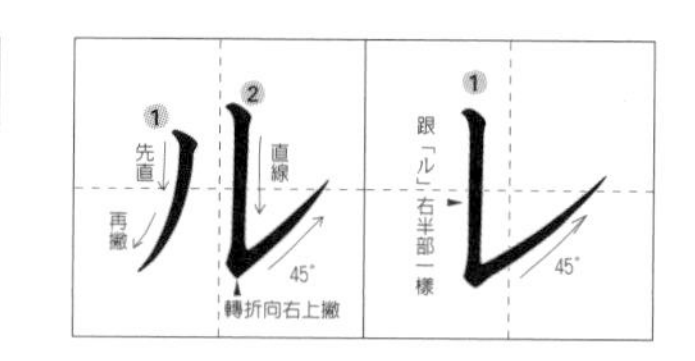

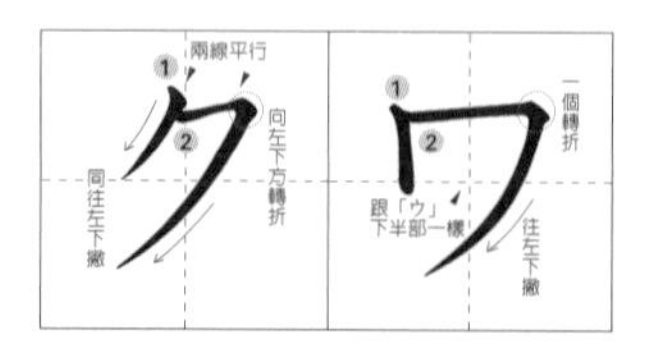

兩線平行
向往左下撇
向左下方轉折
一個轉折
跟「ウ」下半部一樣
往左下撇

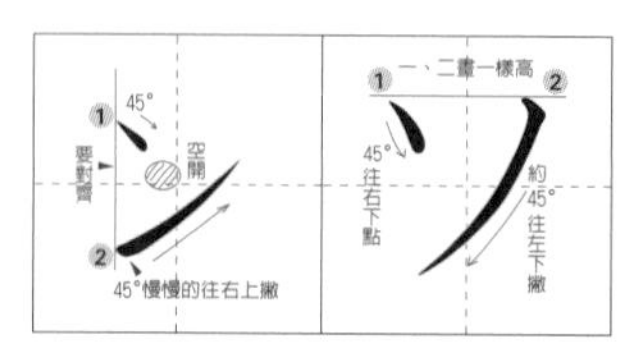

要對齊
空開
45°慢慢的往右上撇
一、二畫一樣高
45°往右下點
約45°往左下撇

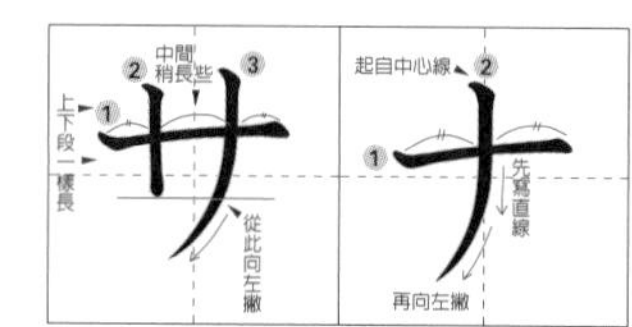

中間稍長些
上下段一樣長
從此向左撇
起自中心線
先寫直線
再向左撇

濁音

假名右上角有兩點「〝」，到底是什麼呢？這可不是錯字喔！這兩點叫「濁音符號」，表示發音時要振動聲帶，發出來的音有點濁濁的，所以稱為「濁音」。濁音只出現在「か、さ、た、は」行喔！

濁音表

	あ段	い段	う段	え段	お段
が行	が ガ [ga]	ぎ ギ [gi]	ぐ グ [gu]	げ ゲ [ge]	ご ゴ [go]
ざ行	ざ ザ [za]	じ ジ [ji]	ず ズ [zu]	ぜ ゼ [ze]	ぞ ゾ [zo]
だ行	だ ダ [da]	ぢ ヂ [ji]	づ ヅ [zu]	で デ [de]	ど ド [do]
ば行	ば バ [ba]	び ビ [bi]	ぶ ブ [bu]	べ ベ [be]	ぼ ボ [bo]

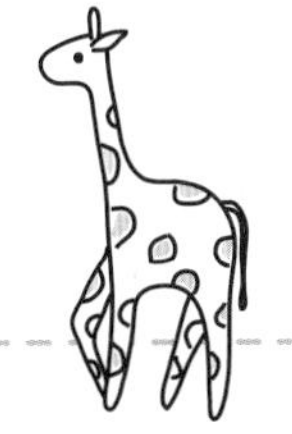

半濁音

這次假名的右上角，從「〝」變成「。」了！這圓圈叫「半濁音符號」，特性是發音時，聽起來比濁音還清，卻比清音濁，所以稱之為「半濁音」。半濁音只出現在「は」行喔！

半濁音表

	あ段	い段	う段	え段	お段
ぱ行	ぱ パ [pa]	ぴ ピ [pi]	ぷ プ [pu]	ぺ ペ [pe]	ぽ ポ [po]

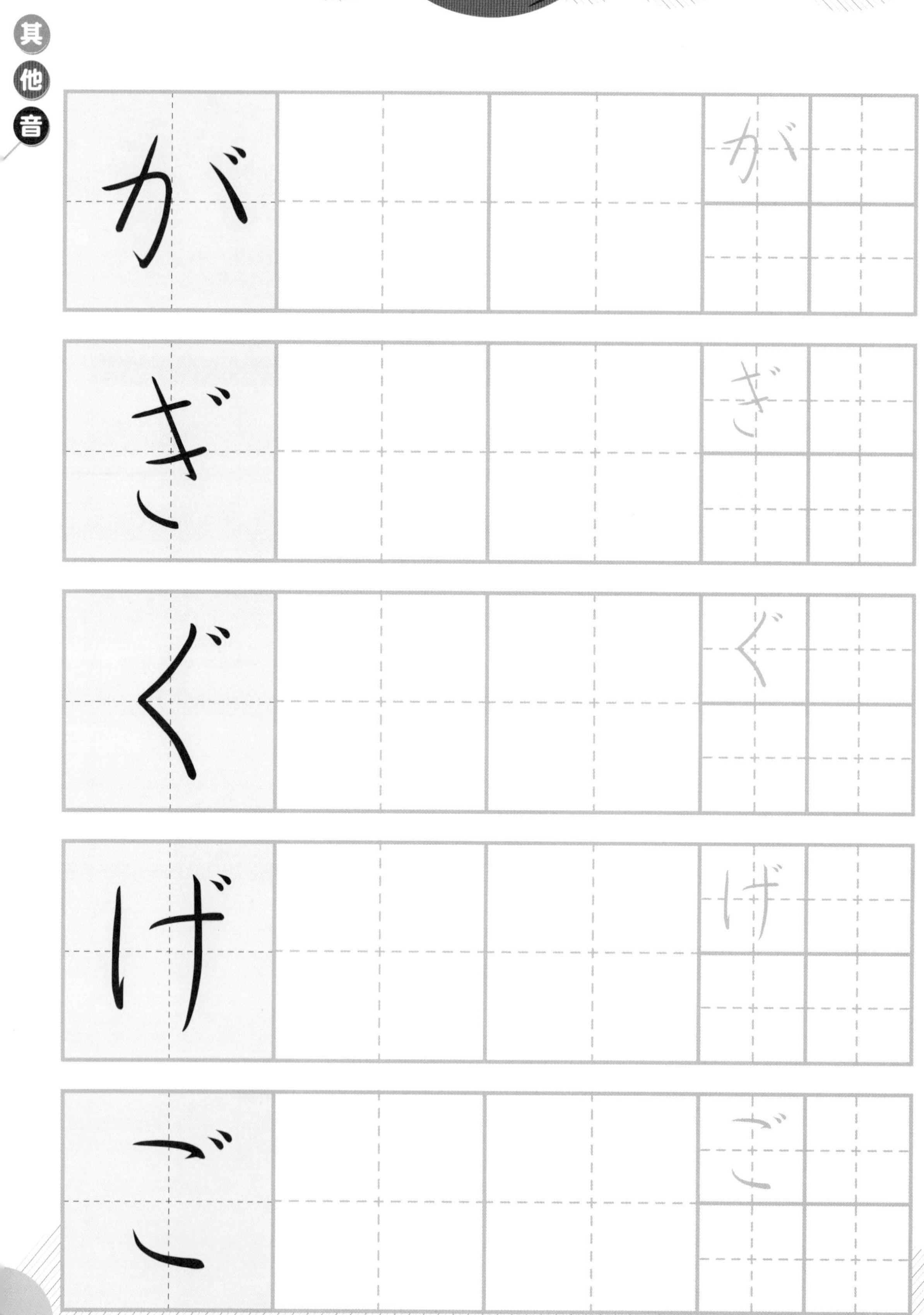
が
が
ぎ
ぎ
ぐ
ぐ
げ
げ
ご
ご

ガ行

ガ			ガ
ギ			ギ
グ			グ
ゲ			ゲ
ゴ			ゴ

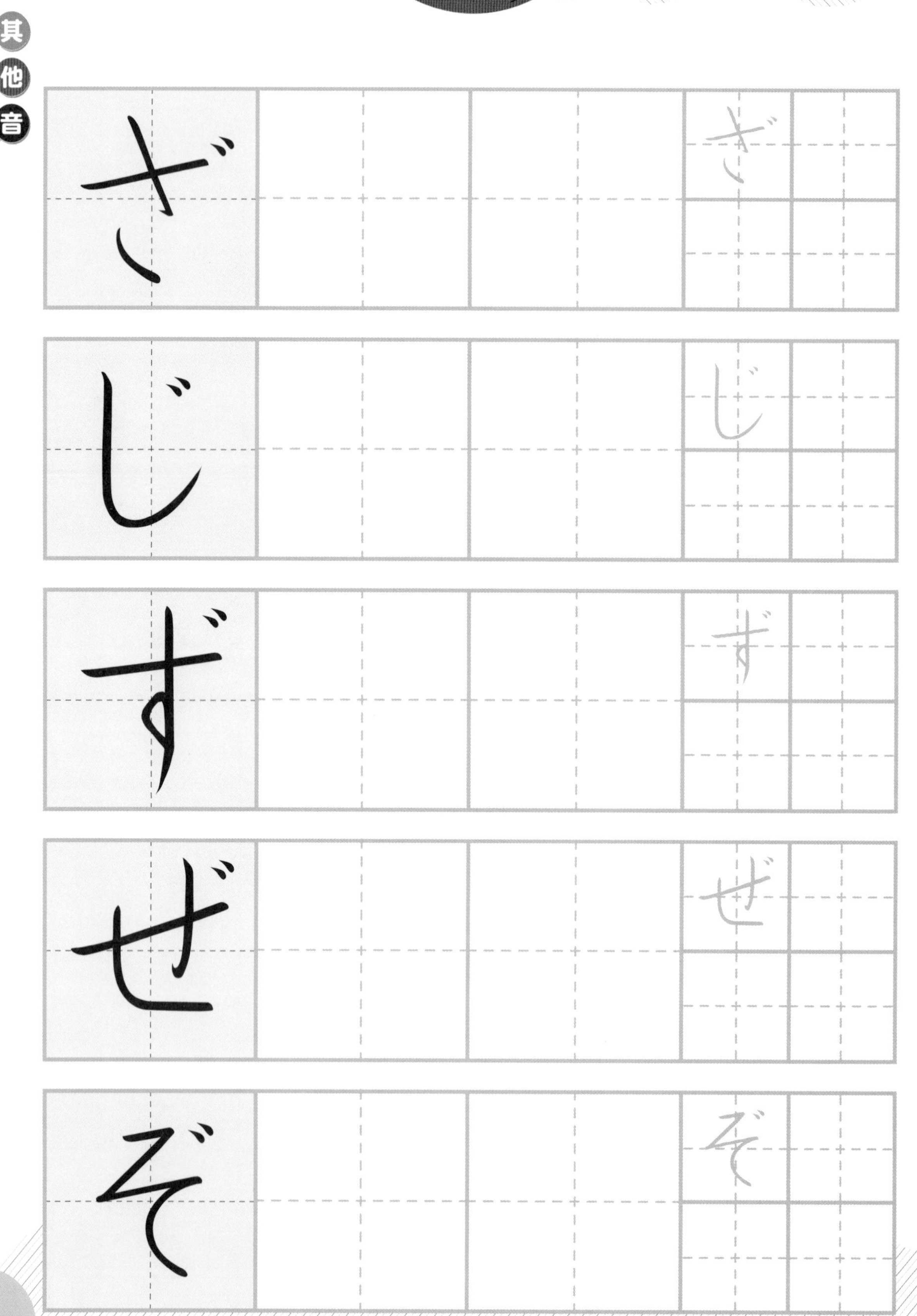
ざ
ざ
じ
じ
ず
ず
ぜ
ぜ
ぞ
ぞ

ザ行

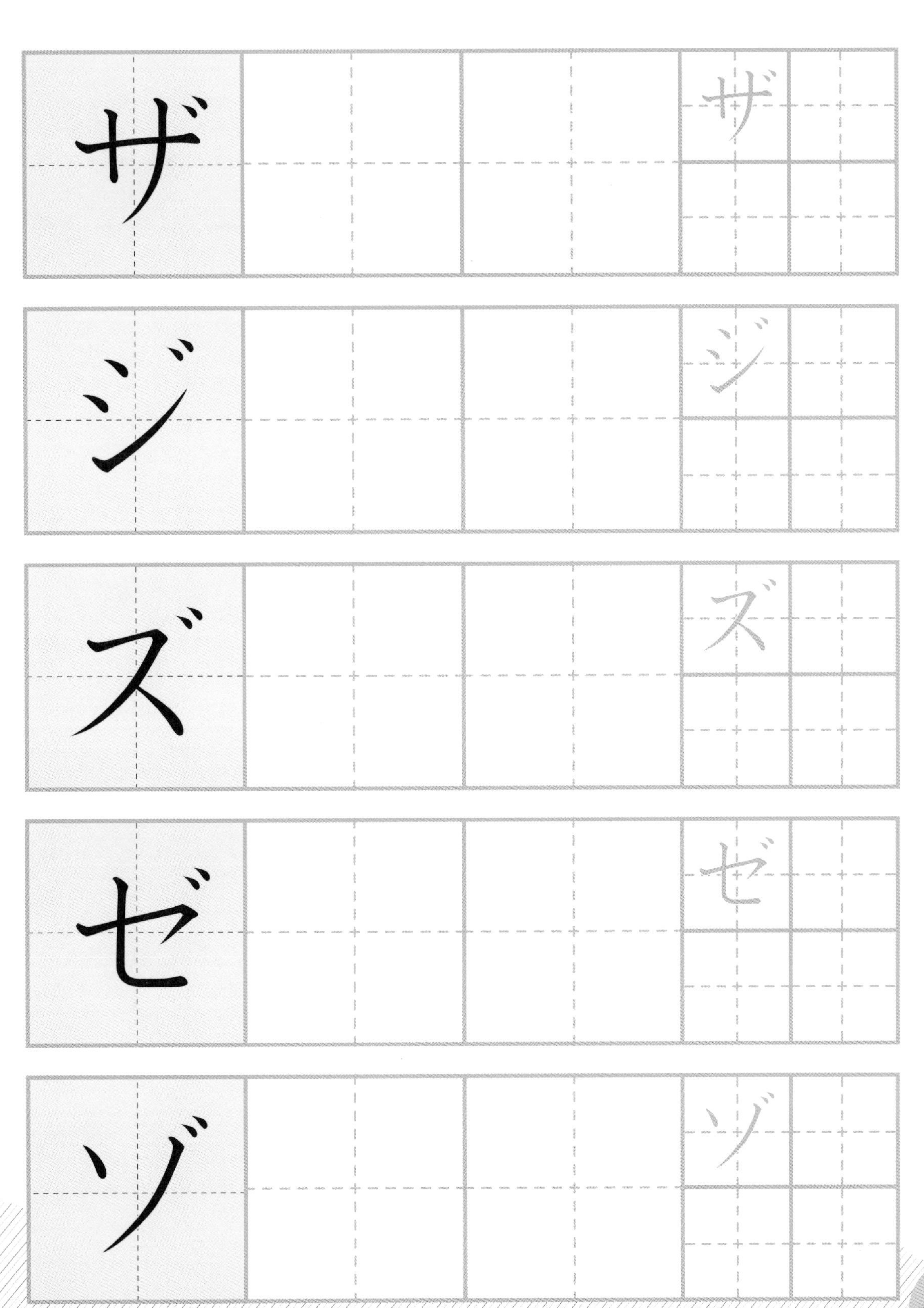

だ行

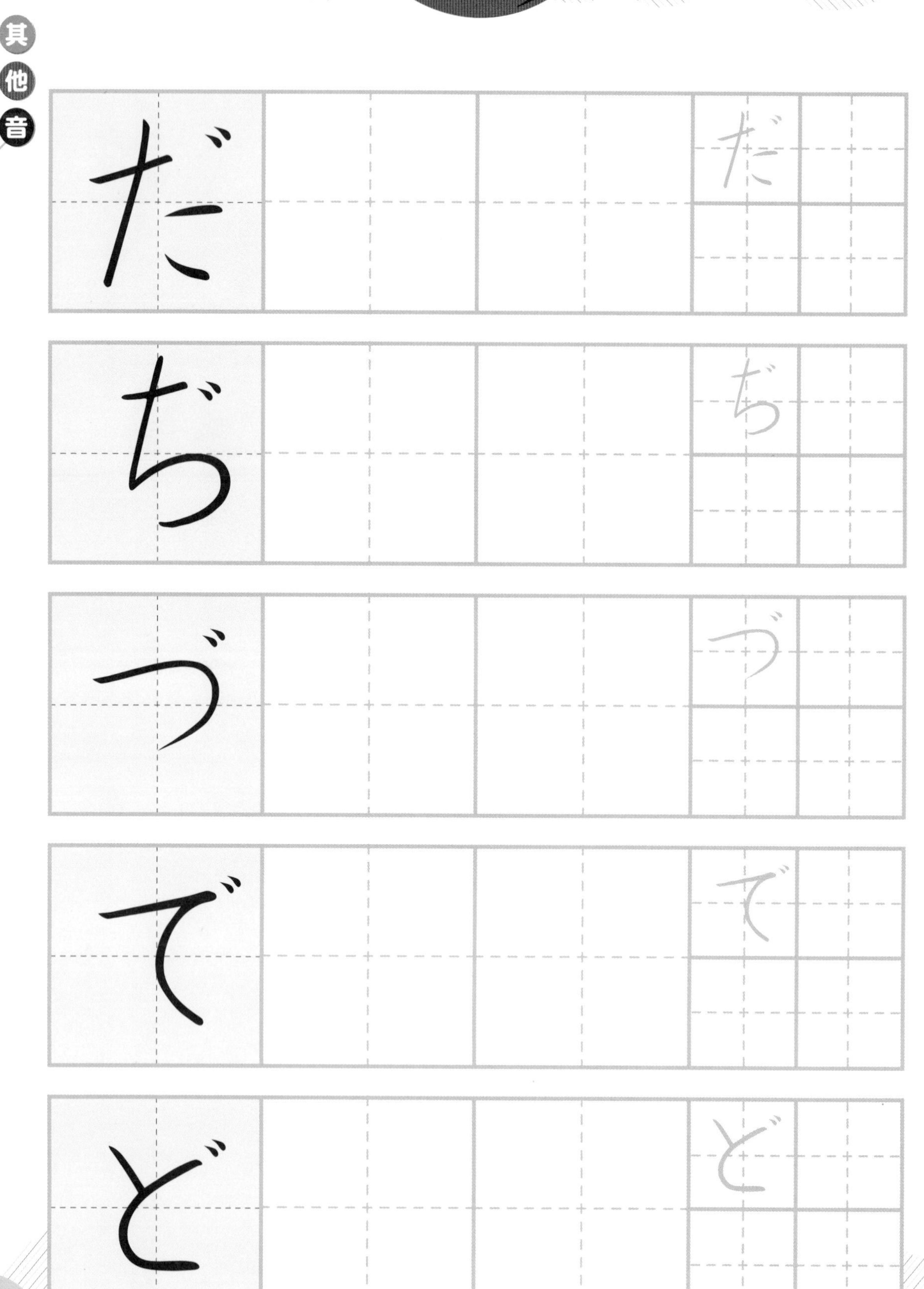

ダ行

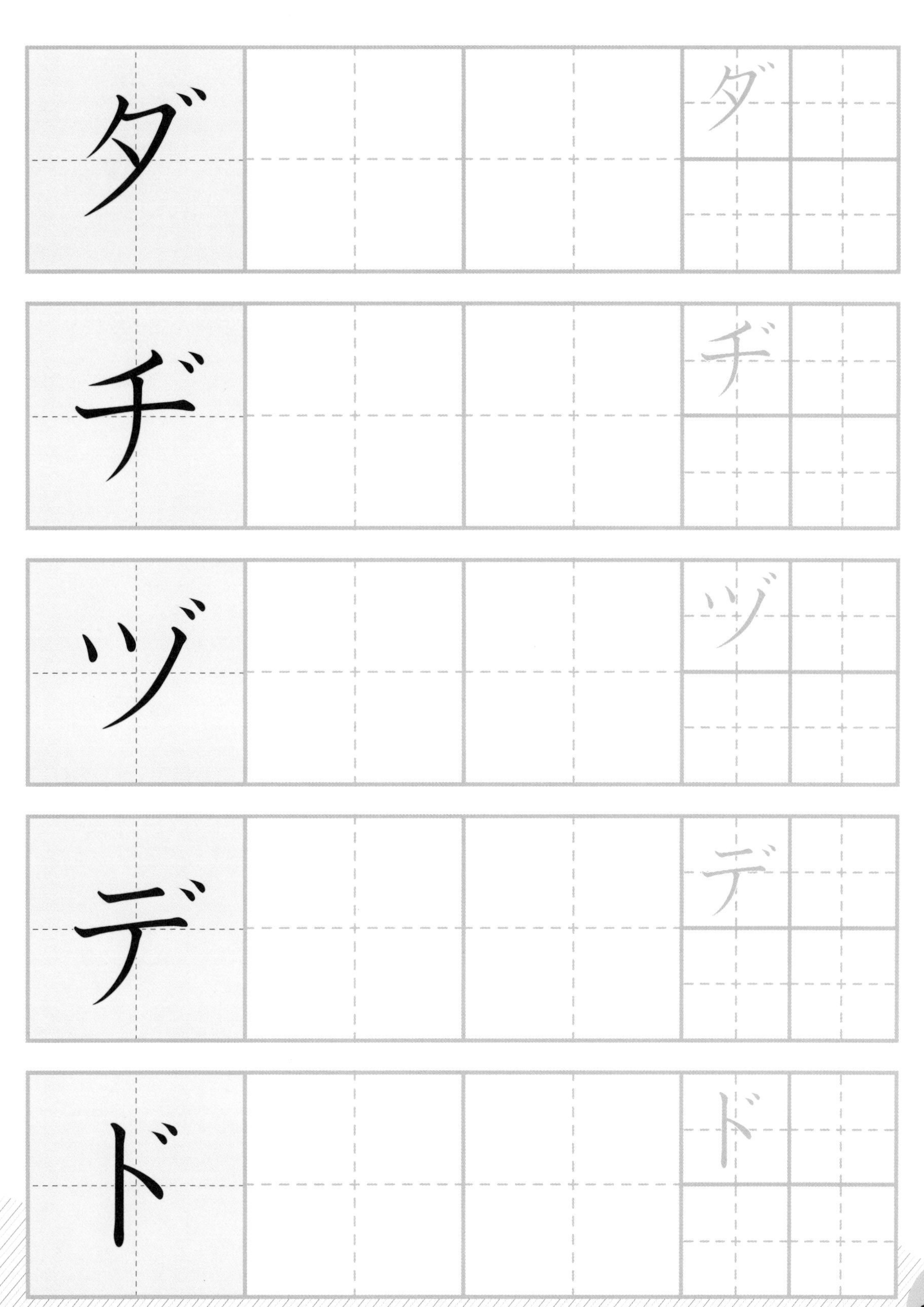

ば行

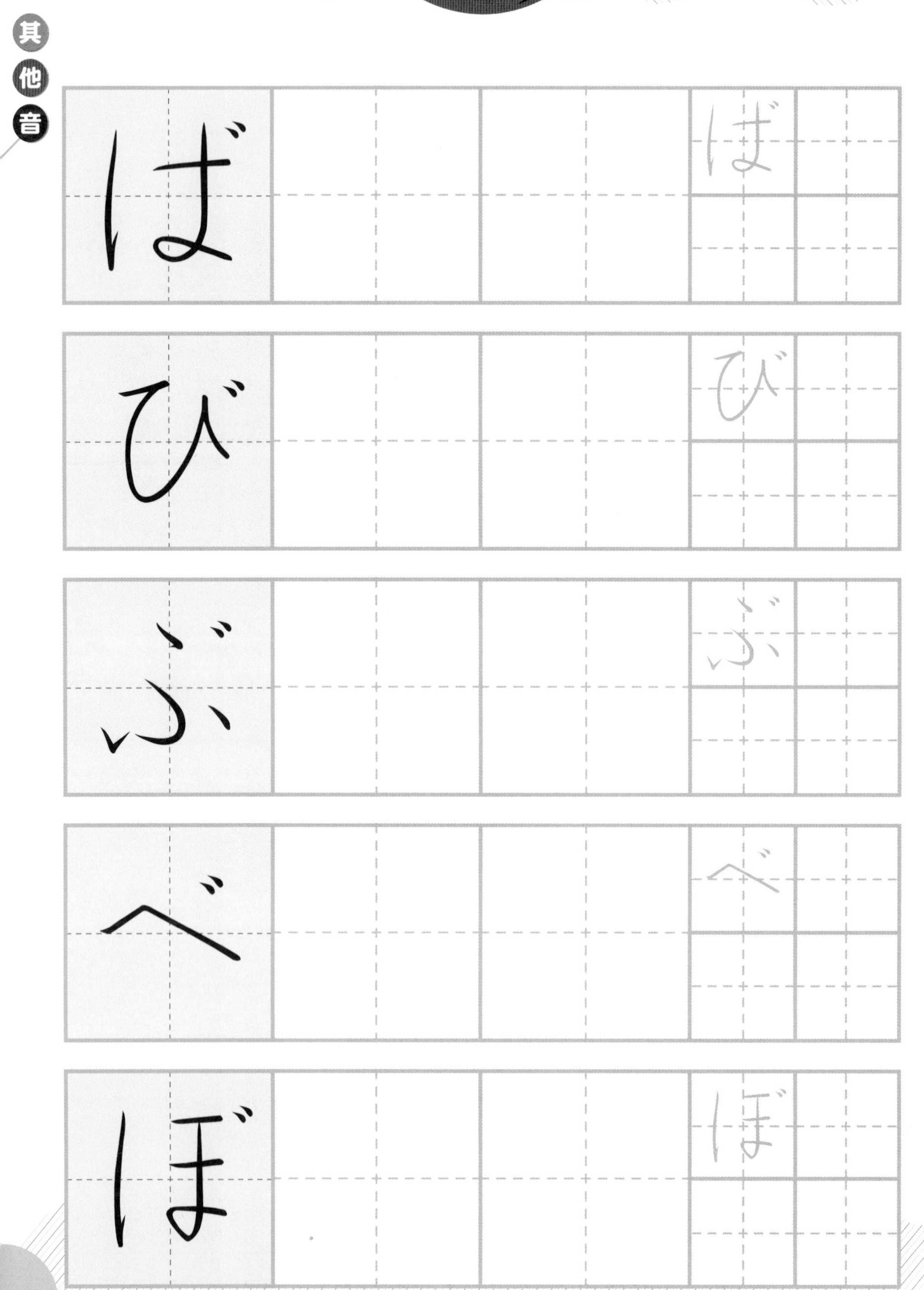

バ行

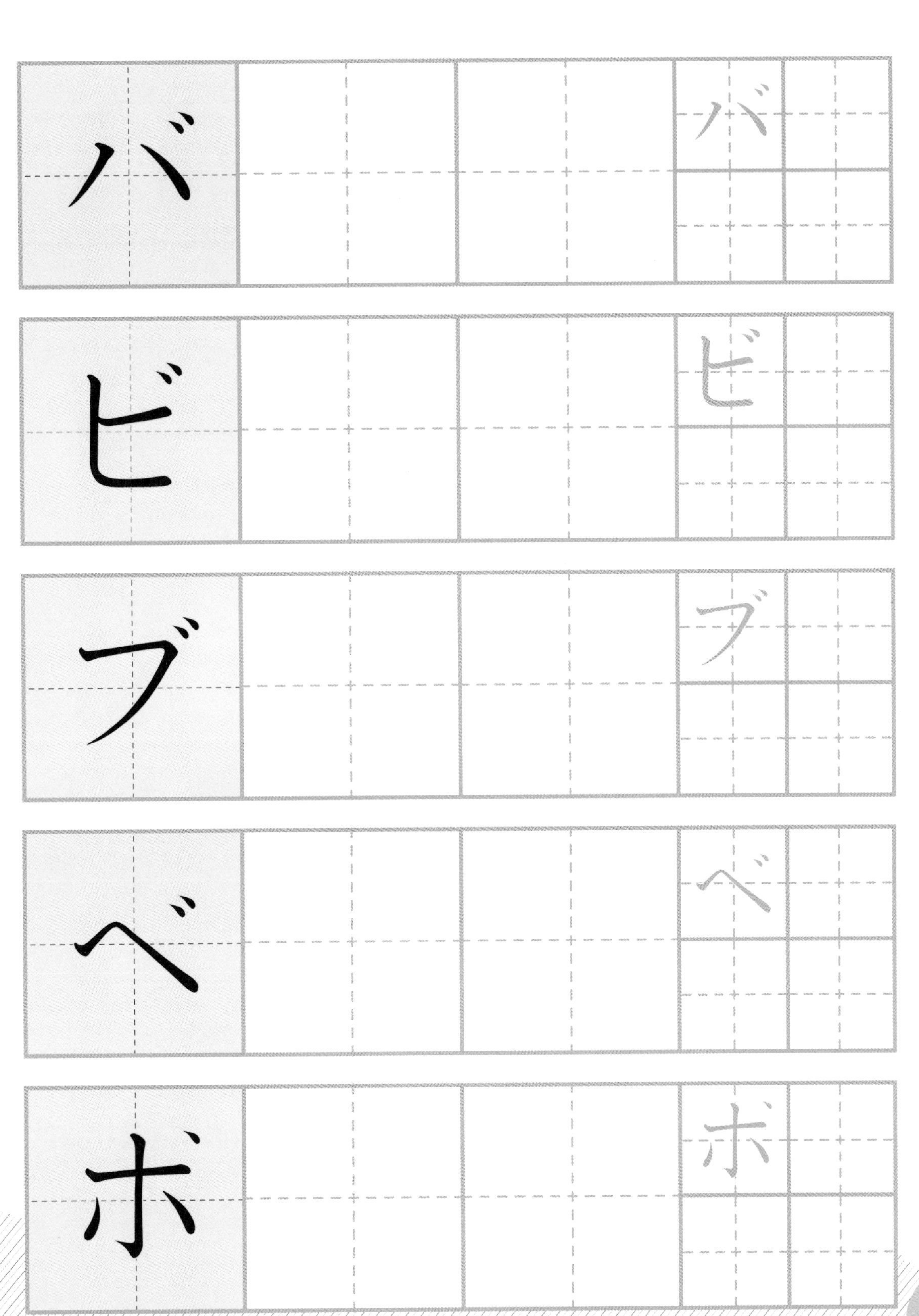

ぱ行

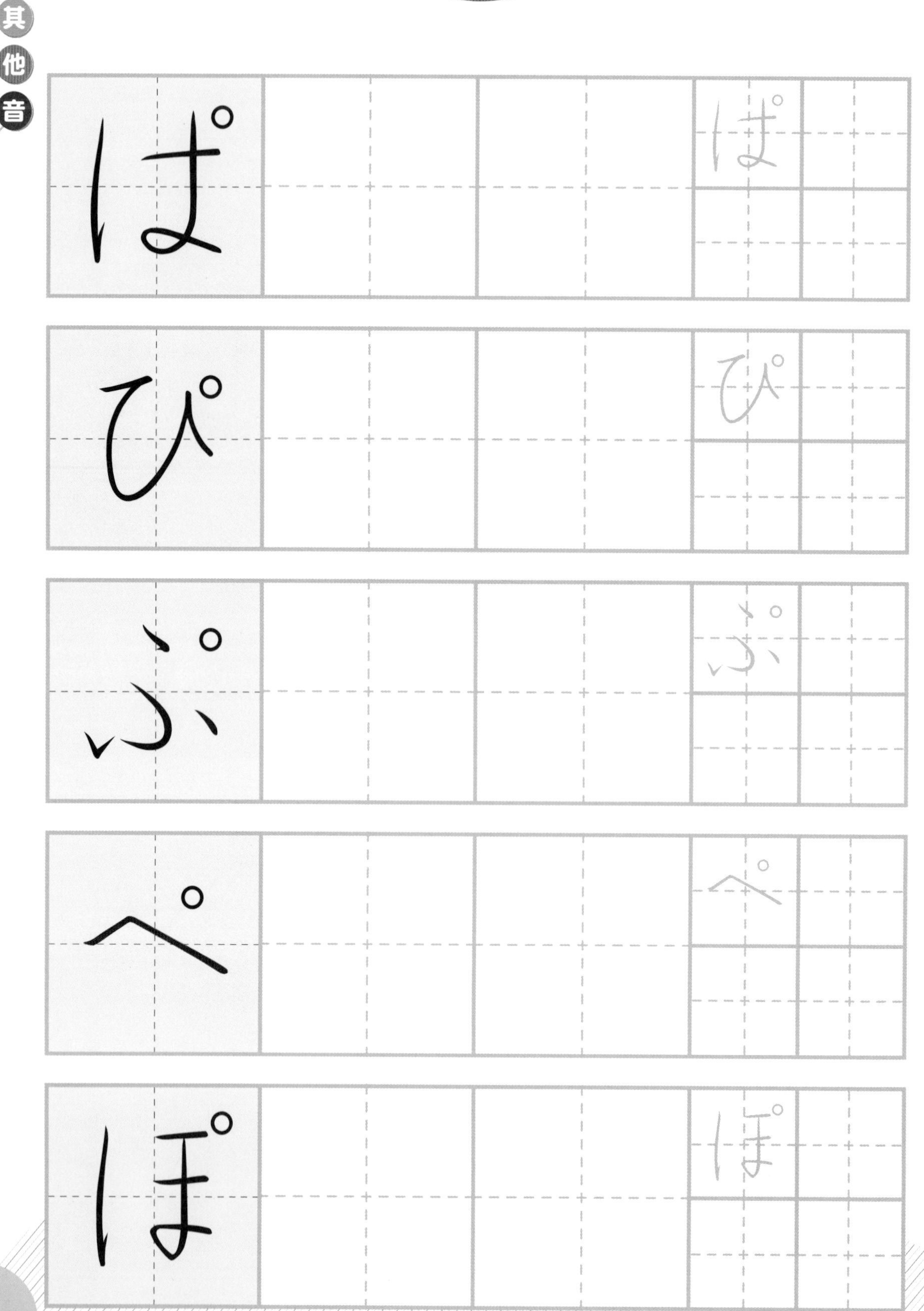

パ行

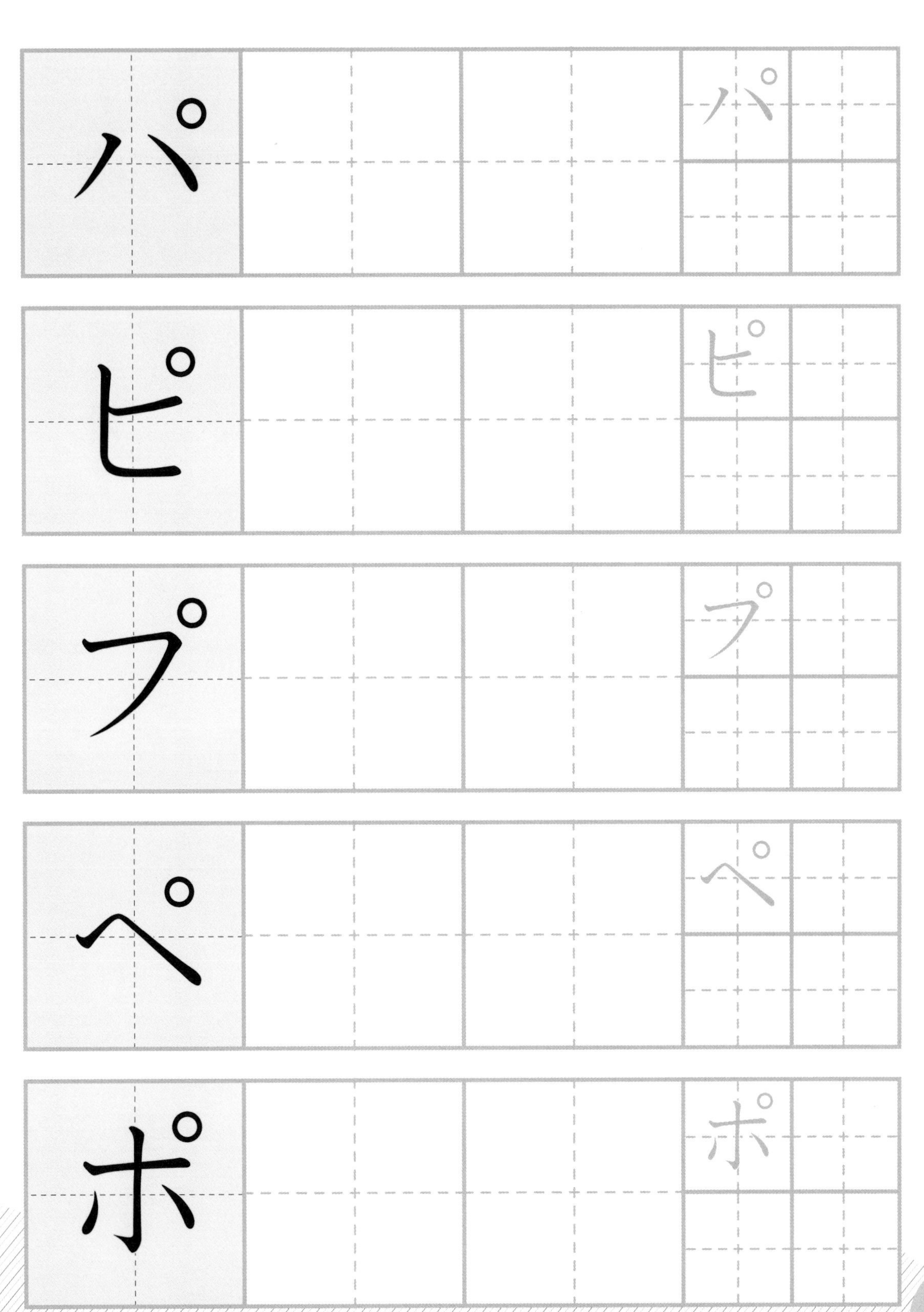

促音

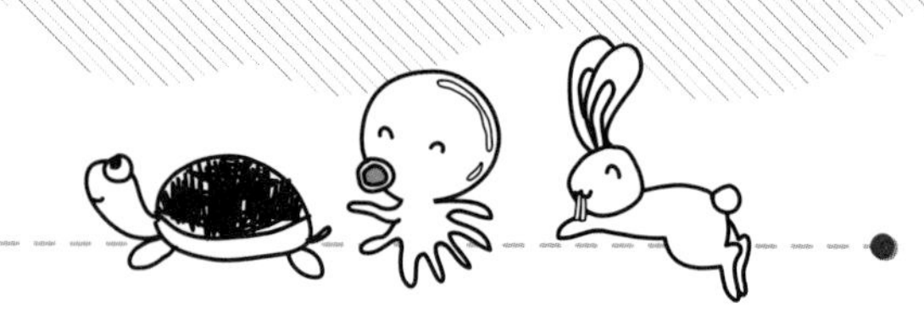

下面的「っ、ッ」怎麼看起來比較小？因為它不是清音的「つ（tsu）」，而是要停頓一下，不發音的「促音」喔！雖然小了點，但它可還是佔了一拍的地位呢！書寫時，橫寫要靠左下角，直寫要靠右上角喔！

對了，促音只會出現在「か、さ、た、ぱ」行的前面！至於發音呢？就是重複後接的那個假名的字首，方法是在「か」行前面讀「k」；在「さ」行前面讀「s」；在「た」行前面讀「t」；在「ぱ」行前面讀「p」。例如：「きって（ki・tte）郵票」、「がっき（ga・kki）樂器」、「いっぱい（i・ppa・i）很多」、「マッチ（ma・cchi）火柴」。練習寫一下：

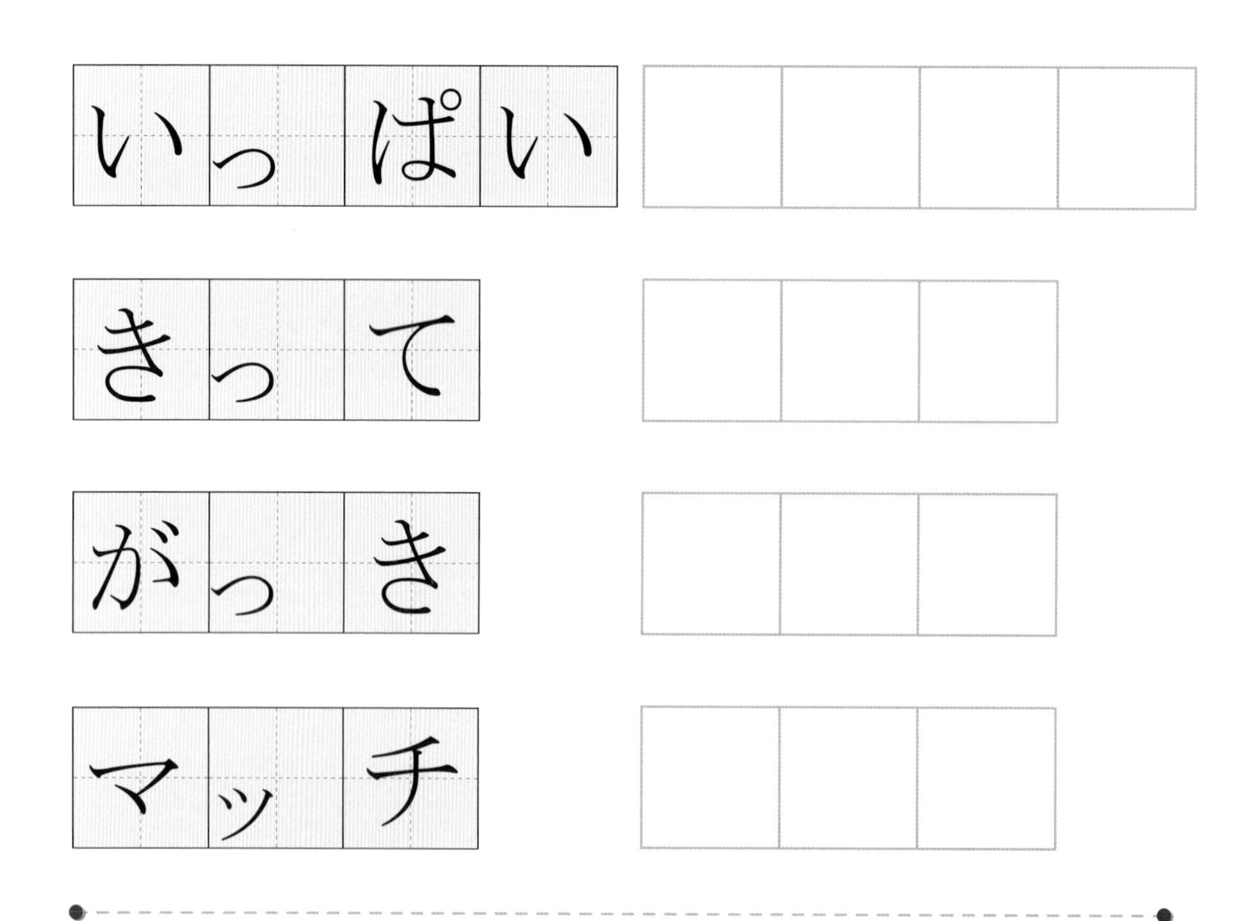

拗音

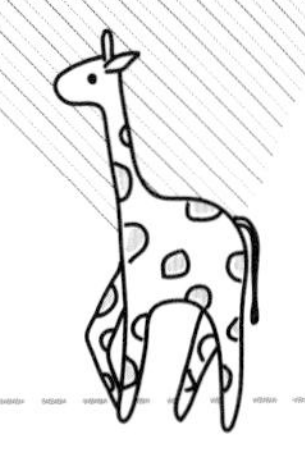

拗音是由「い段」假名和小寫的「ゃ、ゅ、ょ」拼起來的。因為是拼在一起的，所以，發音的時候只佔一拍。

平片假名拗音表

	ゃ	ゅ	ょ
き	きゃ　キャ **[kya]**	きゅ　キュ **[kyu]**	きょ　キョ **[kyo]**
し	しゃ　シャ **[sha]**	しゅ　シュ **[shu]**	しょ　ショ **[sho]**
ち	ちゃ　チャ **[cha]**	ちゅ　チュ **[chu]**	ちょ　チョ **[cho]**
に	にゃ　ニャ **[nya]**	にゅ　ニュ **[nyu]**	にょ　ニョ **[nyo]**
ひ	ひゃ　ヒャ **[hya]**	ひゅ　ヒュ **[hyu]**	ひょ　ヒョ **[hyo]**
み	みゃ　ミャ **[mya]**	みゅ　ミュ **[myu]**	みょ　ミョ **[myo]**
り	りゃ　リャ **[rya]**	りゅ　リュ **[ryu]**	りょ　リョ **[ryo]**
ぎ	ぎゃ　ギャ **[gya]**	ぎゅ　ギュ **[gyu]**	ぎょ　ギョ **[gyo]**
じ	じゃ　ジャ **[ja]**	じゅ　ジュ **[ju]**	じょ　ジョ **[jo]**
び	びゃ　ビャ **[bya]**	びゅ　ビュ **[byu]**	びょ　ビョ **[byo]**
ぴ	ぴゃ　ピャ **[pya]**	ぴゅ　ピュ **[pyu]**	ぴょ　ピョ **[pyo]**

長音

發音的時候，把假名母音的部分，也就是「あ、い、う、え、お」拉長唸，就叫做「長音」。50音中，除了撥音「ん」和促音「っ」之外，其他都可以發成長音。片假名的長音符號是「ー」。

例如：「かあさん（ka・a・sa・n）媽媽」、「ちいさい（chi・i・sa・i）小的」、「スキー（su・ki・i）滑雪」、「ソース（so・o・su）調味醬」。對了，發音時要注意喔！母音有沒有拉長，可是會影響字義的！

か	あ	さ	ん
ち	い	さ	い
ス	キ	ー	
ソ	ー	ス	

人手一本《假名的練習帖》，
讓你學會假名！

▲ 像神偷一筆一畫模仿練習帖的字形！

有漂亮的字形，就要學神偷，一筆一畫模仿下來。請看一筆、寫一筆，筆筆形狀、位置都要寫得像，才有效喔！

▲ 不看範本寫寫看，哇！超像的！

多了幽默的冒險想像，假名的一筆一畫，早就深深印在你腦海裡啦！試著不看範本，練習寫寫看，最後再比對一下，看看自己寫的跟字帖上一不一樣。哇！超像的！

照著範本描

あ	い	う	え	お
か	き	く	け	こ
さ	し	す	せ	そ
た	ち	つ	て	と
な	に	ぬ	ね	の
ま	み	む	め	も
や		ゆ		よ
ら	り	る	れ	ろ
わ				を
ん				

□ 撇步→

拷貝在A4紙上寫。

跟片假名隔一天交叉寫。

邊看範本邊寫

□ 撇步→

每天比較上次寫的

寫不好的地方，再回去看書寫注意事項

照著範本描

ア	イ	ウ	エ	オ
カ	キ	ク	ケ	コ
サ	シ	ス	セ	ソ
タ	チ	ツ	テ	ト
ナ	ニ	ヌ	ネ	ノ
ハ	ヒ	フ	ヘ	ホ
マ	ミ	ム	メ	モ
ヤ		ユ		ヨ
ラ	リ	ル	レ	ロ
ワ		ヲ		ン

□ 撇步→

拷貝在A4紙上寫。

跟片假名隔一天交叉寫。

邊看範本邊寫

☐ 撇步→

每天比較上次寫的

寫不好的地方，再回去看書寫注意事項

不看範本寫—平假名

不看範本寫—片假名

QR即學即用 06
附（16K+QR Code線上音檔）

著者 ● 西村惠子、林勝田、山田社日檢題庫小組
發行人 ● 林德勝
出版發行● 山田社文化文化事業有限公司
台北市大安區安和路一段112巷17號7樓
電話 02-2755-7622
傳真 02-2700-1887
郵政劃撥 ● 19867160號　大原文化事業有限公司
總經銷 ● 聯合發行股份有限公司
新北市新店區寶橋路235巷6弄6號2樓
電話 02-2917-8022
傳真 02-2915-6275
印刷 ● 上鎰數位科技印刷有限公司
法律顧問 ● 林長振法律事務所　林長振律師
書+QR 碼 ● 新台幣189元
出版日期 ● 2024年3月
ISBN ● 978-986-246-817-3

© 2024, Shan Tian She Culture Co. , Ltd.
著作權所有・翻印必究
如有破損或缺頁，請寄回本公司更換

STS
山田社
SS

STS
山田社